coordenação editorial
Sálvio Nienkötter

editor executivo
João Lucas Dusi

editor-adjunto
Claudecir de Oliveira Rocha

capa | projeto gráfico
Paula Villa Nova

produção
Cristiane Nienkötter

Dados Internacionais de Catalogação na Publicação (CIP)
Angélica Llacqua CRB-8/7057

P161r
Payayá, Juvenal Teodoro
Retorno para a caverna | Juvenal Teodoro Payayá
Curitiba: Kotter Editorial, 2025.
252 p. : il.

ISBN 978-65-5361-447-5

1. Ficção brasileira 2. Literatura indígena I. Título Retorno para a caverna.

CDD B869.3

1ª edição

Kotter Editorial
Rua das Cerejeiras, 194
Curitiba | PR | 82700-510
+55 41 3585-5161
www.kotter.com.br
contato@kotter.com.br

RETORNO PARA A CAVERNA

JUVENAL TEODORO PAYAYÁ

Kotter Editorial 2025

SUMÁRIO

Para minha netinha, Ywara Teodoro Pataxó, uma das primeiras indígenas a ter direito ao nome da etnia de sua mãe no registro de nascimento.

Para meus filhos amados: Jumara, Segundo e Itã.

À *Edilene, esposa que me motiva para a vida.*

Para toda a família Gameleira/Payayá.

APRESENTAÇÃO

Nós resistimos porque a nossa missão, enquanto indígenas, é lutar pela defesa do planeta. A terra e a família são nossos grandes desafios. Mantê-los íntegros é a nossa missão. Então, digo: a literatura indígena surge nesse contexto como gritos vindos do fundo de uma caverna — um berro em forma de manifestação, pedindo socorro para ser ouvido, porque temos muito a contar.

Assim é a voz de Juvenal Payayá, como são as vozes de todos os escritores e escritoras originários.

Leiamos *Retorno para a caverna*: este livro é um testemunho secular de gerações que, antes livres, tiveram suas vozes estranguladas na caverna da opressão.

Eliane Potiguara, professora, socióloga e escritora indígena

EXPULSOS DA CAVERNA

A caverna que você tem medo de entrar guarda o tesouro que procura.
Joseph Campbell

A engenheira Hilda Cordeiro, mulher de grande competência, fazia medições criteriosas, delimitando a área para a construção da grande represa. Impressionou-se ao saber que um casal de índios e seus filhos morava sob o leito do rio. Aproximou-se com cautela para um encontro pacífico na entrada da caverna. Em sua avaliação, tudo se resumia a um paredão rochoso e à escuridão profunda.

Amizade imediata, mas pouco duradoura. Comiam peixes, tomavam chás de ervas, trocavam presentes. Aprendeu com os meninos a dominar o terreno; queria saber onde a caverna terminava.

Com habilidade, colheu muitas orientações: haveria uma passagem secreta para o profundo abismo? Soube que, na *ybykûarusu*, viveram incontáveis gerações.

Assim começa esta história.

— Você precisa sair daqui, pois vamos encher a caverna de água!

— É melhor sair você, que está chegando!

— Mas a caverna vai encher!

— Não vai, não, moça. Eu sei!

— Como o senhor sabe?

— Desde que o rio nasceu, nunca molhou a *ybykûarusu*!

Hilda acreditava no velho — a rocha não vaza —, mas os engenheiros não confiavam nos dizeres de um índio.

As ciências geológicas confirmaram: no fundo do rio havia uma caverna imensa, um único bloco rochoso sem fissuras, abrangendo quilômetros de extensão, o que a tornava impermeável.

Mas a ordem veio: fechar todas as entradas da caverna, retirar o casal de índios.

— Aqui é nossa vida — dizia a índia. — A *ygasaba* dos mortos, as imagens dos guerreiros, o *araasu*, a *okehá* e o cavalo.

Na *ybykûarusu* estão o *kanga* dos mortos, os altares, as camas de pedra. Lá nos escondemos das enchentes, dos laços e dos cachorros que pegavam vovó, dos caçadores de índios. Nestes anos escondidos, nunca nos acharam — e você vem perturbar!? — ela afirmou.

E os meninos diziam:

— Lá na escuridão, um dia também tem luz do céu!

— Vovô contava muita história pintada na pedra.

— E no chão também — lamentavam. — Nós gostamos da lua grande.

A menina clamava:

— Eles vão botar água na *okarusû* de meu pai?!

A ordem foi cumprida, não por Hilda, mas pelos homens de jaleco preto. Seguindo suas orientações, a caverna foi interditada.

Um sítio com casa de pau a pique foi entregue. Doravante, seria sua morada. Disseram que foi o governo quem deu.

A caverna guardava objetos e segredos. O velho, sabedor dos caminhos, retornou para a última noite de Lua Cheia. A família, sentada, contemplava as histórias nas ranhuras do chão e do teto da caverna. Inúmeras figuras iluminadas pela Lua Cheia — ou pelo sol de um determinado dia de outono? Não lhe parecia ser aquela a última lua a iluminar a caverna.

O velho índio apontou para o pequeno orifício e disse:

— Pela última vez, juntos, passamos uma noite de luar na caverna. Não chorem. Voltem para a cabana!

Conduziu a família até a saída secreta e retornou. Despiu-se da roupa de peles que ele mesmo costurara, acomodou-se sob a grande rocha, fechou os olhos e dormiu.

Os filhos de Yoyô assistiram, desolados, à engenheira comandar caçambas com camadas de rochas e argamassas, fechando a porta da caverna. Para a engenheira, era a única fonte possível para alimentar a caverna com ar e luz — a mesma que iluminara a vida de um povo que vivia na luz sem medo do escuro.

PRIMEIRA NOITE DE JUREMA

O marco servia de receptáculo ao espírito
Alfred Métraux

Preparava-se um casarão colonial, na Rua do Tira Chapéu, para abrigar a sede de um banco de investimentos. Era um antigo prédio em ruínas, comprado e reformado. Através da reforma, surgiam discretas ostentações: piso brilhante, porta giratória, letreiro luminoso, primorosas pinturas nativas com floresta e a vibrante imagem de um indígena empunhando arco. Assinadas por três artistas: Maria Bonita, Sedução e Lady Day.

Não se imaginava uma sede bancária na secular Rua do Tira Chapéu. Poucos clientes, cuidadosamente selecionados, subiam as escadas do casarão.

Belezas de mulheres andavam com seus pincéis sobre bancadas, observadas por maliciosos olhares através das vidraças. A cada dia, uma nova pintura. O arquiteto exigia a conclusão da obra antes do retorno da presidente, após meses de ausência.

No quadro informativo:

Primeiro andar — Banco de Investimento

Segundo andar — Sala 11: Dr.ª Sofia — Psicóloga

Salas 17 a 19 — Ateliê das Artes Maria Bonita

A presidente subia as escadas devagar, contemplando a magia daquele conjunto de arte. Ofegante, elevou a mão à boca, impressionada com a ousadia do novo gênio da arquitetura moderna. *Padre* era o seu codinome.

Demorou-se contemplando imagem por imagem, quadro a quadro. Encantou-se com o segundo andar.

— Bom dia, doutora!

A vizinhança murmurava que ali funcionava um bordel do mais alto requinte, frequentado por homens e mulheres elegantes.

— Bom dia, doutor!

Era o arquiteto, abafado ao ver a ilustre presidente se aproximando.

— Pois não, senhores... Me deem licença...!

Observou a cadeira presidencial, cruzando a sala em silêncio, apesar da presença de dois ou três supostos clientes convidados para a inauguração.

— A senhora está bem, doutora? — disse Padre, tomando-a pelos braços e conduzindo-a até sua confortável cadeira.

— Desculpem, senhores. Não sei por que teimo em comer mariscos... Fui a um aniversário, coisa de amigos. Mas tudo está bem...!

Após o fim da cerimônia, Helena voltou a sentir incômodo. Maria Bonita foi avisada, descendo apressada a escada do ateliê. Trazia um cachimbo nas mãos e dois caroços de umburana-de-cheiro.

— Foi a primeira vez que a senhora experimentou jurema, doutora?

— Não... — a presidente sussurrou.

Na noite anterior, disfarçada, a presidente havia acompanhado Maria Bonita até o núcleo urbano dos Tapuya. Participaram dos rituais do *maraká*, embriagando-se com fartos goles de jurema, com pouca noção do conteúdo.

Após alguns tumultos, embriagadas, foram reconduzidas a suas respectivas casas.

HOMENS DE SINHAZINHA X MULHERES DE SOFIA

Não era o mundo uma vasta prisão, e as mulheres escravas?
Mary Wollstonecraft (Inglaterra, 1759/1797)

As mulheres que frequentavam os consultórios das psicólogas diversificavam o sofrer. Diferente do grupo masculino, cujo sofrimento era semelhante — alguns, dignos de piedade. O Dr. Celso Katu-Abá os acolhia como em um pronto-socorro, tamanha era sua presteza.

Para Sofia, não era viável aproximar dois grupos de sofredores — as mulheres de Sofia com os homens de Sinhazinha —, se nenhum deles carecia de ajudas financeiras, mas, sim, espirituais, científicas, psicológicas, morais.

A própria Sofia delirava, sentindo a dor da falta dos pais; Lady Day, um acidente aéreo ceifara a vida dos seus; a Dr.ª Rita, uma depressiva; Zulmira, com distúrbio de bulimia; Maria Botina, uma indígena órfã enclausurada; Rosinha, com desmaios permanentes. Sinhazinha escondeu, por anos, a gravidade de seus problemas. Helena, marcada pela separação familiar nos horrores da guerra.

Apesar de seu transtorno íntimo, a cada cliente Sofia oferecia — e recebia — soluções afetivas, meiguice, afabilidade.

Indígena de hábitos urbanos e de extrema beleza, Maria Bonita nascera, mas não vivera na aldeia. Dizia-se tapuia. Aprendeu artes no convento. Sequer conhecia parentes.

Sofia encabeçou a ideia de criar uma agência matrimonial que muito deu o que falar. Fez a intermediação para uma atividade produtiva, os preparativos e a apresentação — até que Maria Bonita ficou noiva e, em seguida, esposa de um comerciante de joias, o senhor Joseph, a quem todos chamavam de José Judeu.

Helena não participou da primeira cerimônia promovida pela Agência, considerada a mais bela da Socriar. Amypohã fez as plumagens, e eu fotografei o evento.

Maria Bonita, que sobrevivia de sua arte, agora esposa de um marido rico, ajustou a melhor sala da sede do banco de investimento e a chamou de "Ateliê Maria Bonita".

Helena admirava Maria Bonita. Ela lhe trazia lembranças da inesquecível aventura na visita à aldeia dos meninos tapuyas — corpos pintados nadando quase nus, sem saber que eram os mesmos do Santo Antônio além do Carmo.

OS PRIMEIROS CONSELHOS

Sou mais leve que a euforia de um anjo
Mais leve que a sombra de uma sombra
Refletida no espelho da ilusão
Raul Leoni

Amypohã disse para eu esquecer a menina branca dos cabelos pretos que deitou comigo na rede da vovó. Disse que aquela era a encarnação das duas que apareceram na casa velha do Santo Antônio e, embriagadas de jurema, abusaram de mim.

Contando os dias em que aquelas mulheres foram em casa sem convite, nossas vidas mudaram. A cada dia, uma encomenda. A cada dia, um chamado para um trabalho novo e diferenciado. Os valores se multiplicavam. Não sabíamos como gastar.

— Nem tudo é soma — disse o primo Amypohã. — Atributos da juventude podem ser divididos em fatias. Quanto vale uma noitada para uma aventureira miliardária? Para ela não se submeter aos caprichos de seus semelhantes, ela escolhe alguém que possa submeter aos seus caprichos. Tu serás humilhado como serviçal, serás um instrumento, inutilizará tua vida para a satisfação pessoal dos desejos dela.

— E aí?

— E aí? Lama!

CÓPIA DA CAVERNA

O homem é um animal que treme
Guimarães Rosa

Muitos dias se passaram.

— Doutora Helena — foi assim que Padre exigiu que a tratasse, azedo de ciúmes — está esperando. Este é o endereço!

Não era padre; para impressionar o moço ruivo, apresentava-se com colarinho clerical. Disse que o Frei Ressurreição lhe recomendara transformar a caverna em um lugar de visitação. O ruivo o chamava de "o Padre que tem muito dinheiro". No primeiro momento em que o atendi, disse-lhe:

— Sim, seu Padre!

Suarez, Mestre-Sala, o Senador — todos presenciaram a cena e sorriram. Os pais lhe deram esse nome em homenagem ao Frei Manoel da Ressurreição — ele detestava. O apelido virou nome e nunca mais foi esquecido. Ele gostava.

Padre ordenou que eu fosse vestido, e respeitoso, para não dar merda. Que falasse em nome de um homem que chamava de Senhor Barão. Que demorasse apenas o necessário por lá.

Cheguei ao portão com o mesmo modelo de sempre: saiote de fibras de caroá, tecido por Amypohã durante a noite. No rosto, tinta de urucum; traçado anguloso de alta complexidade na barriga e nas costas. No peito, mais traços desenhados com esmero — representação dos mensageiros da caverna.

— Pode entrar! — falou do alto, na janela.

Não queria. Bastava entregar ali mesmo. Fui apenas levar um cocar de penas e um bracelete de sementes vermelhas. Ela esperava ansiosa a visita do índio tapuya. Pagaria qualquer preço por penas que viessem das mãos do tapuya da rede.

Surpreendido, diante de tanta insistência, cedi. O portão se abriu sem ninguém para puxar. Atravessei o jardim. Estava numa caverna.

Ela me olhou de alto a baixo. Sem meu consentimento, tomou-me pelas mãos e fechou a porta. Admirou o cocar, adornando-o sobre a própria cabeça. Eu a conhecia?

Meu perfume era naturalmente natural: mistura de suor, caroá e jenipapo. O dela — uma recordação abençoada.

Não se poupou. Em poucos instantes, me levava pelas detalhadas curvas da caverna. Era mais que uma casa: uma cova, uma caverna. Visão aberta para o mar. Diferente da minha cabana *oka* da Lagoa da Caatinga, guardava certa semelhança com a caverna da vovó.

Não que eu me achasse feio, mas era diferente. Para ser atraído por uma mulher branca, rica, civilizada, extravagante e solitária... O olhar dela provocava. Seios aparentes. Um formigalhar interno. Tocou a pintura do meu corpo, provocando incômodo arrepio.

Surpreendente foram as fotos, os trançados, os rabiscos que identifiquei como sendo de minha autoria ou de Amypohã. Ela os apontava, sorrindo leve, mordia os lábios, mudava o tom da voz meiga.

Na parede, alguns traços meus enfeitavam um corredor triangular. Todos adquiridos no Ateliê de Maria Bonita. Em um deles, constava o preço final — algo assim, em torno de duzentas vezes o custo.

Passamos para outras salas com diversas funções e aparências. Uma tinha jeito de intimidade, festejo requintado para poucos convidados. Ao centro, um bufê. Tudo com ar de abandono, em ligeiro desuso. Nostálgica aparência de uma recepção frustrada. Ali, certamente, houve planos para uma festa que não se completou.

— De fato — ela disse — não houve a planejada festa de casamento.

Em cada mesa coberta por toalhas de renda, havia talheres e taças de cristal bem dispostas, pelo tempo. Lia-se, em uma placa: "Sejam bem-vindos." Diversas canecas com a imagem de um homem e uma mulher desfigurada por uma pincelada rústica de tinta roxa.

Doutora Helena — como deveria chamá-la —, apesar de folgazã, permaneceu estática, observando. Deixava-me envergonhado com sua maneira de olhar. Confuso, eu avaliava a sala. Ela permaneceu em pé, na porta de saída, com um meio sorriso. Parecia o sorriso da moça dos cabelos pretos, de perfume doce, que deitou comigo na rede da vovó.

Passamos para outra sala. O teto, em tudo, parecia uma caverna.

Eu, de tanga e cocar, tímido, enquanto ela rebolava em minha direção, estendeu os braços num aconchego surpreendente, apaixonante. Encostou os lábios vermelhos nos meus. Lembrei, então, da moça que tomou jurema no Santo Antônio — e de Amypohã dizendo: "Não dê asas para estas mulheres."

Uma das salas ela chamava de Cantinho do Índio. Tomando o cocar, delicadamente o pôs sobre uma estátua esculpida em tronco de umburana — o busto de um índio nu.

E lá encontramos uma fabulosa coleção de instrumentos indígenas: diversos arcos e suas flechas, maracás, cocares, cestarias e pedras com traços representando mensagens dos habitantes da caverna de vovô.

Admirado, dei alguns passos na marcha da jurema, utilizando um dos maracás em destaque, pendurado. Ela o considerava como sendo o primeiro presente que eu lhe dera.

— Eu nunca dei presente — sorri, ao dizer.

Ela dizia ver semelhanças entre nossas diferentes culturas.

Após percorrer os espaços da casa, eu estava azangado: quem copiara as mensagens da caverna de vovô?

Uma surpresa a cada olhar. Retornando para uma sala, ela apontou para a mesa central:

— Aqui está o segredo!

Era o cofre.

De um vaso de plantas, ela acionou uma chave. A mesa subiu para o teto como uma gangorra. Outra chave criava um campo magnético sobre uma prancha de vidro. Finalmente, a porta se abriu para um tubo no centro da caverna. Tive medo. Era um ambiente de prisão. Temperatura amena, iluminação cautelosa. A oxigenação se fazia por um sistema complexo de tubos. Segundo ela, naquela caverna duas pessoas viveriam por toda a vida sem falta de luz ou ar necessário à respiração.

Sobre uma mesa, havia algumas pepitas de ouro e duas máquinas de contar cédulas. Um ou dois fardos de cédulas como que esperando para serem processadas.

Não vi porta de cofre, nem sinal de fechaduras. Até que, destravando uma pequena maleta de madeira, ela removeu uma parede, revelando barras de ouro e maços em moedas variadas acondicionadas.

Entramos numa pequena caixa de metal com jeito de elevador e saímos na salinha de jantar. Bastou uma engenhosa ação, e o minúsculo aparelho se transformou em confortável assento ao lado da mesa de jantar.

Ao voltar para a sala, olhei novamente — e a mesa de pedra insuspeita estava em seu devido lugar.

Era a cópia do vagão da engenhoca que o ruivo deixara dentro da caverna.

SEDUÇÃO NA CAVERNA

Meus pensamentos nunca se fixou em mulheres e mercadoria
Davi Kopenawa

Permanecemos no ambiente por curtos instantes — o suficiente para saber que acabara de me comprometer com uma mulher rica, presunçosa, que precisava de um macho viril, ingênuo e exótico, no papel de seu mais fiel serviçal: um musculoso guarda-costas sem salário, sem ganância, pronto para defendê-la. Tendo afago, comida e abrigo, não a incomodaria em sua desejada intimidade. Preparado para não lhe trair. Ela subestimava o índio. Como disse meu primo Ubixaba Amypohã: serás um aruãîba — seu rufião.

Ofereceu-me uma taça de vinho, iniciando-se a mais completa sedução. Primeiro, proibiu-me de chamá-la de doutora ou senhora.

— E nem esse negócio de Heley! — disse, apontando o dedo.

Doravante, seria somente Helena. Sentou-se numa poltrona à frente, no papel da dominadora. Tateou pelas costuras trançadas de caroá até atingir o *apopê*, puxando-me para junto de *apupi-îurû*. Após um longo período, do qual não tenho lembranças, disse meigamente:

— Quão doce recordar a rede de vovó...!

Notando meus instantes de reflexão, sorriu. Depois, dedo apontado:

— Ouça! Apesar da liberdade, não haverá libertinagem...

— Não compreendi! — reagi, atônito.

Recompondo-se, esticando a saia, agora um tanto severa, modificando a voz, apanhou a blusa e cobriu-se, apontando para a mesa central:

— Você e mais três pessoas conhecem este labirinto — e para um painel de madeira — é o outro cofre. Está aqui a senha, o que quer dizer que não vai lhe faltar dinheiro. Mas, doravante, sou eu quem determina sua vida e a minha!

Olhando para o lado, vi uma arma de grosso calibre pendurada. Parecia que a máscara começava a desabar. A submissão era o meu preço.

— Você poderá usar a medida das suas necessidades.

— A engenheira falou assim para meu avô... Parecia tão generosa! A senhora me... me conhece tão pouco!

— A “senhora” está na caverna, que você tem devoção! — falou, aborrecida.

— É só questão de respeito, moça.

— Não preciso dessa modalidade de respeito. E não sou mais moça, você bem sabe...

Depois de um período em silêncio:

— Conheço cada passo da tua vida. Cada passo e traço da tua arte, do teu corpo... — alisou a barriga, olhou e sorriu, solene, entregando-me um cartão de banco com meu nome previamente gravado.

— Tenha cuidado, apesar do saldo ilimitado. Só venha quando chamado.

Ali estava o meu valor. O custo. E o meu preço.

Crescemos ouvindo histórias de homens dominadores. Tia Dita, tio Raimundinho, Yayá contavam. Agora, era eu diante da realidade.

VOLTA PARA CASA

É no centro da luz que se dá a cegueira das luzes...
Walter Benjamin

Após dias e noites de reclusão, estacionei em frente ao velho "Ateliê do Índio". Usava óculos escuros, calça jeans, camisa de seda, a pintura do rosto desfigurada, o cocar ornando o pescoço — e não a cabeça, que dera lugar a um boné com o símbolo de um cavalo. Pelo excesso de banho com água e sabão, restava pouco sinal da sagrada pintura preta protetora de jenipapo. A roupa que nos diferenciava causou espanto em meu parente Ubixaba — a habitual convivência estava abalada. Ele mal me olhou.

Amypohã estava sentado num banco artesanal de madeira. Ao lado, uma poltrona macia que, entre os vai-e-vens de Maria Bonita, lhe fora presenteada para enfeitar o novo estúdio.

Habilmente, trabalhava como artesão: fazia colares, cocares, brincos, pulseiras e cachimbos. Nas miçangas era um mestre, além de incomparável carapina. Na hora do descanso, lia. Sempre recebia Maria Bonita, que vinha encomendar isso e aquilo — "dessa cor e jeito, com essas medidas aqui, oh!". No momento em que cheguei, ele esculpia a cara de um animal com ferramentas improvisadas sobre uma pedra granítica. As grandes dimensões da rocha contrastavam com o ambiente recém-dimensionado por ela:

— Em poucas semanas deixamos de ser um lambe-lambe. A tranqueira foi transformada em um estúdio, os velhos livros em "acervos" — a pedra arrastada pelo chão deixara marcas no assoalho colonial do "Ateliê do Índio".

Sem camisa, a costa nua pintada de urucum, suava. A poeira impedia a esperada clientela. Disse-lhe "bom dia", e ele respondeu na língua sagrada:

— Katu ara!

Olhei, meio temeroso. Apesar de semelhante idade, físico, cor e raça, lhe dedicava respeito. O corpo curvado, o rosto borrado, o semblante fora da sua habitual forma de me olhar.

— Você está bem?

— Xe taoixara syk aba tanga.

Qualquer coisa assim como "meu colega tá chegando da moleza", hein!? Sem mirar meu rosto.

— Amypohã, trouxe um presente que uma senhora mandou para você! [eu não sabia quem fizera a encomenda]

— *Myîa-pê?*

— Não... bolo é alimento, não é presente, *kybyra*.

Primeiramente, apanhei de uma sacola um par de sapatos que eu comprara com o cartão e estendi na sua direção. Sem olhar para a caixa, ele resmungou:

— Xe... *nda ekô tebé!*

Assustado, disse na branca língua:

— Primo, você não está necessitado, você não é mendigo!

— Xe... *nda ekô tebé!*

— Você me assusta! — respondi.

— *Kybyra, o xe nda ekô tebé nde...!*

— *Nde kycyîeba, Kybyra...!*

— Eu te meto medo, primo? Que porra é essa?

Essa palavra o assustou. Estático, olhou para a talhadeira numa mão e o martelo na outra, buscando estímulo na imaginação para extrair uma figura enigmática daquela rocha bruta.

Aproveitei e abri a outra caixa — o verdadeiro presente que eu comprara com o cartão — contendo ferramentas para entalhes: serras, martelos, formões, bigornas, cinzéis, perfuratriz e lixadeira.

Amypohã olhou e, ansioso, arrebatou de minhas mãos a caixa. Escolheu o mais adequado e retomou suas atividades. Ainda fiz uma tentativa para que vestisse roupas — estava seminu na entrada do salão da nossa nova loja —, mas não me atendeu. Continuou martelando a rocha, um barulho infernal espalhando fragmentos pela loja inteira.

Ele apontou, em português:

— Senta aí...!

Debrucei-me sobre uma mesa, e ele, marretando a pedra, ia marretando minha mente.

— Vovô morreu na caverna.

— Vovó também — eu disse.

— Mas não na caverna!

— Pai e mãe já morreram. Tias e tios também. Nossas terras ainda existem, apesar de terem nos retirado de lá. Para cá nos trouxeram — eu e você — disse ele.

— Não tínhamos onde ficar. As terras não são mais nossas.

— Terra não tem dono! — falava com a marreta em punho.

— Concordo. Mas a lei diz que é de quem pode pagar.

— E você recebeu um só centavo por elas...?

— Não!

— Então, não é quem pode pagar. O primeiro explorador rouba, depois vende — e é perdoado...!

Por um instante, olhando para mim, prosseguiu:

— Você está sendo enganado como *paruara*. Hoje compram tua cultura, amanhã tua mente — e, por fim, escravizam teu espírito. Agora, ela quer somente teu corpo, *Kybyra*!

Com o martelo, golpeou a pedra com força, dando forma a uma bela escultura. Depois de ouvir minhas ponderações, saiu quase nu para a Rua Direita do Santo Antônio, entre prédios coloniais.

No caderno artesanal, rabiscos em lápis de palavras na língua sagrada:

GLOSSÁRIO PARA MARIA BONITA

Aba = ser, homem, índio
Ababa = muitos indos
Apopê = órgão masculino
Apupi-îurû = janota feminino
A*ruãîba* = rufião
Ekyi-a = pescado
Embi-ara = prisioneiro
E-mbê-guasu = beiçudo
Eko-pupê = morara em ...
Ekô tebé = necessitado
Ekô-upi = casar
Kanga = osso do braço
Kanhe~mibara = fujão
Îo-potara = amor carnal
Ky-cy-îe-ba = medo
Kybyra = primo
Kuriboca = filho de mãe africana e pai indígena [caboco]
Kub = estar
Kuab = saber
Kuaruru = vagina inchada[cio]
Kuara = furna buraco – hímen
Kuruka = resmungão
Mytá = choupana
Nda-n' = não
Myîa-pê = bolo para biscoito
Nhyã = entranhas
Moina = estar, possuir
Oby = verde
Obã-î-ara = inimigo, cunhado, marido da irmã
Obá-rang-aba = mascara
Oby-kanugûá = rouxo-dourado
O-çang-a = paciente, sofredor
Paruara, paroara = ingênuo, bobo
Sy = mãe
Ubixaba = líder
Xe = eu

RODA DE PROSA À BEIRA DA CAVERNA

Nabusan, amado adorou-a; mas Falide tinha os olhos azuis, e foi isso, a fonte das maiores desgraças
"Zadig", de Voltaire

Anos se passaram desde os acontecimentos. As pessoas ainda vivas estavam envelhecidas — mas nem por isso esqueceram as rodas de prosa como alternativas de esclarecimento: encontros históricos. Sem resquícios nem mágoas, preservávamos a amizade. No velho galpão ou nas rodas à beira da fogueira, próximo à caverna. Ora trajando roupas leves e finas, como nas festas; ora de cocar e jaleco — que virara moda — sempre pintados de urucum, movidos por ações passadas, mas afirmativas, alimentados por recordações e curiosidades.

O que buscávamos? Episódios, reminiscências dos tempos turbulentos da Socriar — na caverna, a inspiração da luz.

O objetivo era evitar retrocessos, cultivar a mente, proteger a caverna que fica debaixo do rio.

Olhávamos as águas represadas do *Paragusu*, desejando liberdade para que pudessem chegar ao oceano. O nível da represa, abaixo do esperado para a estação em curso. A saudade que os peixes têm de subir as cachoeiras. Milhões de litros de água doce transformados em mercadoria; a escorregadeira transportando esgoto, agrotóxicos. O rio, magro e seco como um leão sem patas. Novos projetos para dominar o sol, outros para controlar o vento. Matas mortas, bosques destinados à construção de parques. Muita energia para produzir pouca energia — geração de altos lucros. Alimentos lançados ao lixo; mais valores para os cofres; barras de ouro, como Helena profetizara.

Para alguns, deveríamos preservar nossas identidades. Para outros, não. Manteríamos os codinomes, como era o trato nos encontros da Socriar?

Pelo olhar dos sobrinhos, filhos e filhas, netos, genros e noras — novos observadores — assemelhávamo-nos a uma velharada em roda de prosa, preparando-se para a vida celestial onde nada deve haver por fazer. Eles se divertiam. Buscavam clareza, melhor entendimento dos inúmeros narradores dos fatos, histórias, lendas, poemas e reminiscências da identidade ancestral. Queriam saber da dor, das ações, da maldade e do amor de cada um.

Tudo isso em noites de fogueira.

INTERROGATÓRIO

Nenhuma obra dá testemunho mais eloquente das imbricações entre a razão e mito que a de Homero.

Theodor Adorno e Horkheimer

— Alguns fatos foram marcantes durante tua vida profissional. Parte dela foi dedicada à função de fotógrafo da Socriar — Sociedade dos Criadores de Cavalos de Raça. Exerceste diversas funções por lá, muitas delas circunstanciais — iniciou Maria Bonita o interrogatório.

— Considerando que não passavas de um menino *tapuya*...

— De esperteza incomum, a ponto de superar teu primo Amypohã — disse a Estudante.

— Todas as mulheres te cobiçavam e acreditavam cegamente num dia em tua infidelidade — comentou Xica.

— Aí veio a mais esperta, a mais rica, a mais bonita entre nós — e te agarrou de jeito...

— Agora conta pra gente: como subsististe aos assédios? Como guardaste tantos segredos, a ponto de te isolar do teu mundo, do teu povo, tuas origens?

— E mesmo sabendo que nenhum dos protagonistas subsiste, ainda queres preservar esse isolamento? — insistiu a Estudante.

— Quanto te pagaram para manter a boca fechada? E por quanto tempo?...

Depois de um incômodo silêncio sob seus maculosos olhares, iniciei, ciscando uma brasa desgarrada:

— Minha decisão já está tomada. Se vocês prometerem colaborar comigo, vou relatar — tornar público — os manuscritos que preservei durante muitos anos — murmurei.

— Ainda bem. Mesmo porque nós já *Viramos a Mesa*, o famoso DQ-VPM: *O Dia em Que Elas Viraram a Própria Mesa*.

— Agora é tua vez, Sacambu...

O pequeno grupo presente bateu palmas. E a nora disse:

— Teremos várias noites imagináveis...!

— Teu silêncio nesses anos não foi comprado por dinheiro, nós sabemos. Mas por chantagens — é certo. Segredos de vovó que guardas desde a infância — disse Maria Bonita.

— Acredito que pela pressão dos mandarins, ameaças, armadilhas do próprio destino. Pelo caráter da sociedade em que vivíamos...

— Sim, mas considerem que a parte maior cabe à esperteza de uma mulher de múltiplas inteligências, que soube te usar — principalmente para o bem dela...

— Peraí, amiga — retalhou outra. — Considerando os fatos, ela soube combinar seu propósito de bem-estar com o bem-estar de todas nós. Inclusive do nosso índio aqui, que virou o Cidadão...

— Haja vista, ele está vivo. Poderia estar seco dentro da caverna...!

Entregando uma sacola com cheiro de guardada, abria-se o caminho para construir a versão histórica que se encontrava em dispersos manuscritos — alguns bem protegidos.

— Depois da maturidade, vais tornar públicos segredos mortais. Isso não te trará remorsos, acredito. Tens na memória a imagem daqueles que te tratavam como selvagem, ingênuo, idiota, submisso — ou tô errada?...

— Ou preservas um sentimento de gratidão por pessoas que te acolheram, abriram teu olhar para um outro mundo: o conhecimento?...

— Pois é, companheiro. Depois do encontro em que caíram as máscaras, a identidade da Socriar foi revelada. O objeto fundamental, o "fator Y", motivo de tanto segredo, se acabou. Agora não faz sentido manter as aparências. E somente tu tens essa reserva na memória...

— E podes contar com a gente!

— Tu ainda tens a velha caderneta que ajudamos a fazer? As diversas anotações, os papéis de cigarro, as caixas de papelão, os guardanapos, as folhas avulsas?

— É nelas que estão os melhores relatos: ocorrências, nomes de pessoas, datas e lugares...

— Mas é na mente — tenho certeza — que ainda manténs, como cicatriz, as ações de humilhação, a expulsão das terras, a prisão na caverna, o encontro com o jaleco de vovô — disse Maria Bonita.

— Estamos aqui para ouvir. Conta isso tudo pra gente. Nada nos negue!...

— Tudo bem. Iniciaremos por um episódio muito marcante, que acreditava estar apenas na minha mente, mas foi recuperado.

E, ajustando os corpos nas redes para ouvir:

— Ótimo. Inicia por essas memórias recuperadas, sem importar sequência lógica. Vai narrando — disseram.

O PADRE E O IDIoTA

Índio, índio bravios, selvagem, canibal, bárbaros, *ímpios, infiéis* [apelidos pelo colonizador]

O Senador falava palavras baixas, mas o ambiente tinha boa acústica. Minha presença pareceu perturbá-lo — certamente por trazer reminiscências. Porém, o interlocutor que vocês apelidaram de Padre — *risos* — fez um sinal com a cabeça, depois com a mão, como quem dissesse: *leva, vai em frente, é apenas um idiota, um índio que se diz fotógrafo!*

— Meu Deus!...

Em meus sentidos, tudo ficava mais claro: para essa elite, que eu imaginava endinheirada, minha presença era como a de uma alma penada — uma figura selvagem, nada significando, senão uma luz que pisca quando necessária e logo se apaga.

Mas foi ali que tive os primeiros sentimentos de consciência: ser, oficialmente, a mais completa testemunha ocular de tão variados fatos. Com inúmeros registros — eu estava gravando, e não apenas fotografando. Vocês pouco se incomodavam com minha presença. Um dia — pensava — podem se incomodar. Aí verão quem é o idiota.

— Verdade, verdade! — todas confirmaram.

ATIVIDADES DO FOTÓGRAFO

Como regra... quanto mais uma coisa é bizarra, menos misteriosa ela tende a ser.

Arthur Conan Dolye (Inglaterra, 1859/1930)

Sempre que estive entre os doutores, postava-me de forma discreta — mas não era surdo, burro, nem idiota. Impressionavam-me os apelidos — todos tinham um. Nada me impedia, no entanto, de ver e ouvir tudo. Evitava chamar atenção; refugiava-me atrás de um livro, revista, ou rabiscando motivos. E assim fui me apaixonando pelos livros — em especial pela história da arte.

Fotografava cada gesto, cada movimento — principalmente os risos descabidos. Vez ou outra, captava uma cena bizarra: um que passava a mão na traseira, outro com a língua de fora ao ver mulheres de saia curta. Mas eu não editava, não divulgava, não vendia as fotos. Todas pertenciam ao acervo que criei num baú de palha trançado por Amypohã: o *Baú da Caverna*.

Falavam muitos palavrões, malícias, contavam façanhas e piadas escabrosas — algumas sem graça, narcisistas, misóginas, racistas. Outras, criminosas. Inacreditáveis para o nível social que ostentavam.

Certos momentos, ouvia duros diálogos. Isso me incomodava:

— Cadê as mulheres que me prometeram...!?

— As mulheres não, Senador, alto lá! — exclamou com doçura Perpétua, mulher respeitosa, psicóloga de renome. — Vocês é que foram prometidos para nós!

— Sendo assim, se eu sou o objeto a ser leiloado, espero que minha arrematadora o faça por um bom lance!

— Ah, Senador, não se preocupe — diante da escassa oferta, haverá mais procura!

— Ou seja, prevalecerá a lei do mercado! — concluiu ele.

Admirado, ficava vendo mulheres como serviçais, servindo salgadinhos e taças de vinho para homens em rodas de amigos — sentados de pernas cruzadas no espaço restrito para sócios masculinos. Tudo indicava que homens não entravam no espaço das mulheres.

Meu espaço era mais restrito: uma pequena mesa na biblioteca, com bandeja contendo sucos e guloseimas. Somente eles consumiam bebidas alcoólicas — não me ofereciam.

LIÇÃO DE ECONOMIA

Prolongamento da jornada de trabalho eleva o lucro, mesmo se as horas extras forem pagas em um nível mais alto que as horas normais.
Marx

Depois que vocês retornavam para o luxuoso recinto feminino, a prosa prosseguia:

— Olha, Quevedo, em relação ao Terceiro Mundo, a Europa é como a galinha que bota — e, se o criador não aparar o ovo, ela mesma faz o omelete.

— E às vezes se lambuza — comentou o Deputado, entre dentes.

— E a taxa de juros, vai cair...?

— Ora, taxa de juros só serve para a mulher do Deputado, que é filha de banqueiro — disse Zé Cavaleiro.

— Mas, trocando de assunto: e esse negócio da Agência das Mulheres, como é mesmo a coisa?

— Ora, Senador, isso é balela. Não tem agência nenhuma — disse Dr. Nicolau, olhando para todos.

— Pois saibam que elas são partícipes societárias de uma cadeia de abrangência mundial!...

— Então seremos explorados como operários? — Zé embraveceu.

— Como faxineiros de motel! — disse o Alemão.

— E vocês, é verdade que negociaram uma rede de motéis?

— Mas é pequena, Senador. Não abrange as estradas do país — respondeu Bem Dotado, envergonhado. — Nicolau, tome cuidado. Isso pode arrombar com a gente. Demora-se muito para formar um juiz; acabar com o nome dele na lama é questão de horas.

— Eu sei, Senador. Aliás, um Senador também...!

— Mas a Agência das Mulheres existe. Não se sabe se é ilegal. E está indo bem! — expressou-se Cavalero.

— Então me explica essa porra aí, caralho! — o Senador balbuciou, enraivecido. — Me parece uma coisa ilegal...!

— Essas mulheres precisam ser enquadradas, fazer aquilo que a gente mandar, do jeito que a gente quiser — e tá falado! — vociferou o Tenente.

— Uma ova, Senador! — rebateu Sinhazinha, que ouvira tudo. — A gente fará com que vocês girem na roda, bonitinhos — é questão de tempo. Além do mais, arrumar uma noiva para um velho babão não é crime...

Olhou para o Tenente com ironia abrasadora — ele parecia um moleque no meio de homens.

Zé Cavaleiro, azangado, chamou o Tenente de bundão. E ele, mais jocoso, respondeu:

— O Zé é bom de tudo: bom de sela, bom de laço, bom de samba e bom de roda — só não é bom daquilo...!

Poucos riram. Alguns torceram o nariz.

Eu fotografava mulheres e homens. Mesmo com a porta travada, espiava pelo *vitraux*. Lembrei-me até da data em que estivera ali só de espia — pois não me deixaram fotografar. Era uma noite de Lua Cheia, quando inauguravam a tal Agência de Casamentos que mais parecia um bacanal. Algumas mulheres desfilaram seminuas para homens de gravata.

PARADOXO

Ser humano, estar vivendo é sempre estar em alguma situação, um contexto, um mundo.

Francisco Varela

— A Socriar é um paradoxo — disse o Senador. — Por um lado, arquiteta um projeto gigantesco de domínio, objetivando o longo prazo; por outro — falava com ar de bêbado — não temos herdeiros e estamos todos broxas. Apesar da meia-idade, ninguém fez um filho. Quem vai tocar esta jiripoca?

Prevaleceu o mal-estar. Padre saiu devagar, o Delegado engasgou com o vinho, o Gringo balançou a cabeça em sinal de desaprovação.

— Será a derrocada se o quadro de sócios permanecer o mesmo, sem herdeiros — falou o Deputado, sem olhar para os demais.

— Sim, aí é que mora o verdadeiro paradoxo — interferiu o Barão. — Por razão ética, não desejamos novos sócios; mas, por razões físicas e funcionais, sem herdeiros e novos sócios, todos os planos futuros serão frustrados.

— Não seja pessimista, Senador. Veja que, através de nosso esforço, em pouco tempo dobraremos o quadro da Socriar — disse Sinhazinha, de lá do seu canto.

— Ou seja, a senhora quer dizer que haverá um banco de sêmen e inúmeras barrigas de aluguel!?

Querendo elevar o nível da conversa, o Alemão — que era biólogo — disse:

— E quem vai fornecer o sêmen?

E o Senador gritou:

— O índio... o índio... cadê ele... cadê? Dizem que ele tem uma potência de cavalo!

Eu, tomado de vergonha, esforcei-me para não me envolver. Aparentemente, não estava ali. Nada ouvi.

— Não, meu velho — interferiu o Coronel. — Com a eficiência da Agência de Casamentos, já ganhamos na loteria. Tiramos a sorte grande. Tivemos cada um uma mulher. Não é verdade, dona Sinhá?

O Senador e o Coronel expressavam-se com ironia, descrentes.

— Mas como assim, Coronel? — Dr. Quevedo interferiu. — Quando se casa, espera-se ver mulher buchuda, amamentando filho, ter herdeiros... ou não é?

— Isso é real, Quevedo! — disse o Delegado. — Mas nos trouxeram velhotas que não parem mais!

— Não só uma mulher buchuda, seu Delegado. Nós lhe prometemos uma *companheira*. Companheira é mais que mulher. Pois naquele caso, basta ter... — e fez um sinal que simbolizava o feminismo — pagar por ela e pronto. A companheira não é mercadoria, não vende o corpo, não tem dono! Ouviram, senhores?

— Eu compreendo — disse o Senador, elevando a mão ao queixo, com mais ironia. — Companheira, senhora, dona, é uma mulher. Caso contrário, seria companheiro — o que é coisa de comunista. E aí teríamos de deixar crescer a barba...

Houve risos fartos — e falsos. Eu não sorri.

Sinhazinha, olhando para as mulheres que reconheciam nela o espírito de natural liderança — todas atentas, sentindo o ego machucado, esmagado, o seu e o delas — respondeu:

— Não seja tolo, Senador. Pois sim, além de mulher, somos femininas. Cada um dos senhores agora tem uma companheira — na tristeza e na alegria. O senhor compreende?

— Na cama e na lama...! — rematou atrevidamente o Tenente.

— Para a lama, o senhor convida uma porca, senhor Tenente!

Concluiu Sinhazinha, cenhos erguidos, olhar incandescente, descontrolada — tão visível o aborrecimento.

— Este episódio gerou duras consequências... — disse uma.

— Decepcionado, Zé Cavaleiro atirou a taça cheia de vinho sobre o mármore azul — completou outra.

— Que eu tive de limpar depois — disse uma terceira. — Apanhou uma taca de bater cavalo, que tinha o cabo de prata, ameaçadoramente... Depois sentou-se com os olhos avermelhados.

— Pois é. Padre e eu fomos os últimos a desocupar o ambiente. Entrou no seu carrão como os demais — e eu segui a pé para o Santo Antônio.

— Eu não conhecia essa história... — disseram.

— Eu também não...

— Mas é pura verdade. Fico impressionada como você se recorda dos detalhes!

— Puxa! Eram uns monstros! — exclamou outra.

NO PALCO

Esta menina
tão pequenina
quer ser bailarina
Cecília Meireles

Eu armava o cenário para fotografá-las. Depois do chá, em um belo ambiente, Maricota quis falar de si e começou assim:

— Minha mãe queria que eu fosse bailarina. Só calçava sapinhos leves, macios, flexíveis, para não machucar os pés. Aprendi a andar nas pontinhas dos dedos. Meus movimentos eram medidos e graciosos, sempre elegantes. Fui ensinada a pouco olhar para homens, cumprimentá-los à distância. Sentar no colo? Nunca! “Eles machucam a gente”, ela dizia. Um deles me sufocou com gosto de cigarro e álcool. Apalpou meus seios, deitou com todo o peso por cima de mim. Achou que precisava penetrar — e, para que eu não reclamasse, não pedisse socorro, tampou minha boca.

Minha mãe era amável. Casou-se aos quarenta anos, nunca namorava para valer. Até que encontrou meu pai no tablado — e se apaixonaram. Era um bailarino ativo, apesar dos 70 anos. Eu nasci para lhe dar alegria... e tristeza para minha mãe.

Bati palma ao ver ele tombado, encenando uma peça em que o ator de 80 anos sofria um enfarte ao ver, na plateia, sua filhinha linda, com apenas três aninhos, lhe aplaudindo de pé...

— Quantos anos tu tinhas?

— Três!

— E ele?

— Setenta e cinco.

— Quer dizer que a causa *mortis*...

— Fui...

— Maricota, eu sempre digo que você é mais que uma mulher. Tu és uma deusa do Olimpo — disse Zenilda, chorando ao abraçar a amiga.

— É complicado. Neste grupo, cada uma tem uma peculiaridade...

— É verdade. Chega a assustar!

Naquele instante, a fogueira estava com poucas brasas, e eu, imaginando bastar por hoje, desci da rede. Minha nora — que era linda e amável — se apressou:

— Deixa, sogro, deixa... eu atiço a fogueira, eu atiço...

Era dia de lua nova.

AS DÚVIDAS

Não faz muito sentido escrever senão for para incomodar alguém.
Kingsley Amis (Londres, 1922/1995)

Elas, desejosas de saber a verdadeira história — um dos episódios mais emblemáticos do grupo, acontecido no aeroporto.

— Parece que isso ficou camuflado por muito tempo, até que seu parente contou para Sinhazinha, não foi?...

— E a véia espalhou pro mundo... *rararara*!

— Invenção maldosa. Não... ele não contou pra ninguém — disseram.

— Não? E quem contou...?...

— Quem sabe! Mas, antes... preferia me referir a um episódio bizarro que também presenciei.

NA CLÍNICA DOS HOMENS

Embora Dadá estivesse cansada, o Diabo Loiro conduziu a menina mata a dentro, jogou-a no chão,

levantou as vestes, abriu-lhe as pernas e debruçou sobre seu corpo feito um animal.

Descrição de Dadá in Adriana Negreiros

Eu havia trabalhado na construção da clínica. Era tudo acelerado. Neste episódio, a recordação é especial. Ainda era no tempo do lambe-lambe, na sala grande de um casarão colonial que invadimos para morar. Com o dinheiro que vinha da Socriar, nós mesmos fizemos as escoras, o telhado, e as pinturas internas e externas com motivos da natureza selvagem — o que chamou a atenção da prefeitura e da Defesa Civil, que acabaram permitindo que ficássemos por lá.

Começou a atrair clientela. Ali moravam dois indígenas. Fotografávamos, cozinhávamos, dormíamos, fazíamos artesanatos.

Meu parente Amypohã me advertia:

— Não traga mulher pra cá!

— E você obedecia?

— Nem sempre...

— E ele?

Sei que Maria Bonita ia!

hárárárárára...

Amypohã atendeu à porta e trouxe um cartão: *Clínica Vida do Homem.*

— Aqui! Deixaram pra ti! — ele mesmo leu: — "Índio, compareça à clínica ainda hoje."

Fazia tempo que os homens da clínica não apareciam para nos dar serviço. A última tarefa havia sido a pintura — deixamos na fachada uma imagem oculta da caverna que o Dr. Celso admirou.

Já era hora avançada, a tarde mais escura. Entrei sem ser anunciado pela grande sala de repouso. Encontrei diversos homens de cueca, todos sonolentos, assistidos pelo médico, Dr. Anatolle. Inicialmente, parecia um pronto-socorro. Um desastre.

Anatolle, de imediato, foi apontando tudo o que havíamos de fazer. Além de mim, havia um especialista. Já nos conhecíamos: havíamos trabalhado juntos na pintura, decoração, nas armações das primeiras macas e outros aparelhos.

O Barão acompanhava de perto. Dr. Celso Katu-Abá trazia, nas próprias mãos, caixas de instrumentos cirúrgicos. O velho conferiu tudo: alguns tubos de tamanhos e espessuras variadas. Exigiu mudanças na iluminação e nas acomodações dos tubos. Nós mesmos fizemos — sob seu atento olhar.

Pela madrugada avançada, quando me ausentei, levei algumas dúvidas: *Será que vão castrá-los? Seria uma câmara de tortura? Punir os corruptores de menores?*

Tudo parecia relacionado com órgãos masculinos. Algumas imagens de pênis e testículos. Confuso. Respondi para mim mesmo: *preciso acreditar que querem a felicidade para infelizes!*

O Padre entrou no seu carro — e eu marchei para casa a pé.

— Era a tal clínica das próteses?

— Era!

— Você também recebeu prótese...?

— Tá doida...? Se ele tivesse prótese, Helena teria dado o golpe...?

PARA O AEREOPORTo

A prosa é um gênero bem mais leve que a poesia, um romance não se escreve em alguns dias, não se lê em público.
Evtuchenko

Dias depois, fui abordado por Padre no lambe-lambe — no momento em que eu atendia uma cliente. Padre buzinava. Era urgente: precisava de trabalhos de fotografia e filmagem. Fui obrigado a botar a mulher para fora.

Logo mais, iniciamos uma longa e cansativa atividade de imagens externas. Sem calças compridas — deveriam ter me planejado —, mas eles não queriam testemunhas. Três cansativos dias em campo, e, à noite, eu editava as imagens.

— Para!

— Corta!

— Repete!

— Emenda!

— Esta não!

— Aquela é melhor...

— Sim... não!

Era o que se ouvia. Erravam muito. Falavam demais, às vezes fora do contexto. Um acusava o outro. Em nada me consultavam. O Barão — de extrema vaidade. O Padre — de retumbante orgulho. E o Senador — querendo aparecer mais que todos.

Ali, construiriam um empreendimento mobiliário de alto valor.

No último dia, ainda de tanga e muito cansado, Padre, consultando o relógio:

— Vocês têm duas horas para entrarem com o Senador no aeroporto.

E entregou-me a chave do carro — sem perguntar se eu era habilitado.

Amypohã, meu companheiro — que na aldeia era meu superior por ser filho e nomeado Cacique, que morreu de desgosto —, mas ali era meu auxiliar. Sacou os instrumentos, apanhou o tripé, a filmadora e a luminária. Eu peguei as duas malas do Senador. Saímos correndo para o carro, onde ele se encontrava com o cinto já afivelado.

Durante o trajeto, lia em voz alta — parecendo proposital — um discurso que faria logo mais no Senado: a aprovação de uma área para construir um porto dentro de reserva indígena. Nada falou conosco. Apenas olhou para Amypohã quando este lamentou ter perdido o biguá de rapé.

Biguá é um instrumento de osso, com desenhos tribais em alto-relevo. Geralmente preservado com muito carinho e respeito — especialmente quando herdado do ancestral superior do próprio usuário.

O CÃOZINHO CHEIRADOR

Pouco mais de uma hora depois, estacionamos. O Senador, percebendo que não havia tanta pressa, entrou serenamente, carregando uma maleta de rodas — deixando as outras para nós. Assim que a porta de vidro se abriu, um cãozinho farejador, em disparada, demonstrou muito interesse pela maleta do parlamentar, que pouco se importou — até que o policial o abordou.

— Cidadão, me acompanhe até a sala do delegado.

Arrogante, o Senador sacou sua credencial com o brasão do Congresso Nacional, quase esfregando no rosto do agente.

Enquanto isso, o cãozinho ameaçava rasgar a maleta. Mal o Senador descuidou, outro agente já conduzia aos empurrões eu e Amypohã, com a outra maleta.

Na sala, o delegado perguntou se ele era o Senador Afonso Mendonça de Furtado, e o Senador confirmou que sim.

— Sua Excelência pode abrir sua maleta para verificação?

— Pois não, delegado. Apenas exijo que o índio, meu fotógrafo oficial, registre todas as ações.

Produziria provas de sua inocência — o que foi aceito pelo delegado.

A ação dos policiais foi rápida. Tudo apontava para um tubo de aço inox extremamente delicado da clínica. O delegado pediu que o Senador o abrisse, e ele, visivelmente abatido, resistia, argumentando, lamentando. O delegado insistiu.

Apesar da resistência, o homem machão começou um choro incontrolável. O delegado não se comoveu. Forçado, o Senador retirou uma delicada chave do bolso e a entregou ao delegado.

Desenhado o flagrante.

O cãozinho insistia, saltava, querendo consumir a mala. Grande surpresa quando o conteúdo apareceu: uma bisnaga contendo um líquido viscoso e uma prótese peniana de tamanho gigante, acomodada numa caixa de metal.

O Senador, desgraçadamente pálido, apático, lacrimejando, implorou — rogou à pequena equipe de policiais que o poupassem do vexame seguinte. Já se desenhava, do lado de fora, um ato de execração pública.

A atenção do delegado foi atraída pela continuidade do miserável cão cheirador. Ele insistia diante de outra estranha caixa de couro. Dentro, um osso — que o cão, inconformado, avançava para tomar.

Aberta, a caixa continha apenas rapé.

Admirando a arte, sorridente, o delegado apontou para a multidão, tudo sem maiores explicações. Cheirou o rapé, ofereceu a quem quis. O cãozinho lutava ferozmente para tomar de suas mãos o valioso osso que o cacique — finado pai de Amypohã — havia transformado no *biguá*, e que o Senador surrupiara.

— Larápio! — resmungou Amypohã, diante do olhar atravessado do delegado.

Seria um roubo qualificado — flagrante que o delegado não quis lavrar.

Além disso, o Senador estava em maus lençóis. Tudo fora fotografado. Imaginando uma saída honrosa diante do olhar do delegado, ele garantiu:

— Esta prótese, delegado, é a réplica desse cidadão — apontou para mim —, será submetida a estudos...

— O senhor pode responder por estar aliciando um silvícola, Senador!

— Ele é quem me aliciou, delegado! — gritou.

— O silvícola!? — questionou o delegado.

— Ele já não é um silvícola. É um cidadão. Tem RG e título de eleitor! Sabe até fotografar mulher pelada...! — e o delegado sorriu.

E tudo entre os dois terminou com apertos de mão.

Difícil foi acalmar Amypohã diante da perda de seu *biguá*, de suas obrigações, que o delegado permitiu ficar com o Senador.

— A história da prótese já se sabia!...

— Mas não com esta riqueza de detalhes!...

— Mas... a do *biguá*...!?

Pois é — foi assim que aconteceu!

PRESTAÇÃO DE CONTAS E OS OBJETIVOS DA SOCRIAR

Basta compreender que ajustamento de pequenos grupos, distintos quanto ao modo de vida e diferentes quanto à ideologia, representa uma forma social que pode ser equilibrada!

Michel Maffesoli

Ao chegarem, fotografei-os em seus costumeiros gestos. Havia sempre silêncio à medida que os líderes se expressavam. Depois, sentei na última cadeira do salão e ouvi atentamente cada fala da conferência.

Vários depoimentos. Parecia uma prestação de contas pelos gestores setoriais. Falaram em empresas e negócios: construtora, corretora de valores, turismo, redes hospitalares. Debateram a questão do laboratório e do motel. Por fim, disseram:

— As contas estão aprovadas.

Bateram palmas.

Anatolle assumiu, falando um português afrancesado:

— Não podemos esquecer que nosso princípio de número zero ao infinito é cuidar do homem integral: sua saúde física e mental.

— Psíquica e espiritual, Doutor — falou John dos Passos.

Diante de uma série de slides, Anatolle discorreu sobre a sexualidade e os órgãos reprodutores masculinos em ricos detalhes:

— Aqui é o testículo, o canal deferente, o saco escrotal. O testículo está para o macho assim como o ovário para a fêmea, ou seja, sem eles não há, naturalmente, reprodução.

Classificou algumas doenças testiculares, especialmente a que afetava cada um ali presente — inclusive a que o acometera: a torção. Descreveu, com tristeza, diversos tipos de câncer nos homens que perderam seus membros para o câncer de pênis. Muitas contaminações bacteriológicas podem ser evitadas com água limpa e sabão. Infelizmente, alguns já não têm o que lavar. A camisinha é uma auxiliar da saúde masculina.

Afirmou a crença da Socriar em sua dedicação plena à cura, ou à recuperação psicológica, de homens mutilados — alguns com perspectivas de certa recuperação por meio de prótese.

Revelou que a maior sacada da Socriar foi a norma: *em testículo não se toca!* Eles são a parte mais sensível e desprotegida do corpo masculino. E disse:

— Eu vos digo: até mais especial que o próprio cérebro. Um gênio sem testículo morre sem deixar herdeiro, gênio ou não. Um idiota, tendo dois testículos sadios, poderá reproduzir até um gênio.

O padre olhou para mim e sorriu. Neste momento, a paz se transformou em ira.

— Apesar do exagero — interrompeu o velho Katua Abá —, posso afirmar que, enquanto nos tecidos testiculares foram identificadas 999 proteínas específicas, no córtex cerebral identificaram-se apenas 318.

— Coitados dos baba-ovos! — o senador abriu o momento de lazer.

— Agora imagino um cara que tem três — disse o coronel, galhofando. E sorriam.

— Sim, mas há os que têm apenas um, não é, Doutor? — "Bem Dotado" afirmou com seriedade.

— A ironia da frase recaía sobre ele, o "Bem Dotado" — disseram as ouvintes.

— Também ele exigiu para si a prótese maior possível!...

— Não foi ele, foi a mãe — completei.

— Daí a causa das tentativas de suicídio...?...

— Não sei! — respondi, para prosseguir a narrativa.

— Quando é um animal que provoca a agressão, Doutor? — perguntou o Tenente.

— É, aí se considera acidente, agressão irracional. A prática humana é tortura — o médico falou, sereno.

— É verdade que alguns machos nascem com três culhões, Anatolle? — perguntou Cavalero, e o médico francês respondeu, monossilábico:

— Napoleão!

— São os homens de sorte, arretados, não é, Padre? — como se o amigo fosse um deles.

E o padre respondeu:

— Isso é coisa de índio, Cavalero!

E aí foram muitos risos e galhofas.

— Existem próteses, seja para a substituição por falta de um ou dos dois.

E o velho médico completou, com aparência e sensação de inconformismo com a zombaria. Afinal, como indígena, não se manifestava, mas nunca negou seu autorreconhecimento. Mantinha as aparências ao aparar os cabelos e com um eterno colar de sementes camuflado abaixo do jaleco.

— É preciso trazer a normalidade até o sujeito — disse, sereno. — A prótese não devolve as qualidades reprodutivas vitais; serve principalmente para a autoestima.

— Também, Doutor, para quando há troca de sexo e identificação de gênero — disse o Gringo, com segurança. — É um auxílio na identificação da masculinidade.

— Nenhuma cicatriz no corpo humano impõe maior estigma. A identificação pública de um homem castrado é um escárnio. Torna-se um sujeito evitado no seu meio — não somente pelas mulheres, mas pelos outros, como reputação de incapaz. Este estigma tem causado enormes dissabores a homens de capacidade plena — Anatolle impôs sua fala a todos.

SAÚDE DA MULHER

Acima de tudo, a resiliência parece ter tudo a ver com a esperança e a crença de que há vida além dos obstáculos presentes.

Mark Finley

Depois de algumas horas de profundo debate e esclarecimento sobre a saúde do homem, questionou-se sobre os planos para cuidar da saúde da mulher.

— É... Para a saúde da mulherada, fizemos pouco. Ou nada — disse Anatolle.

Quieto, olhando para o chão, Dr. Celso levantou-se, andou a passos lentos pela frente de todos e explicou:

— O objetivo deste encontro é inicial: esclarecer os objetivos precípuos de nossa organização — e, depois, categórico: — Queremos cuidar da saúde do homem. E as mulheres cuidarão delas! Não há sentido em homens de negócios, militares, cientistas, jurisconsultos, viverem como galos capões, buscando o prazer na riqueza sem ter a riqueza do prazer. O sexo — prosseguiu —, rivalizando com o bom alimento, é o maior prazer da vida. Apesar de gerenciarmos tão grande fortuna, nós ainda não conquistamos o prazer maior: o sexo. É isso que nos interessa. Os demais objetivos são compromissos sociais. Quando chegam em casa, diante do espelho, bate o tédio, a solidão, o desespero, a depressão — a caminho do suicídio.

E o velho médico sentou-se. Parecia um homem triste, frustrado.

O Barão, imponente, encerrou com um discurso leve:

— ...é por isso que investimos na Clínica Vida do Homem. Sua finalidade é atender aos senhores. Podemos não retribuir a todo o prazer que merecem, mas ao prazer possível!

E as palmas ecoaram, representando as esperanças.

Após ricas horas de conferência, saíram do salão, cada um para seus negócios e afazeres. Alguns foram ver suas mulheres. Outros não tinham permissão médica para isso. Acredito que temiam deparar com o estigma: *tratando-se da recuperação do homem, as mulheres atrapalham mais que ajudam.*

O padre e eu saímos por último do recinto.

Já era de manhã. Algumas brasas acesas, o alvorecer apontava sobre a serra. Os morcegos voltavam para a caverna.

— Você voltava sempre a pé para casa?...

— Sempre.
— Mesmo com chuva?
— Mesmo!

O PADRE IA SE CASAR

Estar cego não é uma miséria, não ser capaz de suportar a cegueira é a miséria.

John Milton (1608/1674)

Como vocês sabem, no seio da irmandade, após a fundação da agência, os casamentos tomaram novo modelo.

— Claro que sabemos. Sem exceção, os casamentos foram arranjados...

— Mas conta tudo. É como se ninguém soubesse de nada — clamava Maria Bonita, já em outra noitada.

Para os casamentos, não havia convites, nem lua de mel, apesar da grandeza dos nubentes.

— O fundamental era a noiva!...

— Claro, o noivo certamente seria um dos sócios da Socriar!...

— As noivas saíam da lista das clientes de Perpétua, Amélia e Sofia — disseram em coro.

— Todas loucas! — adiantou-se Rita.

As cerimônias coincidiam com a cheia. Minhas máquinas sempre preparadas — a qualquer momento o Padre me chamaria. Ele mesmo ainda não se casara. Pela conversa que ouvia, já tentara algumas vezes, todas fracassadas.

— O Padre era o último dos solteirões da alta cúpula — elas lembraram.

Eu não sabia que ele era apaixonado por Helena — todas deram altas gargalhadas — a moça do casarão, a dona do cofre, das barras de ouro... que gostava de índio!

— Nós também não sabíamos desses detalhes. Entre nós, ela era tratada como uma solteirinha convencida, até com certo desdém...

— Fiquei curiosa ao ouvir da boca do Padre que ela tinha um banco — disse uma delas, e todas confirmaram.

E continuaram narrando os acontecimentos que sabiam:

— O Tenente, quando soube que os dois iam se casar — de novo — disse que "isso vai dá em merda".

O Padre era arrogante. Fez-me uma série de recomendações: como deveriam ser as imagens dele e dela, que não me atrasasse, que fosse de roupa de gente, que não me pintasse, que fosse só — ou seja, sem meu parente Amypohã. Nada de som de cabaça — acrescentou.

— Ele não tolerava o pobre do Amypohã — disseram.

— Ele pensava que o pobre do Amypohã era um índio perigoso!

— Nem o índio aqui ele tolerava! — e apontaram para mim.

Tinha um preconceito velado contra nós. Chegava a ser doentio.

— Se não fosse o Barão e a Sinhazinha, tu era um índio morto. Você sabia?

Saber não sabia. Mas temia — sempre desconfiando!

— Também, um índio brabo do jeito que tu eras, vai disputar mulher com o mais poderoso galã da Socriar... queria o quê? — muitos risos.

Eu já havia estado com ela por algumas vezes.

— Mais risos — na minha e na sua casa — fartas gargalhadas —, mas ela disfarçava bem...!

Fui muito profissional quando fotografava vocês, e em particular a Helena. Quase sempre queriam fotos de outros ângulos. Ele dizia que eu só poderia olhar para vocês pelo obturador — risos e brincadeiras. Uma delas exigiu do Barão algumas fotos "do meu jeito", e o Barão ordenou ao Padre que permitisse.

— Fui eu... fui eu...! Eu também...

Enquanto te fotografava de perfil com uma roupa transparente, acrescentei:

— Com tanta beleza, que tal uma frontal?

— Assim...? — eu disse, me livrando da peça que vestia. Fiquei sem nada... nada!

— Pô, tu era safada, hein, veia! — ...

Depois veio a Helena com a mesma prosa. Rapidamente, apertei o obturador duas ou três vezes enquanto ela se cobria com uma linda estola de linho azul. Sorrindo, olhou para meu colo e disse:

— Você anda armado...? Na tua tribo os índios andam nus?

Sem olhar para seu corpo, como o Padre ordenara:

— Andam.

— Nu... nu... assim... mesmo...? — e abriu a estola, mostrando o corpo.

— Uuuuu...! — elas sorriam em verdadeira comoção. — E daí...? Conta...!

— A depender do momento, sim! — eu respondi.

Enquanto ela se despia para vestir uma saia florida, bem comprida, bati a famosa foto que foi parar na galeria da caverna — confirmei.

— Eu poderia ir lá...?

— O que a senhora quer fazer por lá?

— E é proibido vê-los nus?

— Não!

— Tocar, apalpá-los... é proibido?

— Não. Mas, eu estando lá, não queria ser tocado por você — disse.

— Se não é proibido, você mata minha curiosidade. Assim não preciso ir até sua aldeia — ela disse.

— Ela queria ir na aldeia só pra ver índio nu...?...

— Mas já não tinha visto? Helena era terrível — acrescentaram.

A intenção dela não era só apalpar!

— Claro! Era o que todas nós queríamos — e que era proibido pelo regimento! — ...

Dias depois, ela foi bem disfarçada ao barraco da vovó.

Naquele momento, houve um gesto obsceno no meio da prosa.

— Quando tu saiu da sala armado, a perigo, a mulherada se divertiu — risos, risos, risos.

As ordenações vinham através do Padre: ninguém deveria me dirigir a palavra — prossegui.

— Casamentos desmarcados não eram raros — disseram.

— Aí as psicólogas entravam em ação e resolviam.

— O caso mais marcante foi a banqueira que deu um chilique na hora H...

— Foi quando discutiam os valores e as rígidas normas da organização — afirmaram.

— Lembro da ricaça de Santa Catarina, que ia se casar com o Major?

— Ela quase botou o caso a perder.

— Pagaram uma fortuna para ela calar a boca.

MOMENTOS DE ANSIEDADE

Vou arranjar-te uma corrente e farei o possível para vos arranjar um par de cornos.

Shakespeare

Era uma tarde nublada. O juiz Nicolau foi o primeiro a chegar ao recinto sagrado. Eu estava de plantão. Apesar da recomendação do Padre, vestia túnica de fibra de caroá, colar de sementes e um belo cocar de penas de perdiz. Em cada braço, uma pintura. Fotografei-o e permaneci aguardando oportunidade para mais fotos, enquanto ouvia comentários de que havia algo estranho.

— Está havendo uma cizânia entre os nubentes. Parece coisa grave. Grave não — gravíssima.

Tomando uma folha de papel, escreveu um ofício em resumidas duas linhas e o encaminhou para a Clínica Vida do Homem, a alguns quarteirões dali.

Os membros titulares do conselho da Socriar chegaram antes da hora determinada.

— Todos presentes? — questionou o Barão.

— Menos Dr. Celso Katu-Abá e Dr. Anatolle, que, pelas atividades a que estão submetidos, seriam dispensados da cerimônia. Mas tomaram conhecimento dos fatos — disse o juiz.

O velho gentilmente agradeceu ao paramilitar que trouxe o ofício. Pôs-se de pé, em sinal de preocupação. Refletiu, calculando a gravidade da questão — afinal, seria o dia do casamento do Padre.

Com papel e pincel, redigiu do próprio punho o aviso, assumindo a culpa e o risco. Ele mesmo afixou o cartaz diante da perplexidade dos pacientes — alguns vindos de longe, com meses de espera pela consulta ou cirurgia do grande especialista dedicado à saúde do homem.

O doutor decidiu seguir a pé para a sede da Socriar, sabedor de que algo contrariava seus rígidos princípios. Doutor Anatolle o acompanhou no angustiante trajeto.

— Doutor, e o paciente sedado para o procedimento?

— A equipe pode reduzir a sedação — disse o velho médico.

— Mas isso não seria criar prioridades fora da medicina? — Anatolle contestou a ordem do mestre.

— Procedimentos contra males que afligem a alma exigem ação imediata — respondeu.

Profunda a decepção dos clientes. A clínica, naquela tarde, ficou vazia. Houve princípio de tumulto, mas tudo foi contornado pelo Tenente, que permaneceu por angustiantes instantes.

Em volta da mesa cerimonial, sentavam-se o Barão Suarez, o juiz Nicolau e o Senador. Outros conselheiros, inclusive o Coronel Gavião, compunham o semicírculo. Açodados entre especulações sobre a provável desistência do casamento, alternavam, prejulgavam com injúrias, atiravam a culpa na arrogância do Padre. Também havia os que o absorviam — mas todos achincalhavam a noiva.

— Nós ficamos furiosas. Ela não deveria ter feito o que fez...

Furioso fiquei eu quando soube que a noiva do Padre era Helena. Até aquele momento, eu nada sabia.

— Pois a gente pensava que vocês tinham combinado tudo — disseram.

— Afinal, era a terceira vez que ela rejeitava um casamento. Tudo isso, acreditava-se, por saber mais do que deveria saber, por ter mais poder que o merecimento para uma mulher da sociedade...

— Hoje, depois de refletir, acho até que todas nós estávamos enfeitiçadas pelas psicólogas...

— É verdade! Entre nós, pouco importava a posição social ou profissional. Apesar de transtornadas, executávamos as tarefas que não fazíamos em casa. Ali, éramos serviçais...

— A Socriar não tinha funcionário. Tudo era nós quem fazíamos...

— Ritinha, a juíza, limpava até privada...

— E não só durante as cerimônias matrimoniais, mas, em especial, durante a cerimônia da Lua Cheia. Mesmo sem casamento, contanto a lua aparecesse no horizonte. Porém, nenhum casamento se faria sem Lua Cheia visível, brilhante...

— Para fazer justiça, esta foi uma das causas da desistência de um dos casamentos de Helena — disse Rita.

Enfadado e impaciente, o médico, em passos lentos, respirou fundo antes de aproximar-se do Barão, a quem falou palavras sutis. Cumprimentou a todos com abraços e apertos de mão. De Helena, recebeu de forma imprópria beijos na face.

Devido às atividades em sua pesquisa, há meses não se relacionava com os sócios — nem mesmo com o grupo seleto da Socriar. Sempre dedicava carinhos paternais a cada homem do grupo — sendo correspondido. Alguns o veneravam: um quase santo.

— Mas entre as mulheres, não. A gente o chamava de machista. Só cuidava de homem...

— Outras o desconheciam por completo...

Dr. Celso Katu-Abá, o velho bruxo e cientista, sentou-se em uma espécie de trono entre o Barão e o Senador. Sem delongas, Suarez fez sinal de que precisava de silêncio para o ritual.

— O Conselho entendia bem este gesto cerimonial.

HORA DO CASAMENTO

Amei... desventura minha! Quis curar-me e piorei. ... e aos tormentos que já tinha, novos tormentos juntei
Juca Mulato, de Menotti Del Picchia

Helena permanecia em pé diante da coorte — até então, uma atitude inconcebível para qualquer mulher da sociedade.

Aquilo tudo aparentava ser uma grave afronta.

— Desde a fundação da nossa sociedade, mulher alguma fez-se de besta e ficou ali, em pé! — Zé Cavalero falou baixinho.

— Nem presente no pórtico sagrado! — Alemão retribuiu ao cochicho de Cavalero e, ainda cochichando, completou a censura:

— Muito menos qualquer uma delas pode contestar as regras do Supremo Conselho!

Como um infernal pesadelo desabando sobre cabeças coroadas, uma delas surpreendera a todos: a atitude de uma fêmea convocar o conselho em dia de Lua Cheia.

— Isso foi intolerável para os homens.

Representava que a mulher começava a tomar consciência — ditando ordens aos homens.

— Com agravante: ela permanecia em pé diante do mais secreto *judicato*.

— A Helena, parecendo rainha, independente... apesar de que, para a maioria masculina, não passava de uma fêmea libertina — ainda condenavam.

O Barão, por um instante, fraquejou perante seus pares e não ordenou que a senhorita Helena se recolhesse ao seu lugar — o lugar de fêmea, como dizia a regra da Socriar.

Essa atitude seria a mais razoável e foi aguardada pelos homens — e também por algumas mulheres, pelo menos a maioria delas, as mais submissas.

Certamente, o Conselho não desejava dar motivos para uma quebra mais profunda da hierarquia, pois o protocolo já fora violado.

— Somente uma alucinada não percebe tão flagrante desvio de conduta — o Deputado cafungou.

— Um ser que mija sentado não pode ficar em pé ali — "Bem Dotado" disse, desorientado.

Quando o Barão sacou da nobre espada, deu-se início ao ritual. Esperava-se que elevasse a lâmina até onde o braço alcançasse, mas, apesar do semblante aparentemente calmo, suas mãos tremiam. Acreditou-se que o Barão, evitando demonstrar inesperada fraqueza — ou talvez com receio de sofrer algum vexame — preferiu oferecer mais uma opção aos noivos.

— Apesar de que isso não aparentava ser sua verdadeira intenção! — explicou Rita.

— Aos noivos franqueamos, caso prefiram, a prerrogativa de ausentarem-se durante o tempo necessário para obliterar algum desentendimento — se houver.

A voz potente do Barão, inquestionável, determinante como a de uma majestade, naquele instante ressoou tímida, submissa — um passivo observador da arrogância ativa de Helena, insultuosa, postada à sua frente.

— Só ele sabia o custo para sua alma repleta de orgulho, o quanto custaria à organização renegar a incomum ação da noiva — explicou Maria.

— Ele sabia, mas já não lhe restava autoridade para impedir a derrocada — falou alguém.

— Vou preferir evitar as formalidades, Sr. Barão! — ela disse de forma incisiva, sorridente, considerada desrespeitosa, zombeteira.

Helena não se intimidou. Sabia que a preferência na ordem da fala era do noivo, do homem, do macho.

— Ali começava a virada da mesa! — voz unânime, quando a fogueira se apagava.

Os olhares de cada pessoa presente brilhavam mais que os holofotes. A cumplicidade estampava-se em cada rosto. Contudo, a presença do médico — sempre serena, cor da pele avermelhada, cabelos negros aparados em círculo, maçãs do rosto salientes, já envelhecidas — tudo combinava com um brando olhar cativante, de inimaginável intuição.

Foi ele, o velho, quem procurou abrandar os ânimos com um gesto de mãos. Sua postura singular contribuiu, apesar da aversão das mulheres, para restabelecer minimamente um certo momentâneo equilíbrio.

Pouco antes, ao saírem da Clínica Vida do Homem, Anatolle mostrara-se tenso, com a preocupação incontida. Respeitosamente, acrescentou em voz baixa ao guru Celso Katu-Abá — cujo nome, herdado da língua nativa, poderia dizer-se: *bom homem* ou *homem do bem*:

— Mestre, temo pelo seu esforço — deu alguns passos em silêncio e prosseguiu — e que tudo vá para o esgoto por atitude de uma mulherzinha irresponsável.

A isso, ele respondeu:

— Não se deve temer pelo esforço, mas sim pela falta dele.

E os dois calaram-se durante o trajeto.

O velho guru, dono de uma percepção invejável, meditava sereno, deixando transparecer que ele também carregava um alto temor diante do esforço de sua obra — agora ameaçada de demolição.

TROCA DE NOIVO NO ALTAR

Alto, alto vis traidores,
Por ninguém seja eu trocada.
Cervantes

Apesar das poucas brasas, a roda de prosa ganhava calor, e prosseguimos:

— Senhores, meus amáveis irmãos — disse, inesperadamente, a senhorita Helena.

— Irmãos? — Coronel Gavião falou, interrogativo e descontente.

Exclamou um dos presentes, em pronta reprovação:

— Essa não é a melhor palavra para ser usada por uma mulher em cerimônia sagrada!

— Que diacho! Quando eu digo que estávamos dopadas...

Algumas delas sabiam o motivo de sua irreverência. Outras, não. Mas a senhorita Helena prosseguiu:

— Tenho poucas palavras para dizer aos mais nobres senhores que conheci na minha vida — depois de uma pausa irritante — é... eu escolhi outro homem para conviver, ocupar meu coração, cuidar de mim e eu cuidar dele, da minha casa, dos meus direitos, dividir minha herança. Quero repartir meus momentos de alegria e evitar a opressão, a tristeza, gozar da liberdade de ir e vir. Quero ter o prazer de ser uma fêmea reprodutora de vidas, procriar — e será com um homem que me dê amor, filhas e filhos. Não me interessa posição, saber, riqueza, raça ou cor, mas... — e fez outra longa pausa — que ocupe meu coração.

— Aquilo foi lindo! — exclamaram.

E ela prosseguiu:

— Será com este que me casarei. Era o que desejava comunicar a esta nobre coorte. Estou certa de que não tomarão como estranha minha decisão. Agradeço tão sagrada compreensão!

— Quando ela curvou reverentemente a cabeça, dando dois passos para trás, nós todas já estávamos do lado dela — afirmaram.

Inicialmente houve um tumulto mental, dado por certo que houvesse algum desencontro — algo que ferisse a estrutura da sociedade, que cultivava tantos medos, diante de rígidas normas e segredos, tantas implícitas frustrações.

Metódico e intransigente, o Barão limitou-se a remediar:

— Entre os irmãos não há homem solteiro com quem possa legalmente se casar, sem prevaricar, sem submeter-se ao crivo da agência — a menos que...

E, nessa hora, titubeante, o Barão abria os braços, sem ação, enquanto nós, desrespeitosas, sorríamos.

— A menos que, senhor Barão, eu mesma — falou, com segurança — sem a ajuda da agência de casamentos, da qual sua senhora é a gestora, tenha encontrado o homem, o cidadão, que desejo e que amo!

— Aquele momento foi mágico, impetuoso — elas falavam em coro.

O Coronel Gavião, sem olhar para os presentes, interrompeu — mesmo sem permissão — a fala da jovem, e em voz alta, áspera, repressora, comentou:

— Esta sua atitude, moça, é unilateral, é um ato insano, inconcebível. Isto é um golpe. Fere frontalmente a nossa masculinidade, nosso caráter. Fere o mais sagrado dos preceitos regimentais da nossa robusta organização, e até os ensinos da escritura sagrada, que diz ser o homem a cabeça.

— E a mulher o cabo...! — bufou o Tenente, tomado de raiva.

Pálido, mas soberbo, o Padre — que não havia abandonado o recinto — olhou para as mulheres, algumas inconformadas com a atitude de Helena, umas temerosas, outras exaustas. Fixou o olhar em uma delas, a última das solteiras, que paciente aguardava um companheiro como lhe haviam prometido, e, sem constrangimento:

— Senhorinha Zulmira, quer casar-se comigo?

Antes que ela desse a resposta, nós já gritávamos em coro:

— Siiim...! Mas tem de ser hoje, agora! Tem de ser agora!

Nosso medo era que o banana do Barão marcasse para a próxima Lua Cheia...

A contradição era marcante: Zulmira era branca, cabelos ralos, magra, alta, curvada, olhar vazio, lábios pálidos — entretanto fartamente proeminentes —, inteligente, de fala comedida. Poucos olhavam para ela. E o Padre — que não era padre — era um sujeito alto, faces rosadas, cabelos lisos, barba sempre aparada, vestido a caráter, competente arquiteto, de ação dominante, um dos mais influentes da Socriar.

— Era um contraste visível. Mas nós empurramos a canoa — rarara...

Helena, entre o sorriso e a voz serena, arrogante e com uma doçura invejável, aproveitou-se da euforia e anunciou:

— Eu também tenho de me casar hoje. Agora!

Entre nós, pensamos que ela estivesse blefando, só para fugir do compromisso. Mas não. A danada, balançando o corpo de forma infantil, saiu pelo portal dourado — que cabia apenas ao secretário abrir —, subiu a escada de três degraus e, segurando o fotógrafo pelo braço, anunciou do alto, perante a descrença de todos e todas nós:

— Este é o cidadão com quem me casarei!

— Entre nós, foi um choque.

— Já se sabia que ela andava enrabichada com os índios — mas não a ponto de casar com um deles — comentou Maricota.

— Vaca! — disse Alemão.

— Afinal, quem é esta topetuda!?

— Uma piranha — responderam.

A pergunta do delegado foi dirigida diretamente ao Coronel, que não teve resposta. Afastou-se do círculo sem abandonar o recinto — atitude que infligiria gravemente o regimento —, respirou fundo e, depois, humilhado, voltou calado ao seu lugar.

— Ela é a tesoureira do sistema. A diretora do banco. É ela quem lê os projetos, aprova, assina o cheque, passa o troco. Tem costas largas. Mora só, numa caverna. Dizem que, para sustentar, tem somente um casal de índios adotados — e mesmo assim, não moram com ela. A única visita que recebe em casa é do eletricista... e do Barão, que a trata com muito mimo — detalhou Paulo Fera.

— Um... Compreendi o enredo da farsa! — disse o Alemão e acrescentou, levando a mão à boca, em sussurro: — O Barão é muito esperto. A vovozinha é o jantar. E o Chapeuzinho Vermelho, o pudim!

Zé Cavalero olhou cheio de receios e conclamou:

— Irmãos, mantenham o nível. A respeitabilidade que o recinto exige.

— Estamos diante de uma besta selvagem, carecendo de cabresto e doma.

— Cela e espora!

— E pêia...!

Foram as palavras torpes usadas pelo grupinho de desentendidos.

— Ela é astuta!

Zenilda não gostava do topete de Helena. Dissera:

— Uma *bostética*! O que será deste pobre fotógrafo nas unhas de uma vampira...

— Coitado...!

— Ora, amigas — Lady Day falou serena —, vamos louvar a sorte de senhorita Zulmira. Por sorte, pode encontrar um par!

— E que par! — disse Escovadinha.

— Há quanto tempo na espera... — Lady Day.

— Foi uma das primeiras. Padre é um homem inteligente! — Amélia tentava acalmar os ânimos.

— Viva Helena! Topetuda. Sensata. Corajosa. Malcriada...! — diziam outras.

— Ela mesma confessou, disse sem receios que o índio conhecia sua caverna, e que já se deitou na rede dele. Dissera que os índios eram gostosos...

— Sinhazinha ameaçou expulsá-la do grupo...

— Depois surgiu a fofoca de que ela era caso do Barão.

— Por isso é que não se gostava dela...!

— Nas reuniões que Sofia e Amélia patrocinavam, ela não aparecia.

Havia passado três noites próximas à caverna, ouvindo e falando, contando e recontando histórias para quem chegava. Como havia muita interrupção, Dra. Rita sugeriu melhorar a didática, facilitar o entendimento, oportunizar aos que haviam perdido parte da narrativa. Então, além da narrativa oral, as histórias tomariam forma escrita, omitindo as interferências desnecessárias.

E assim prosseguimos.

O CERIMONIAL

Um romance que não revela um aspecto até então desconhecido da existência é imoral.

Milan Kundera

Recebi, em letras desenhadas por mãos femininas, um caderno bem conservado com relatos detalhando momentos peculiares desse casamento. Momento em que o Barão ausentara-se para vestir a estola cor de vinho, reaparecendo por uma pequena porta ao lado do altar. Fazia-se necessário apaziguar os ânimos.

Na avaliação do Coronel Gavião, o Barão dispunha de três instrumentos regimentais. Primeiro: poderia solicitar ao plenário a aprovação do requerimento da senhorita Helena — que, certamente, seria rejeitado; segundo: poderia recorrer aos anciões — teria uma só chance, se o primeiro voto fosse do Dr. Celso, e este votasse "sim"; terceiro: recorrer ao solícito — "*...a todos, o solícito: ajoelhem-se até que a comissão ateste ver a Lua Cheia brilhando!*" Era a condição suficiente e necessária para o início da cerimônia.

Pelo regimento, constitui falta gravíssima qualquer manifestação contrária ao solícito, ou *shupé end*, que significa "perante a voz" — simbologia dos povos tupi introduzida por Perpétua. A palavra tornou-se ação de subordinação. Todas e todos os associados, reverentemente, obedeceram e se ajoelharam — ou seja, o Barão optou pela orientação de Perpétua.

Houve profundo silêncio para ouvir a voz clara do velho tapuya proclamar: *erekó îasyendy* — "existe luar", ou "existe Lua Cheia"!

E em seguida, a espada saía da bainha com o atrito entre o gume e o trama do tecido. A roupa de Helena, que cobria seu corpo delicado, precisava romper-se, desfazer-se em duas bandas — assim dizia o ritual. Ela deveria humilhar-se, despir-se e provar perante todos que era uma mulher obediente.

Seu corpo ficaria nu diante do altar, para que todos o vissem antes da permissão para receber o marido que a Socriar lhe daria.

— O marido não é seu. É da Socriar...! — disse a única voz feminina autorizada a falar na cerimônia: Sinhazinha.

Os olhares voltaram-se, instantaneamente, para o cobiçado corpo. Depois de Maria Bonita, nunca se vira tanta beleza em um corpo. O Padre somente tinha olhos para as costas da senhorita que logo mais seria senhora Sacambo III — a quem acabara de perder. Por um instante, esqueceu que havia escolhido a senhorita Zulmira como sua noiva. A futura senhora do Padre. É certo que julgava não estar tudo perdido. Apesar da dor contida pela cobiça, restava-lhe o plano alternativo da caverna.

A sensação de perda para um índio fotógrafo inflamava sua ira contra o "selvagem".

Padre era considerado um gênio. Ali mesmo, no altar, arquitetou os detalhes do plano que chamou de "a viuvez silenciosa". Seria um sacrifício indolor — sem corpo, sem testemunha, sem culpado.

Depois de despida, a noiva deveria ser levada em um andor de madeira de fino mogno até o pórtico rodeado de flores e pelo manto azul e verde, símbolo da Socriar. O manto deveria ser introduzido no recinto pelos padrinhos. Mas o Barão tomou para si a responsabilidade.

Na sequência, viria a tricotomia, antes da cerimônia da Lua Cheia.

A tricotomia consistia em retirar cuidadosamente cada pelo pubiano da noiva, doravante senhora Socriar. Algo inédito, em termos de tortura psicológica. A invenção de dona Perpétua Katu-Abá vinha de uma magia tribal da caatinga, da qual pertencia o respeitável marido. A função tinha natureza higiênica. Somente a parteira, estando viva, agiria na presença da mãe do noivo; de forma semelhante, o pajé agiria sobre o noivo, na presença do pai da noiva. Além da constatação, era algo oculto, restrito e respeitoso.

Tudo foi transformado em zombaria — algo para humilhar a mulher, ali, em público, sob os olhares maliciosos. Em nome de um suposto ritual selvagem, criou-se o mais agregador efeito do fetichismo coletivo, dominante, perante os olhares cremosos próprios das matilhas de rua.

Nas tribos tapuya do sertão, esta prática tinha função não somente higiênica, mas, principalmente, de prova: de que o noivo receberia a mesma mulher com quem se casara, e a noiva, seu respectivo homem. Os pelos da tricotomia eram "documentos". Parteiras e pajés os entregavam de forma inversa, ao noivo e à noiva, em potes de argila. Só deveriam ser abertos em caso de dúvida, após cinco luas cheias — se assim os nubentes desejassem.

Na Socriar, houve a banalização.

O código de ética previa que um dos notáveis, indicado pelo Sr. Barão, usando suas prerrogativas, entre aqueles que detivessem o perfeito domínio dos instrumentos, praticasse o ato. Os depiladores seriam os escolhidos a ficarem arrogantemente frente a frente com a humilhada — e os demais, em semicírculo, observando.

A admiração, a contemplação, a excitação eram ações determinantes — parte do ato.

Houve choros, clamores, desacatos. Era humilhante. Entre eles, sorrisos. Algumas desistiam.

Nas cerimônias anteriores, o privilégio alternava-se entre Anatolle, por ser cirurgião; Paulo Fera e o Alemão, por serem biólogos — os únicos, teoricamente, considerados qualificados para fazer uma depilação sem risco, o que gerava ciúmes.

Alguns deles se propuseram a cursar escola de cabeleireiro, porém, até esta data, não foram designados para a cerimônia. O Dr. Celso Katu-Abá — também médico — rejeitava sem transgressão, sempre que convidado para a ação ou a contemplação.

PROFANAÇÃO DE UMA CERIMÔNIA TAPUYA

A abominação daquele casamento era completa para a maioria — em especial para o Padre. Sentiam-se enganados. Afinal, fora o próprio Padre quem introduzira o índio como fotógrafo nas intimidades do grupo. Ninguém o chamava pelo nome. Até então, era tido como um profissional dedicado — mas inexpressivo, um simples instrumento, dizia o Padre. Agora, mostrava-se venenoso — mais que um escorpião.

O fotógrafo aparentava vinte anos; nos documentos, mais. Carregava uma fisionomia que o diferenciava do grupo, predominantemente formado por pessoas de pele branca. Apesar das exceções, ele trazia no rosto as marcas do nativismo pré-colombiano: voz carregada, andar compassado, pouco afeito ao riso, sempre pintado, com um inseparável colar de contas no pescoço. Quando usava cocar de penas azuis, todos — menos o Padre — o admiravam com mimos.

Dedicava respeito cordial ao velho médico. Espelhava-se nele. Pareciam parentes próximos. Até aquele instante, não havia entre eles aproximação explícita, mas, sempre que cruzavam olhares, médico e fotógrafo sorriam levemente um para o outro, e havia mútuo e reverente curvar de cabeças.

Maria Bonita o admirava, mas preferia negociar com Amyporã — contemplava-o de longe, obedecendo à orientação do Judeu.

Diante das aparências físicas e comportamentais, era admirado como exímio profissional, mas reservado. Mesmo quando provocado, era comedido. Suas atividades sempre haviam sido discretas, embora houvesse a sutil dúvida: teria ou não ocorrido relacionamento carnal entre ele e Helena? Por ser ousada, ela descobriu algumas fotos suas no baú.

Nunca fotografou a nudez involuntária dos membros da sociedade. No instante em que as mulheres se apresentavam em volta dele na mais completa algazarra e nudez, ele mantinha-se profissional: jamais desviava o olhar com malícia, jamais sorria diante delas, jamais mirava a câmara para o peito de alguma sem ser solicitado, apesar das insinuações.

As atividades externas eram ordenadas por Padre e sempre bem remuneradas.

Como forma de prêmio — ou desagravo? ou vingança? — o próprio Padre, que por duas vezes fora noivo de Helena, foi convidado para sua tricotomia. Deleitou-se. Provocou o inferno astral das mulheres. Enquanto isso, e concomitantemente, o Alemão — biólogo por formação — iniciava a tarefa de tricotomizar a senhorita Zulmira, noiva de Padre.

Cada pelo extirpado com profunda delicadeza e humilhação era uma algazarra. Seria guardado em recipiente apropriado e conservado como singular troféu — o símbolo de uma propriedade humana. As mulheres tinham donos; pertenciam não aos seus maridos, mas à Socriar.

Helena observava com mesura as ordens do Barão. Entregou-lhe um conjunto de tesouras, navalha, pinças, alicates, luvas e toalhas, que deveriam passar de imediato às mãos de Padre. Caberia a ele processar a tão esperada operação de depilação da senhorita Helena. Mas ela não se submeteu.

Padre, antes, contemplou sua frontal nudez e fez o último galanteio:

— Em vez das pernas, abre os teus braços, simbolizando o coração — e depois, tu abrirás as pernas!

Helena, sorridente, contemplou cada instrumento e os entregou, para o desencanto da trupe, à senhora Perpétua, que — ágil e cuidadosa — completou o ato simbólico, como faziam as parteiras *tapuya* da caatinga.

Mais uma vez, em um único dia, as mulheres quebravam o mais rígido protocolo regimental de uma sociedade secreta cujos imitantes sonhavam com o harém de Salomão.

Ao cidadão, como passou a ser chamado o índio, no entanto, não foi permitido tão alto privilégio de preservar a relíquia. O Barão, assegurando uma caixa luxuosa de madeira de lei, recolheu cada pelo que Perpétua deixara sobre o tapete — como se recolhesse pepitas de ouro — e os guardou sem prestar contas do seu deprimente ato.

Houve reação, manifestação e suspiros da parte masculina — e júbilo entre as mulheres.

Doravante, a cerimônia foi rápida. Tudo marchava como esperado. A espada à altura da cabeça dos nubentes. Juraram reconhecer e obedecer às leis da Socriar. Juraram que só a morte os separaria. Juraram nunca tocar nas intimidades de seu dono, a menos que claramente permitido pela Socriar.

As mulheres obedeceriam às normas da Socriar, do Barão supremo e, por fim, às ordens do marido.

VIOLAÇÃO DA CERIMÔNIA

Como complemento ao juramento, uma réplica da espada seria entregue aos noivos. O Barão entregou uma réplica ao Padre. Para surpresa, não entregou a outra ao Cidadão, por julgá-lo incapaz.

Com novas roupagens, os dois casais receberam os cumprimentos — uns de pesar, outros de alegria. A noite avançava. Da lua, apenas um clarão. Nuvens negras e relâmpagos tomavam conta do céu. As folhas das amendoeiras balançavam. A enxurrada atingia a calçada. Turbilhões escondiam a Lua Cheia.

— Se a lua desapareceu, o casamento não deveria ter se consumado! — disse Mestre Sala.

— Todos sabem: é a presença da Lua Cheia que sacraliza a cerimônia nupcial — disse o Alemão.

— Mas a lua estava no seu eixo e lugar, na hora certa. Se a semente for plantada hoje, a lua estava pronta para fazer vingar o rebento — expressou-se Maria Bonita, em voz comovente.

Ela estava diferenciada de todas. Usava um cocar de penas de gavião sobre a cabeça e um colar de sementes. Havia pintado os braços e o rosto com urucum, semelhante ao fotógrafo — obra-prima de Amyporã.

— É, moça... o melhor é pôr-se em seu lugar. Esta tradição está sendo quebrada por uma influência selvagem e maldita — resmungou o Coronel Gavião.

Para evitar o pedido de impugnação, Sinhazinha tomou a espada das mãos do marido e deu por consumada a cerimônia. Helena estava tensa — como se ameaçada pela Santa Inquisição.

O beijo deveria vir após a cerimônia da lua, mas Helena beijou. Em silêncio, retiraram-se.

Nós, que apenas observávamos, fomos evacuadas do ambiente com certa grosseria. Enquanto Sinhazinha segurava a mão direita de Helena, o Barão segurava a esquerda — em completo desacordo com as normas. Saíram apressadas. O índio perdia o direito de acompanhar sua esposa.

Estas e outras observações valiosas impulsionaram as narrativas para outras rodas de prosas, juntamente com pessoas dispostas a contribuir de diversas formas.

O DIA SEGUiTE

Naquele instante, senti falta dos instrumentos de imagem. Voltei, acreditando que seria por poucos instantes. Sem dizer por quê, segui em passos largos até a biblioteca — recinto do fotógrafo. Enquanto apanhava os diversos instrumentos, as luzes do edifício se apagaram.

Apesar de o Padre ter trancado as portas e saído em direção incerta, escapei da prisão pela porta corta-fogo; com habilidade, atingi a rua. Tive tempo de ver a noiva, como se fugisse de mim, acompanhada pelo Barão e por Sinhazinha. Seguiram em direção desconhecida.

Enquanto isso, a Lua Cheia rompia uma nuvem escura, piscando para a maré alta.

Desolado sobre a calçada, marchei tristonho, com minhas sacolas ao ombro, direto para o estúdio — abatido, em profunda tristeza.

Na manhã seguinte, despertei confuso pelo pesadelo: tudo fora sonho. Acordei como indígena — não como fotógrafo, não como cidadão, tampouco como marido de Helena.

Quem não sabe aceitar os pequenos erros das mulheres não se aproveitará de suas grandes virtudes
Khalil Gibran

Opiniões, não unânimes, masculinas, apontavam Helena como traidora.

— Traição se paga com castigo, meu caro Zé! — dizia Alemão, raivoso, inconformado.

— Traição se paga com a vida! — disse o Delegado, melancólico.

— Quando é reincidente, o melhor é prisão perpétua, numa caverna escura, para não ver mais o sol nem a lua. — Paulo Fera.

— Para nós, outro aqui, no há traison, e sim a previsoin da incompatibilitê de gênerô, e por isso, se houver castigo, será igual para los dous — foi a fala misturada do Judeu, elegante, vestindo túnica preta e gravata amarela.

— Mas Deus já deu o castigo dela, sejamos razoáveis! — alertou John dos Passos, diante da intransigência de Paulo Fera, que queria envenenar mais o maldito incenso, apoiando a reclusão perpétua.

— Notem bem — interferiu a professora Sofia, acostumada com a psicologia dos machos —, se Helena não teve sua noite de Lua Cheia — com ressalva, pois o Padre também não a teve —, o castigo, no entanto, recaiu cruelmente somente sobre Helena e o Cidadão.

— Pois é, como o regimento explica isso, Coronel? — arguiu Maria Bonita.

— Nesse caso — o Coronel Gavião, fingindo-se desatento —, o regimento é omisso, minha senhora.

— Então, se há omissão, que se dê liberdade para Helena e para o Cidadão, assim como foi dada ao Padre e à Zulmira. — Xica Boa aconselhava com certa prudência.

A alta coorte da Socriar impôs a Helena uma pena considerada exagerada. Sabia-se que, no caso de traição feminina, a pena máxima era a reclusão na casa da morada dos nubentes, pelo tempo de doze luas.

— Você está condenada à pena máxima: reclusão durante doze luas, tendo a atenuante de poder exercer suas funções profissionais durante o dia e recolher-se à noite, a menos que esteja a serviço da Socriar!

As palavras, pronunciadas pelo presidente da coorte enquanto conduzia Helena para sua solitária moradia, tinham ar de falsidade. Toda sua fraqueza, a possibilidade de um plano audacioso, o arrependimento previsto no regimento — segundo o Coronel Gavião.

Helena teria dito:

— Prefiro a clausura, a solidão, o trabalho forçado, o deserto, a tempestade de areia... Heley não voltará atrás.

— Entre o Cidadão e o Padre não podem haver contatos — determinou o Barão. Pelo menos até que as doze luas cheias se sucedam.

Mas Helena impôs suas condições: voltaria ao trabalho, porém exigia saber, diariamente, notícias de seu índio fotógrafo.

Acusada de alta traição, o preço a pagar foi alto — tudo por, sem prévio aviso, recusar-se a casar com o Padre, um dos altos conselheiros da Socriar.

O que poucos sabiam era o tamanho do poder de Helena, apesar da sua discrição. A Socriar não existiria sem ela. O motel não existiria sem a verba do banco; a Sinha&Suarez vivia às custas do banco; os cavalos do Tenente eram fruto de financiamento bancário. Após dois dias sem a presença da presidente, o caixa não pagava, contratos não eram assinados, cotas vultuosas de arrecadação ficaram trancadas, sem acesso ao cofre.

Somente então notaram que a mulher chamada de "topetuda" fazia falta. Reclusa, tinha por companhia apenas um casal barulhento de araras, a quem chamava de "meus índios".

Durante a sentença, Helena transitou a pé, sob o olhar à distância de Maria Bonita, entre a casa bancária e a caverna da solidão — como passou a chamar a casa que o Padre, imaginando ser sua, construíra no estilo de uma gruta.

As lágrimas não cessavam. Sentia falta de uma voz masculina — mas não a do falso Padre. Queria um homem para afagar, chamar pelo nome, fazer amor. Essa ideia estimulava os labirintos do erotismo, tão comum às mulheres saudáveis, bonitas, conscientes, como dizia Xica. Durante as noites, perambulava pelos corredores da falsa caverna, sentindo-se presa nela. As flores que mandava a si mesma já não cabiam nos vasos. Lembrava os momentos de alegria. O olhar do índio, através do obturador, atingia as profundezas de suas entranhas.

No banco, antes tão dócil com os funcionários, tornara-se agressiva. Limitava os atendimentos, mostrava-se deselegante, malvestida, vomitara no tapete. O tempo passava lento para as doze luas. Sua menstruação, que era um relógio, falhou. Maria Bonita fora proibida de visitá-la. O que mais almejava era ver a última lua em esplendor, para ter o índio em seus braços.

— Ela aceitará ou não a cerimônia que marcará o fim do castigo? — questionava Xica.

— Acredito que sim! — respondeu a delegada, cheia de compaixão pela condenada.

— Tem de ser com todas as pompas. — exigiam.

— E se a Lua Cheia não clarear? — interferiu Perpétua.

— Nesse caso... nesse caso... — disse Xica, cheia de audácia.

— Não havendo lua clara, não haverá perdão. Fica subentendido que não houve doze luas — prova de que nem a lua a perdoou. Assim está no regimento! — o Coronel Gavião falou durante a cerimônia de conciliação.

A fala do Coronel produziu tumulto não habitual nas sessões de apelação. Nada, porém, tirava a expectativa da liberdade de Helena.

— Senhor Barão — Helena, malvestida, se apresentou, falou serena ao imponente comandante supremo —, desconheço, até mesmo nas páginas da história, uma única mulher branca, bonita, rica, civilizada, que tenha escolhido um selvícola, homem indígena, pobre, inculto, para se casar. O senhor conhece outra?

— Eu conheço homens, príncipes, que escolhem mulheres pobres, plebeias, brancas, bonitas e, casados, fazem-nas princesas. Mas mulheres? Não.

— Apesar da ironia, Senhor Barão, digo: esta sentença rouba o sonho de uma mulher de sentir prazer em sua noite de núpcias — e tem um só motivo, meu senhor: o preconceito! Em vez de um homem branco, bonito, rico, inteligente, escolhi um indígena, vermelho, que os senhores chamam de selvagem, gentio, bravio, incapaz — até canibal —, apesar de ser criatura dócil, inteligente, produtiva e viril. O mais honesto entre os senhores — a ponto de confiarem nele como testemunha diante das atrocidades que praticam, semelhantes às dos animais. — em lágrimas — Isso é justo, Senhor Barão? É justo?

— Não. — disse o Barão.

A segunda lua crescente — em dois dias — seria cheia. O Barão, rendido às falas femininas. O conselho dividia-se entre os que queriam ver o Padre vingado — olhavam o céu, esperando dias nublados para que não houvesse perdão — e os que ansiavam não só pela Lua Cheia, mas pelo plenilúnio brilhando sobre as águas azuis da maré alta. Desejavam viver o ritual, festejando um matrimônio, estar diante da deusa-mãe da prosperidade. Queriam que Helena provasse do amor que lhe haviam negado. Que o banho de rosas perfumadas lhe causasse uma sensação intensa e uma noite duradoura de prazer ao lado de seu fotógrafo predileto — seu imaginado índio da floresta.

REVIRAVOLTA

Início de tarde. Profunda angústia. Me desdobrava em intensas atividades na Ybikûarusu II — lugar que precisei construir no quintal da Rua de Santo Antônio, querendo esconder de todos, mas a caverninha virou atração. Eu odiava as visitas. Seria meu novo laboratório fotográfico e de leitura. Já não me restavam esperanças de ver minha Helena.

Vi, pela fenda, o Padre no gramado, seguido de um sujeito parecendo um gladiador. Entraram. Empurrou a porta do estúdio — me assustou. Desarmado, mantive a calma. Sem pedir licença, ele arrancou de um prego na parede a imagem mais completa que decorava o ambiente. Retratava uma encantadora cascata, caindo da serra ao pôr do sol. A foto era a preferida de Amypohã — eu a havia tirado com muita técnica e zelo, e ele a emoldurou com capricho. Além do sol poente, aos pés da colina, havia uma deslumbrante mansão rupestre, rodeada de ipês de variadas cores enfeitando a bela arquitetura. Era a casa do bacanal.

Nada me explicaram. Saíram pisando duro. Essa foi a única visita que fizeram depois do casamento. Vieram para nos roubar.

Horas depois do incidente da foto, o tédio me fez sair — na esperança de ver a lua se aproximando cheia. Desolado, perambulava pelas ladeiras do Santo Antônio, com roupas de fibra de caroá, costas nuas pintadas de urucum, trancelim de miçangas, diversos colares de sementes no pescoço.

Deparei com mais uma surpresa: um estranho me abordou, exigindo:

— Entra... entra... vamos logo...

Em um carro preto. Com ordens para que eu não olhasse seu rosto.

Imaginei ter caído nas garras do Padre. Ou do Barão. Nada me disse. Eu nada perguntei.

Momentos depois, fui deixado com uma única indicação:

— É aquele portão! Está aberto! Não olhe para trás!

NOVO ENCONTRO

A dura escola da vida me ensinou a não confiar em todos.
Cacique Payayá

Estava diante do segundo portão de fuga da mansão de Helena. Mesmo receoso, entrei. O jardim, a trilha, o mar, o casal de araras, a lua crescendo — tudo seria esplêndido, o fulgor. Não poderia haver maior surpresa: Helena me aguardava no rol, com o corpo úmido e a roupa de piscina. Parecia mais cheia que antes.

— Ainda bem que você veio e não me deixou na solidão, contemplando a fonte promotora de luz! — disse, arrastando-me até a janela de onde esperava ver, em breve, a luz da Lua Cheia.

Estendeu as mãos em direção a um certo ponto — era como se, do imenso vazio visível, a lua anunciasse nosso reencontro. Tomou nas mãos um buquê de orquídeas amarelas, inclinou-se lentamente, ajoelhando-se a meus pés.

A última vez que a casa fora decorada, os casais da Socriar haviam sido convidados, mas não houve acordo sobre os bens — cujo valor integral deveria ser do, agora, marido de Zulmira. Não houve festa. A noiva não compareceu à cerimônia nupcial. Agora, não haveria convidados. O verdadeiro motivo tornara-se mais um segredo regimental da Socriar: sabia-se apenas que não houve Lua Cheia. O Padre cobrou intervenção na agência de casamentos para que houvesse nova cerimônia — e assim se fez. Outra vez os nomes de Helena e do Padre apareciam como requerentes nupciais.

Nesta oportunidade, Helena compareceu para, perante todos, dizer NÃO.

Uma vez perdoada pelo conselho, esta noite — sem convidados, sem festa — seria única, delirante. Estava esperançosa, inteiramente livre e sedutora, pronta para esperar a Lua Cheia ao lado do marido que escolhera para si — e não para a Socriar.

Sem palavras, ofereceu-se de braços abertos, caiu sobre mim e girava como a coroa do girassol. Seu empenho, esperando a reação dos meus músculos rígidos, frustrou-se: não reagiram.

O temor virou tremor. Tive medo de que tudo fosse uma farsa diabólica maquinada entre o Coronel Gavião, o Padre, o traiçoeiro Barão, a senhora Sinhazinha, o Alemão, o Tenente. Afinal, estava na casa que também era uma caverna.

Os instantes que deveriam ser de prazer transformaram-se em angústia. Tive medo — dos costumes, dos instrumentos cirúrgicos, da mesa de operação. Medo da clínica. Medo do médico. Medo de ser torturado. Medo de ser castrado. Medo de ser preso na caverna. Morrer atirado no mar. Sem prazer. Medo da prótese do Senador. Uma cirurgia indesejada. Poderia ter sido atraído para uma cena de horror, ser objeto de estudos, de um alçapão, de uma caverna, de uma doação de órgão. Tudo era pavor.

Ouvia a advertência do kibira: "Você é um paroara!"

Afinal, classificavam Helena como bruxa diabólica. Traidora.

Da janela, fixei o horizonte, lembrando as tranquilas matas das corredeiras do Paragusu. Por breve instante, viajei no passado, procurando a força da lua entre as duas pontas da serra, o camelo como atalaia, o sequestro de Sacambuasu, os Payayá na cabeceira do rio, o ferro-doido roncando, as raízes da divina gameleira. O senso ancestral me daria força para fugir para lá?

Quando me reencontrei, estava além do mundo sensorial.

Seguiu-se um breve silêncio. Respiração profunda. Era intimidador. Via a ânsia — como eu era apalpado, como ela me manipulava, como eu era olhado, visto, consumido.

Mesmo diante de sua confissão — que parecia sincera, domínio total de seus desejos — achei prudente me preparar para uma invasão repentina, e olhei:

A arma! A arma! Suspensa sobre a pedra.

O sinal de paz só veio quando o brilho dourado dos primeiros raios da Lua Cheia despontou, pouco além de onde eu esperava ser a morada do infinito, vista da caverna de Yayá.

O DOTE

Mas posso dizê-lo, esta embriaguez dos sentidos, talvez este delírio da vaidade não penetrou no meu coração.

Choderlos de Laclos

A manhã ressurgiu em uma casa quase vazia de gente, mas cheia de perfume de mulher. Saí em busca de um corpo — encontrei sua imagem refletida no espelho, e sua voz, que se deleitava da colina artificial onde uma janela se abria para o mar.

— O mar é um gigante! — exclamou ela, radiante. — É por esta janela que o reflexo da lua nos iluminará!

— Que está havendo? — interroguei. Não era a lua. Era o sol da manhã. Essa mulher não conhece caverna?

A casa não fora feita por Helena, nem para Helena. Fora feita por — e para — um arquiteto que desejava Helena como escrava de suas luxúrias. Ela era apenas uma inquilina da caverna.

Ao fotógrafo, até então, cabia registrar cenas circunstanciais, guardar os segredos regimentais da Socriar — até que o Padre, delirante na embriaguez, interferisse ou tivesse licença para matá-lo com mais segurança do que tivera com o jovem ruivo, com a menina dos olhos verdes... e, enfim, se apoderasse da caverna.

A casa imaginada teria, entre outras funções, a de sonho platônico — um esconderijo de moedas. Nela habitaria o Padre. A Helena caberia ser sua propriedade. Pois os bens são do homem. E o homem, da Socriar. À mulher cabe submeter-se.

Barão e Sinhazinha seriam a nobreza. Os demais, cortesãos. Dentro da fortaleza, nem mesmo os membros da Socriar tinham autoridade. Viver ali poderia ser em silêncio ou em algazarra, malvestida ou nua — contanto que se fizesse o que o Padre permitisse.

Uma escrava assenzalada — apesar de branca, bonita, rica em ouro, farta fortuna.

O Barão era mais esperto. Agia em surdina. Não interferiu na apressada arquitetura — mas sim na arapuca que o Padre armara para aprisionar Helena.

O casamento com um indígena: ela exigia um dote, uma contrapartida. Devolver o sítio de Vovó e a caverna de Vovô — uma vaga ilusão. Uma trama entre Helena, Sinhazinha e Suárez. Tudo sigiloso — até para os mais chegados, até para o velho guru.

Uma vez casada, Helena não poderia se descasar. Não teria mais pretendente. Senão viúva. Helena prometera proteger o índio. A fortuna oculta — que nem o Padre calculava — estaria a salvo. As vidas doces de Sinhazinha, do Barão e de Helena, estariam salvas.

O Barão reconhecia no Padre mais do que um arquiteto. O Padre era um gênio esperto. Mas Helena era mais. Melhor seria mantê-lo por perto, exigir muito dele — e dar o que fosse possível.

Menos Helena.

A LUA APARECE CHEIA

A lua usou toda sua energia para agradar Helena. Após dois dias, encheu-se de glória numa tarde deslumbrante. Ela falava em linguagem própria — como os poetas que dialogam com o nada em um mundo repleto de tudo. Eram todos os seus sonhos.

Parecia que as janelas tinham vontade própria: quando se abriam, revelavam o infinito. Nada impedia Helena — naturalmente nua — de olhar o mar, buscando a direção de onde a Lua Cheia viria para brincar com as ondas, e estas, com seus sentimentos.

A casa, construída no cume da colina, oferecia visão prioritária do céu, das estrelas e da lua. O azul que Helena via podia ser celeste, podia ser marinho. No quintal, duas baias vazias, que nunca abrigaram cavalos — os cavalos artistas do Padre.

A luz do dia sendo consumida, ela aguardava o reflexo do clarão amarelo da Lua Cheia. O quadro compunha o cenário imaginado — excitante — que ela preparara, querendo viver com um fotógrafo uma inesgotável noite de amor como nem ela, nem qualquer das mulheres da Socriar, vivera ao lado dos mais poderosos criadores de cavalos de raça.

Apesar da frustrada noite de chegada, tudo se cumpriu no amanhecer, enquanto o sol nascia.

Helena cobriu o corpo modelado com trajes deslumbrantes. Sorridente, descalça, vagava pelo recinto. O perfume ainda incendiava os desejos. Tudo estava além dos domínios do meu estreito universo.

Ela convivia em outro mundo — que eu não aprendera a olhar. Descobri que seus olhos eram argutos, sua percepção, além de onde não se ia. Mostrou-se docemente apaixonada, dizendo-se eleita para a maternidade. E a lua passou por nós dois, na clausura da mansão-caverna.

DEPOIS DO AMANHECER

Depois de dois prazerosos amanheceres, ouvi vozes. Pelo espelho oposto, Suarez saía da porta do cofre com duas malas em mãos; não me fitou. Tomei a roupa de caroá, imaginando o labirinto a seguir, em fuga até o portão leste. Apesar da altura, preparei o salto. Nesse momento, ouvindo mais vozes e o ronco do motor, abrigando-se da chuva, ele protegia as malas, assegurando a mão de minha Helena.

Mais uma vez me achava só, aprisionado na caverna. Cumpria-se a profecia: depois, lama!

Quando disse que havia liberdade, mas não libertinagem, afirmou que mandaria em nossas vidas — que eu e mais três sabíamos da existência do cofre. Faltava um. O segredo pertencia a ela. Não me deu até logo, não disse para onde ia, nem o dia de voltar — se voltaria um dia. Olhei demoradamente para a arma e pensei em fazer o papel de vigilância até que Helena voltasse. Talvez voltasse à tarde.

Dias se somavam formando meses, sem que eu a visse, nem soubesse o seu destino. Era a segunda armadilha: protetor do cofre garantido por uma arma pendurada.

Em minha confusa imaginação, houve um assalto à caverna, e o objeto mais valioso do furto foi minha doce Helena. Tudo mais estava em seu lugar — inclusive as cadeiras e a misteriosa mesa.

O RETORNO

Si hortum in bibliotheca habes deerit nihil
(Se tens um jardim e uma biblioteca, nada te faltará)
Cícero a Marcos Varro

Durante meses de solidão na mansão, cuidei das araras, alimentei micos e um rebanho de pássaros. Pintei os muros, transformando-os em floresta; recuperei o gramado, reformulei a caverna. Pelas madrugadas, observava-a, desvendando cada milímetro, cada rocha — as que formavam o sanitário pareciam uma miniatura fiel da caverna de vovô. O tempo que sobrava passava na biblioteca, lendo livros de artes, bisbilhotando relatórios, notas e recibos.

Meses e meses. Numa manhã, ouvi o sino. Era ela. Luxuosas malas depositou no cofre. Estava um pouco mais magra. Apesar de inferiorizado, cobrei explicações; ela limitou-se a uma carícia estratégica. Olhava o muro, o jardim, os pássaros, a floresta — encantou-se com a caverna. Chamou-a de "hercúleo trabalho". Encheu-me de presentes: sapatos, anéis, óculos.

Passada a tristeza, já não sonhava com as matas, as cachoeiras, o sequestro de Sacambuasu. Pés descalços me causavam angústia, mas não abandonava meu colar de sementes nem o cocar de penas — ela gostava. Lembrei que esquecera meu líder Amypohã no Santo Antônio. Minha caverna e o baú.

O Barão apareceu; desta vez, me cumprimentou. Havia esquecido o segredo do cofre. Um débito na padaria, com o leiteiro, o açougueiro... sacas de milho para alimentar os pássaros, o casal de araras, os jardins. Mexendo na biblioteca, encontrei um desenho malfeito da caverna — tornou-se minha preocupação.

RECONTANDO HISTÓRIA NA BOCA DA CAVERNA

Pode parecer preocupação demais, porém, para quê calar a voz?
Cacique Payayá

Você morava só? Vivia nu na caverna? Você dependia da caça para comer? Como viveu estes anos todos? Como aprendeu a ler? E fotografar? O que sentiu quando viu Helena assiiiim, oh...!

É real que ela ficava ao telefone, vigiando a saúde de pessoas à distância, comovida, orando? Era você quem cuidava da casa e do corpo dela?

Ela nada dizia sobre quem ou por quem chorava. Não me desprezava.

— Acreditei que você iria aprontar pra cima de mim — falei para ela —, junto com o Padre, com o Barão, o Coronel. Já planejava a fuga para os rios Cachoeirinha, Bonito e Mocambo. Tinham muitos peixes, dava pro sustento da família. Fome não se passava. Banana, macaxeira, ariri, caju, licuri, paca, jacu, tatu, zabelê. Bastava um bodoque e uma mão cheia de bolotas de barro pra ter duas codornas e um jacu. Uma arapuca bem armada pegava preá, gato-do-mato, cutia. Com um jequi no rio: traíra, piaba, piau, cobó. Como passar fome? Depois que as beiras dos rios foram ocupadas com engenhos de cana, botaram a placa: proibido caçar e pescar.

Tocava o boi na manjarra, girando a moenda do engenho. Depois, guia de carro de boi. Aí veio a fome.

Os meninos foram para os quatro cantos, evitando a fome. Morar em favela? Eu não fui...!

Como tropeiro, acompanhava tio Raimundinho para as feiras, montado num burro e tocando outros. Vendia raspadura, rede, chapéu de palha, jaleco de pele de veado, pena de pato, espora, corda de laçar.

Quem não tem pai obedece a tio. Tio Raimundinho ia nas cidades da Chapada, até Lençóis. Nos prometeu encontrar vovó, que morava na caverna. Descemos o rio Utinga, o Santo Antônio e o Paragusu, e todas as cidades. Ela morava num sítio. Bem velhinha, alegre, nos acolheu. Ficamos para cuidar dela: limpamos a roça, plantamos aipim, cuidamos de Yayá, pensando que nunca mais tio Raimundinho voltaria.

Amypohã começou a fazer colares, chapéus, esteiras de palha. Na serra, catando sementes, encontramos uma discreta fenda. Gritamos — e ela respondeu: zuozuozuoooo. Seria a entrada da caverna que vovó contava?

— Depois que encheram a barragem, só entra pelas fendas! — Yayá confidenciou.

— O problema é como entrar, Yayá...

E vovó mostrou, atrás do poleiro das galinhas, uma pedra:

— Olha lá a gameleira...

Era uma árvore que eu queria cortar para vender gamelas.

— Não corte a árvore, não quebre as pedras, não deixe rastros... Fogo? Nem vê...!

— Sem tirar as pedras do local, não entra, Yayá...!

— Arrasta a barriga nas pedras, minino...!

— Faz uma fogueirinha na boca, pra gente ver o que tem lá dentro! — Amypohã me ordenou.

Tinha muitas pinturas no teto. Voltamos para contar a Yayá.

— Meninos, não vão botar tudo a perder, nem vão se perder lá dentro. Bota um chapéu, não vai quebrar pedaço de pedra pra mostrar pra ninguém. Nada de tirar nada pra fora, nem vender pedra, nem dar o que tá no chão. Nunca digam o que viram nem o que tem lá. Nada de quebrar nada. A saída só tem uma, que eu e seu avô achamos. Agora, só eu — e ninguém mais — sabe. Em nome de teu avô, tô ensinando pra vocês... No mês tal, dia tal, na hora certa... um cavalo aparece na pedra. Olha que ele vai aparecer! É só montando nele que se vai pra debaixo do rio.

Vovó sorria. Abençoada! Seria nossa salvação.

Aprendemos a entrar e sair da caverna sem desespero. Fizemos a escada. Cavamos a nossa perdição.

Amypohã fazia coisas com pedras parecidas com as da caverna. As pessoas compravam estátuas, colares, cocares, mas preferiam as pinturas. Queriam uma pedrinha branca do buracão. O povo do lugar dizia que os índios sabiam ir na morada dos morcegos, do lobisomem, do cavalo. Diziam que índio não tem medo de assombração.

ESTRANHOS NA CAVERNA

Um rapaz ruivo apareceu trazendo uma rede de balanço e outros presentes. Disseram a ele que índio dormia num buraco.

Comprou chapéu, cocar e colar sem pechinchar. Queria aprender minha língua e me ensinar a dele. Dizia que gostava de andar em caverna. Me ensinou a guiar o jipe dele, e andávamos os três por trilhas, serras e beiras dos rios que caíam no Paragusu.

— Você me leva na caverna...?

— Onde você ouviu falar em caverna...? ...Ô, me leva... me leva! Onde é o buraco da gameleira...?

Yayá dizia que não era pra tirar nem pôr coisas de dentro da caverna.

Depois de tantos presentes, fomos para a caverna. Ele insistiu para deixar um trem dentro dela.

— É só tirar umas pedras da boca e pronto!

Enquanto abria o buraco para armar o trem, ele comprou barco, caminhão, e ele mesmo trabalhava com a gente. Era Amypohã, ele e eu. Precisávamos levar as peças até a boca do buraco sem ninguém ver. Trabalhávamos todas as noites. Uma moça dizia:

— Você entra na caverna e aperta este botãozinho da máquina, vai iluminar tudo. Não tenha medo, não pega fogo!

— Quando tudo tiver pronto — dizia ele —, é só encher o balaio de dinheiro, comprar jipe novo e depois avião. Levar gente pra lá e pra cá através das curvas, cachoeiras, trilhas e veredas, e muitas mulheres!

— Um padre que é parente do bispo vai pedir pra gente fotografar ele lá dentro, perto das pinturas. Deixa que vou ensinar vocês!

Amypohã, aborrecido, não queria padre ali. Mas o moço ruivo entrou no jipe e disse, acenando:

— Pode deixar que eu vou cobrar muito dinheiro, e ele vai pagar!

E deixou a moça como refém. A moça dos olhos verdes quis botar ordem. Fazer filmes dentro da caverna e nos ensinar a lidar com suas máquinas de luz.

Amypohã não queria saber nem de máquina, nem de filme, nem de estranhos. Mas já era tarde. Ela sabia tudo. Dizia-se até neta de Yayá. Armou uma cabana no quintal da casa de vovó e, por bom tempo, ficou por lá esperando o moço ruivo voltar trazendo muuuuito dinheiro.

Um dia saiu para encontrar com um padre, levando o rolo de fitas das imagens — e nunca voltou.

No dia em que tio Raimundinho chegou vestindo paletó e gravata, trazia uma Bíblia. Ele se assustou e mandou queimar a barraca da menina que tinha ido pra caverna.

Para afugentar o diabo, lia a Bíblia para a gente, com dificuldade. Como já estava ficando cego, nós líamos para ele. Amypohã lia rápido, decorava os salmos. Tio Raimundinho gostava muito e fez dele o líder. Ensinou o que era ser cacique honrado, como era seu pai.

Nem o rapaz nem a moça voltaram. E tio Raimundinho levou Yayá para a caverna — e não voltaram.

Vieram diversos convites para vender artesanatos e pedrinhas em praças, feiras e exposições, como tio Raimundinho ensinou. As galinhas da casa do sítio ficavam só.

Um dia, voltamos querendo ficar — e começaram as ameaças. Depois de muitas caminhadas, fomos dormir num casarão abandonado no Santo Antônio.

A vida com Helena só era dócil quando ela chegava. Não parava de chorar ao telefone. Viajava sem determinar a volta e voltava sem aviso. Voltou determinada: faria outra viagem — dessa vez, eu seria sua companhia.

— Acho melhor você se levantar. A chuva caiu forte durante a noite, e essas estradas desconhecidas... ao que tudo parece, são cheias de curvas — e, molhadas, são perigosas...

— Eu conheço muito bem o jipe. Já tive um igual. Sei andar na lama. Com ele, não tenho medo de qualquer estrada.

Pouca atenção me deu.

— Posso saber o nosso destino? — indaguei ainda sonolento. — Estou querendo é pegar estrada!

Abrindo a boca, porém, disposto a atender seu apelo — afinal, Helena era uma pedra fina achada depois de perdida.

O sol nascendo, ela em pé se espelhava, buscando perfeita acomodação para os cabelos negros sobre os ombros. Antes, porém, de concluir a sentença, um assustador encanto: vi-me estático a contemplar duplamente seu corpo — um, a pele; o outro, no espelho.

Que privilegiada visão facilitada por um jogo engenhoso de espelhos que enfeitava o dormitório — e eu não sabia para quê.

Não fui educado para receber semelhante impacto. No entanto, lembrei-me do reflexo da lua na caverna de vovô.

Uma imagem humana deslumbrante: as costas curvas e o espelho oferecendo contemplação do busto desnudo, um pouco caído. Como enfeite, um trancelim de ouro. Parecia a face santificada de um anjo guardião. O movimento dos braços acompanhava os seios, que apareciam como o pêndulo de uma maçã no pé. Apesar dos sinais de uma juventude tardia, o belo se refazia.

Repentinamente, um desenho de luz insólita penetrou através do vitral triangular. A voluntariedade do raio exigia que fosse tudo naquele dia, naquela hora, naquele instante sem chuva. Oportuna postura: a luz do raio somente poderia estar presente por um vago instante.

Lembrei-me dos ensinamentos de Yayá:

"Tem dois buraquinhos no centro da caverna que alumia toda ela. Ele aparece de manhãzinha e no sol a pino. É só um instantinho. *Vem numa hora certa, do dia certo, numa estação certa do ano e cabou. Ninguém* vê mais!"

A insistência do moço ruivo, encantado com aquele segredo eterno que Yayá não queria que mostrássemos para "essa gente", nem para a moça dos verdes olhos — que vovó chamava de *Tesa ybi*. Sem a vontade de vovó, o moço a persuadiu, e ela, mediante presentes e afagos, nos autorizou a mostrar o raio de luz, dizendo o mês, o dia e a hora.

— Desde que não tenha nuvem! — ela disse.

— Cuidado, não brinquem com coisa dos encantados, o castigo é certo — disse Yayá à menina dos olhos verdes.

O raio precisava acompanhar a carreira da fonte de luz que a nada espera — e por isso foi ardiloso e breve na iluminura de um corpo curvado de Helena.

Quem haveria de ter imitado os sagrados segredos da caverna de Yoyô? — pensei.

O confronto entre o real e o imaginário instigava-me, buscando definição para minha vida. O sujeito era eu mesmo? Eu estava na caverna? Enquanto reinavam dúvidas sobre estar ou não, meus olhos testemunharam: estava diante do encanto.

Os segredos de Vovó. De Dindinha. De Yayá. A pedra da gameleira. O galinheiro. A escada. O trem do moço ruivo. As fotografias... Fogo? Nem vê...!

Não brinquem com coisa dos encantados! — vovó bem que avisou!

O moço ruivo brincou. A moça dos olhos verdes brincou. O arquiteto brincou. E Helena, e eu?

Pela beleza do corpo de Helena, tudo parecia as imagens desenhadas no teto da caverna. Lá, a arte do artista maior: os deuses da densa floresta. Mulheres nuas. Guerreiros macomunando ataques. Aqui, uma deusa perante um homem nativo. Eu, filho dos deuses...? Eu era um ser privilegiado, agraciado pelos ensinos das cavernas, recebendo com juros pelo engano do moço ruivo, a esperteza da moça dos olhos verdes, dividendos pela arrogância de um usurário engenhoso arquiteto.

O ESPELHO E O FARSANTE

As mais belas imagens ficam absurdas se refletidas num espelho côncavo.
Ramón María del Valle-Inclán (Espanha, 1866/1936)

— Andar pelas curvas de estrada pelos camboeiros é sempre uma emoção. Basta atenção dobrada.

— Quem se arrisca por estradas de curvas está sempre a correr perigo, com ou sem camboeiros.

Ela completou a frase alisando o corpo, olhando o meu olhar pelo espelho.

— Em qualquer estrada corre-se perigo — acrescentei, abrindo espaço para sugerir: — Por que você não volta pra cama e brincamos mais um tiquinho?

De outra forma, com visível postura de superioridade, didática, pausada, corretiva:

— Levante-se! Receio parecer indelicada para com nossos amigos. Eles têm bons hábitos, e eu não pretendo ser inconveniente diante de pessoas que nos acenam com boas acolhidas e civilidade.

Após a decisão de casar-se, aumentavam as manifestações de absolutismo.

— Tens razão! — acentuei, tentando amenizar o incômodo na alma.

Tinha raiva do Padre, de Suarez, de Zé Cavalero, do Senador — aqueles velhos ricos, mentirosos, pervertidos, alisadores de égua. Se eu contasse o que já sabia, se mostrasse o que tinha guardado nos rolos e mais rolos de fitas magnéticas, ela não iria ao encontro desses patifes, corrompidos, maliciosos.

Mas seriam eles mesmos os homens de bons modos a quem ela se referia? Relutante, busquei a serenidade. Já estava calmo após relembrar os ensinamentos de tio Raimundinho: as palavras brandas aplacam o furor.

Ainda confuso pelo efeito do raio que se foi, seguindo a velocidade da luz pelo corpo dela — uma luxúria celestial — estava consciente de que a imagem imitava o raio que, em determinado dia do ano, passava pela caverna. A moça e o ruivo haviam roubado o raio da caverna para vender ao Padre.

O espelho triangular de cristal era mais preciso, mas a rocha da caverna tinha mais encantos. Fui até o banheiro e permaneci por lá até que ela chamou meu nome.

Tudo me intrigava, como no primeiro dia em que fui sozinho à caverna. A luz me traiu e deixei chegar a escuridão — tanto essa como na caverna de vovó. Caverna mete medo. Fiquei por lá sem saber o tempo. Não fosse o cuidado de Amypohã, teria sido minha sepultura. Eu respeitava a cultura da caverna.

— Estou na caverna ou no banheiro? A cópia quase perfeita.

Minha voz tremeu. Apelei para o improviso e, como um rouco, solfejei um concerto terno que vovó ensinou para cantar na caverna: se você canta, a gameleira responde!

— Yayá, por que você me deixou sem dizer por quê? Eu te amava.
Yayá, eu vou me embora já
Vou para a lagoa dos lírios
Seguindo a luz do seu olhar
Yayá, eu voooou
Ouvir a voz da gameleira...

Helena, desorientada, olhou com dúvidas se meu espírito entenderia os acontecimentos, o significado da luz do espelho, planejado por uma mente diabolicamente... um arquiteto apaixonado, trocado por um índio cuja vivência na natureza trouxe um saber que ultrapassava sua imaginação. Essa mulher rica, livre nas ações, achando-se capaz de manipular mentes, rendeu-se:

— Como é lindo o modo de você cantar. Não pensei que...! — e se calou por alguns instantes, em dúvida:

— Como é mesmo...? Tu serás capaz de reproduzir este maravilhoso som...?

— Sim. Desde que o raio de luz volte a brincar no espelho... no teu corpo!

— Impossível — ela explicou —, o arquiteto que fez o projeto pagou caro por ele e calculou tudo: o segundo, o minuto, a hora, o dia e o mês em que esse raio haveria de brilhar com essa intensidade. Ele fez tudo isso desejando estar, neste instante, no lugar que você está. Mas não soube me merecer. — E alisou o corpo úmido. — Ele é arrogante e não valoriza a mulher nem a natureza, como tu valoriza. Aliás, ele te despreza. Mesmo assim, sou grata à sua genialidade.

As palavras eram de uma vencedora. Baixou a voz e prosseguiu:

— Para ele — disse calma — o plano deu errado. Para nós dois pode dar certo. Aliás, já somos mais que dois.

— Depende de quê?

— De me ouvires. Não saia de perto de mi... não saia...!

Nem por isso ele deixa de ser o meu gênio arquiteto predileto. Ele foi responsável pelo mais intenso momento que vivi — ela confessou — e acrescentou, arrogante:

— Só a riqueza permite a felicidade!

Eu sabia. O arquiteto era o farsante. O Padre foi o grande perdedor. Para ele restava o que ouvira dos encantos da caverna, que ele transformou em um espelho côncavo e outro triangular.

Neste mesmo instante, nesta hora e neste dia, o Padre pretendia se matar. Aproveitaria o grande encontro. Todos juntos para verem sua despedida.

Não fosse a sensibilidade de dona Zulmira, sua esposa, teria sido seu fim.

Ele havia se despedido dela, prometendo nunca mais vê-la. Mas Cavalero, Major, Paulo Fera e o Delegado foram avisados e esperaram o Padre na porteira da fazenda com flores e alegria.

O Padre perguntou ao grupo:

— Que vocês aconselham: adiar a data ou trocar o cadáver?

— Trocar — disse Paulo Fera.

O CONVITE

É fazendo que se aprende a fazer aquilo que se deve aprender a fazer
Aristóteles

— Que tal uma conferida na programação do evento?

— Recepção e café da manhã às 7; apresentação às 8; às 9, descerramento da placa do monumento ao cavalo e início da mostra...!

— Aí é covardia! — comentei sorridente. — Fala como se você mesma tivesse escrevido!

— Quem sabe não fui eu mesma que tenho escrevido!

Temporariamente, uma ruga frequentou sua testa. Maquiando-se, Helena não movia os olhos do espelho e, por ele, me olhava — reprovativa, mas carinhosa.

O convite, luxuosamente aberto sobre a estante. Na aquarela da capa, pinceladas caracterizavam deslocamentos de equídeos de variadas pelagens pelo prado. Assinatura: *Sedução!*

Logo abaixo, em uma faixa de sobretons, em letras góticas, o nome do destinatário:

Cidadão e digníssima esposa!

Cidadão, sou eu. O índio. A digníssima esposa, ela, Helena. Pela primeira vez, acreditei que meu casamento com Helena era verdadeiro. Reconhecido em documento oficial.

A este convite, é que íamos atender. Quem convidou foi a secretíssima Sociedade dos Criadores de Cavalos de Raça: Socriar.

Padre havia planejado para este dia uma morte. Ou a dele, ou a do Índio, ou de toda a Socriar. A esta altura, sua já estava frustrada.

O jipe de rodas largas eu conhecia muito bem. Depois de reformado, pintado, saiu da garagem pela primeira vez, brilhando e luzente, incorporado ao meu nome. Proprietário anterior: James Write Powerful William — o ruivo. Nele faríamos nossa primeira viagem juntos.

Mesmo devotando toda a atenção, seguíamos no embalo da sofisticada aparelhagem de som instalada no veículo, sobre a qual eu exercia relativo domínio. Por gratidão ou ironia, o som era de tambores, maracás, *thoré* e *porancim*, maracatus.

Apesar da aparente alegria, percebi sua parcial impaciência; interrompi o som para atender seu gosto.

— Temos duas alternativas a seguir: uma delas é via Cachoeira, a outra pelo pontilhão...

Helena, diminuindo sua estatura da esfera por onde sempre girava, olhou-me estranhamente, fugidia — era a face que eu não conhecia, como se se transformasse em uma adolescente comovida com menores gestos:

— Amor, vou te recompensar com um beijo se me mostrares o pontilhão.

— É uma obra enorme de uma empresa estrangeira que...

— É monumental! — ela interrompeu.

Acrescentei, sem vacilar, altivo: — Está destruindo o meu rio!

— Tá nada, bobagem, coisa de ecologista, gente burra. Sem infraestrutura, não tem progresso, não gera riquezas. Eu ainda não o vi depois de pronto...!

Todas as dúvidas me ocorreram e, sem poder contê-las, expressei: — E antes de pronto...?

Inquiri sem muita objetividade — e, sem objetividade, Helena não costumava dar respostas. Um minuto de tolerância, e defendi a seguinte tese:

— Estas empresas não respeitam a terra, o rio, o povo, as matas, os índios, as cavernas.

— Cachoeira me fascina. Falta a epopeia para a história se transformar. As lendas são pilares da cultura, somente com elas a história é mais atraente...!

— Mas essas tais cidades fizeram do meu rio um esgoto. Já não é o mesmo...

— É, eu sei, mas prefiro Pedra do Cavalo — interrompendo-me mais uma vez — aquelas escarpas me recordam Golã...

— Golã? Lá só tem o deserto! — falei com espanto.

— Mas onde você soube disso...? É no deserto que está a riqueza, o petróleo, o maná...

— Que significa mesmo "maná?" — alonguei a mão, demonstrando domínio da palavra.

— Você disse que seu tio lia a Bíblia! — concentrada.

— E tá na Bíblia?

— E também nos jornais..., na bolsa, no rádio, na TV...!

Transformada. Demonstrou perturbação diante de tamanha incautivez.

Abandonei a estrada de Cachoeira, contornei o trevo devagar, rumo ao pontilhão. Chovia.

Direcionei à ponte que ela chamou de monumental. Lá se pretendia implantar bombas sulcadoras na lâmina d'água e torres nas colinas das margens.

Olhei ao mesmo tempo para a estrada e para ela, e ela olhava entre as placas. Chamou-me a atenção para uma pequena, escrita em fundo azul e letras amarelas, que mal pude ler:

"SINHÁ & SUAREZ CONSTRUTORES ASSOCIADOS"

Ela leu em voz alta e repetiu: — Sinhá & Suarez.

Já não tinha total controle do veículo. Muita lama. Nossa visão era pouca, lama nos vidros. Crescia o pavor.

— Cuidado, índio, mais atenção, mais devagar..., mais devagar... — repetiu. — Você quer que eu leve o carro?

Já não tinha mais confiança no homem que escolhera para protegê-la. Agora, era um índio.

De cima, avistamos um mar de águas. A paisagem, para mim, era familiar e inconfundível. Eu via a liberdade do líquido flutuante; ela, o fosso escavado para aprisionar um rio. Eu via a maravilha no brilho da natureza; ela via o poder da tecnologia humana. Enquanto eu pensava em recuperação, ela pensava em perfuração e obras de escavação. Eu via a imagem líquida flutuante marchando ao encontro do oceano; ela, o valor líquido da obra sendo depositado no cofre de seu banco, na rua do Tira Chapéu.

— Qual a unidade de medida mais adequada para datar este fosso? Seria milhares ou milhões de anos? — disse para ninguém.

— "Paragua" é mar, e "asu" é grande. Por isso que é "paragua-asu", o mar grande.

— Não é isso, não! — disse ela. — É grande rio!

— Se fosse grande rio — contestei com firmeza — seria Y-asu. "Y" é rio, e "asu" é grande. Entendeu? Com um "s" — afirmei.

— Então seria "Assu" e não "asu", com dois "s", ou "ç" — querendo me ensinar minha língua nativa.

— Na minha língua não tem esse som: *zzzzzzz*. Por isso, não precisamos desse diferencial: "ss" ou "ç".

Helena sorriu, descruzou as pernas, olhou firme para mim e disse:

— Você é um sábio e não um índio... ou... é caboclo!?

PRIMEIROS POVOS

Estava cruzando o território, berço dos meus antepassados. O rio, de cor azul-clara por mistura de outras fontes, rolava incansável por trajetos montanhosos — como colhedor de tributos, recebia, entre outras dádivas, as correntes do rio Utinga, Rio Verde, Santo Antônio, Capivari, Rio do Peixe, Paratigi e Jacuípe. Eram afluentes revoltosos, espumantes, enfurecidos, raivosos de tantos maus-tratos recebidos nas costas das serras e escarpas da Chapada Diamantina.

Mas não são as mesmas serras que domam as águas do Paragusu, que lhe presenteiam com eterna perenidade? Vida perene? Vida eterna?

— Nem tudo que tem vida a tem para sempre — disse ela, de forma sínica.

— Mas o Paragusu sempre teve vida nascida nas costas da mais bela e encantada entre todas as chapadas da terra!

Queria dar uma lição de vida para Helena.

— E você conhece quantas chapadas? — e sorriu.

Dizer que conhecia seria ridículo. Então discorri sobre as belezas naturais: a fertilidade, a rocha, os vales, os pássaros, a importância dos afluentes para as aldeias, as nações tapuia. Entre estas, destaquei os Payayá, Topim, Maraká — e os quilombos.

Eu sabia onde era a caverna, mas dessa não desejava falar. E de nada disse. Como dizia Yayá: nem pensar.

Sabia quão perigoso era transitar pelas curvas das estradas sinuosas, escorregadias, mas não sabia dos perigos que há nas curvas do corpo de uma mulher bonita, sábia, rica, ambiciosa e perfumada — paradoxalmente, como o rio, maltratada apenas por ser mulher.

Helena — como o rio — não era confiável.

CACHOEIRA E SÃO FÉLIX

Mulheres ousam e desacatam a lógica das guerras
Rita Santana

— O Paragusu é o mesmo rio que banha Cachoeira e São Félix — disse ela como se estivesse diante de um turista desinformado. E acrescentou:
— O fosso agora encontra-se abrandado pela elevação do pontilhão.

Restavam-nos duas curvas sinuosas por vencer, mas ela aproveitou-se do panorama que a curva lhe oferecia.

Era esse o quadro que Helena tanto fizera por ver de cima, de uma posição mais generosa, superior. Como guia turística diante de uma paisagem circunstancial, única. E eu, como seu contrarregra — condutor do veículo para gente de olhar arrogante.

Contemplavam a indescritível, contraditória luxúria das águas caindo com mais força para gerar energia, irrigar bananeiras, abastecer edifícios, deixando o rio vazio. A mistura da natureza pura com a complexidade racional das ciências: fruto do domínio da natureza pelos humanos que, como anões, querem se projetar acima dela. A natureza rendia-se aos caprichos das crescentes necessidades da sociedade industrial.

Helena, agitada, lia um papel — parecia dirigir-se a investidores do mercado de valores. Descreveu com palavras e gestos o que eu jamais ouvira antes:

— As correntezas, comprimidas ali por um tubo de tripla zincagem, que nós financiamos.

Olhei para ela, incrédulo.

— Renderão polpudos dividendos! Parece uma língua d'água... Borbulhões caindo sobre um cocho de rochas testemunhas, uma fonte potencial para o turismo, muito dinheiro. Pagamos cientistas para atestar que as rochas suportarão por séculos os atritos, a pressão e a temperatura da água. Tudo varia de acordo com as estações do ano. Foi profunda a visão, ousadia — investimos em uma obra rentável a médio e longo prazo...!

Esse trecho do monólogo — não sei se ainda me comovia ou se me entediava — parecia fala do ruivo. Ela respirou, dando-se completamente por satisfeita com o ensaio do discurso. Ainda olhou-me como se cobrasse o mínimo de entendimento, e, como eu a incentivasse com um leve balançar de cabeça — o que ela tomou como sinal de aplauso —, prosseguiu:

— Estas colinas me lembram o rio Jarmuque, que corre para o Jordão. O Paragusu busca suas filhas: Cachoeira e São Félix. Cachoeira de um lado, São Félix do outro.

Agora era a Helena poeta que falava. Olhava para o outro lado da ponte, onde viam-se os telhados dos antigos casarões cinzentos das cidades irmãs que lhe trouxeram inspiração — e agora queriam dividendos. E declamava seu poema lírico:

— São cidades guerreiras, interdependentes, que criaram uma relação tão unânime de convivência com o rio que até seria aviltante para ambas descrevê-las sem justapor uma de cada lado de suas margens!

Estaria ela ensaiando o poema? Procurei pensar, mas seu olhar me reprimia. Prosseguiu no que compreendi ser a estrofe seguinte:

...é como se o fio do sabre as fendessem ao meio, quando eram apenas uma, e de uma lhe fez duas, recomendando que vivessem em paz, usufruindo das riquezas que lhes traz o rio.

— Quem compôs tais versos...? — encafifado.

Permaneci quase estático. Por fim, Helena falou só para si mesma:

— São necessárias muitas obras semelhantes. Muitas, muitas, muitas... transformaremos todas em barras de ouro...!

E, no instante, lembrei-me do Zé Cavalero: *Quem é esta topetuda?*

Apesar de perdidamente apaixonado, tive a convicção de que era mais uma gananciosa pelo ouro das serras — como o Padre, Suarez, Sinhazinha, Cavaleiro, o Alemão, o Gringo, o Judeu, o Coronel e demais. Eu os odiava. E lembrei: *a reunião dos investidores*! Foram essas as palavras usadas por Padre, o Barão, o Senador, o Deputado — para convencerem os investidores da Socriar a aplicar nas empresas Sinhá & Suarez, que supostamente construíram a Barragem da Pedra do Cavalo.

Para conhecer minha esposa, precisaria saber primeiro quem era Hely — ou Heley. Para isso, precisava superar a função de marido de conveniência. Nesse momento, lembrei de meu primo Amypohã. Onde estaria naquele instante...? Paroara!

Talvez, pensei, ali em seu corpo morava a deusa Europa — e eu, por um momento, fosse Zeus. Carregaria, mesmo sem seu puro consentimento, e atravessaria as águas com ela sobre o lombo, até a minha aldeya, nas cabeceiras do rio das águas claras.

Nas noites de solidão, eu estudava a arquitetura da caverna e lia lendas gregas. A cada página, me apaixonava pelas Helenas. Odiava Páris. Odiava Agamenon. Gostava de Odisseu.

O tempo foi complacente comigo, mesmo assustado com o pensamento: *"Vai, guerreiro. Age enquanto o tempo te permite. Nunca uma deusa reaparecerá para um mortal pela segunda vez."*

A FAZENDA PEDRA DO CAVALO

O nome secreto do avô era uma homenagem a seu ancestral que fez vários levantes contra a ocupação dos brancos, especialmente dos padres.
Cleide Ramos

Helena, mesmo enganada pelas histórias de um arquiteto, contemplava envaidecida a monumental obra, da qual acreditava ser ele o construtor. Cruzávamos vagarosamente o pontilhão que, aos poucos, ficava para trás.

Um velho caminhão barulhento, com as marcas desbotadas de uma construtora, seguia à nossa frente, iniciando a grande subida. Sua única marcha era a lenta. Ao tentar ultrapassá-lo, Helena surpreendeu-me, imperativa:

— Peraí!... peraí...! — olhava para uma bússola. — A entrada é aqui!...

— Calma, dá pra passar!...

— Me entenda, você está a passar sem sequer notar a entrada da Fazenda Pedra do Cavalo! — e apontava para a segunda placa.

— Calma, tenha calma — insisti. — Eu sei a entrada!

Helena parecia convicta, falava alto, gesticulava apontando o sentido a ser seguido e, mais agitada, sentenciou:

— Puxa vida, como você está teimoso como um selvagem! — E, imperativa: — Vais ter de retornar... voltar já... é lá atrás...!

Mesmo ao volante do veículo, me inclinei e dei-lhe um beijo em seu rosto lindo e arrogante. Abusando do torque do jipe, e mostrando minhas habilidades, realizei uma perigosa manobra em meio à curva de 45 graus, justamente quando a chuva havia cessado.

Horas depois, ao narrar o episódio às amigas, ela amenizou, mas, com ironia, chamou-me de descuidado para com a "minha" vida.

Meu espírito permanecia abalado — não somente pelas críticas de Helena, mas, seguramente, quando surgiram as frases: "Colinas de Golã", no meio de sua desenvoltura explicando-me o mecanismo e funcionamento das escarpas nas margens do Paragusu.

Antes de tomar coragem para questioná-la sobre seus estranhos conhecimentos, predominou o raciocínio. Surgiram vagando pela mente as ideias — que o Padre chamava de primitivas e tardias — e foi aí que pude reconhecer o alto nível do meu próprio raciocínio. Ora, ela, uma professorinha querendo ensinar a lição que eu ensinei ao ruivo, que o ruivo ensinou ao Padre, que a enganou!

Helena era uma boba por confiar na ladainha de um falso reverendo.

Conheço — pensei — como a planta dos pés, cada pedra deste rio. Certamente, ela teve confusas lições variadas sobre assuntos diversos. Mas eu aprendi vivendo com Amypohã, que aprendeu com Yayá, que aprendeu com Yoyô, que aprendeu com seu avô.

Eu ensinei a seus falsos professores as curvas do rio, como entrar nas cavernas, como sair delas. Nós sabíamos que o corpo de Yoyô estava dentro da Caverna — mas não dissemos a ninguém. Sabíamos o dia e a hora dos raios de luz, quantas luas duram as trevas absolutas; conhecíamos cada gravura da caverna, os encantos.

Certo... quem sabia tudo era Amypohã.

NAÇÕES DA CHAPADA

Mais tarde, na floresta, talvez morramos todos. Mas não pensem os brancos que vamos morrer sozinhos.

Davi Kopenawa

Eu odiava o "grande lago". Yayá dizia que, se não deixarem as águas descerem, aquilo vai explodir — e será em uma Lua Cheia, quando a água incha. Ela dizia:

— Vai arrasar as duas cidades — valha-me Senhora das Águas!

Pegava o colar de sementes e batia o maracá.

Tudo aquilo, ela dizia, eram terras dos Tapuya, do povo vermelho — que eram também Guerem, Payayá, Topim, Maraká. Pois eram todos Tapuya, todos vermelhos como o sangue.

Quem haveria de ensinar-me a entrada da caverna que está por baixo do lago da Pedra do Cavalo? Onde, e em que circunstâncias, Helena — ou Hely, ou o diabo que fosse — ouvira tantos relatos? "Golã..." "engenharia..." "língua d'água..." "tripla zincagem"... "jusante e montante"... "Jarmuque"... quantas palavras que não constavam de meu parco vocabulário?

E comecei falando o que eu sabia, sabendo que ela não sabia o que eu sabia: Mucugê, Anadarai, Marakayá, Utinga, Karapotó, Sacambuasu.

E ela se calou.

Onde acharão tantas obras para transformar em barras de ouro...?

Eu sabia o que Helena não sabia: o valor dos rios, das águas, da terra, das matas, das onças, das antas, das emas e das tribos Payayá, Topim, Goyaná, Maraká. As palavras dela estavam nos livros que aprendi a ler sem que ela soubesse que eu lia. Mas ela não sabia onde aprendi tantas palavras bonitas.

Minhas palavras estavam escritas nas profundas memórias de Yayá, nas rochas, nas cavernas — e em mim, onde ela não tinha acesso.

— Já, já estaremos diante dos gênios que conceberam e transformaram em realidade esta obra fantástica! — expressou-se, eufórica, em visível emoção.

Padre é um mentiroso... ele nada fez, ele não viu fazer, ele não construiu! Padre é um farsante...!

— O quê...? Você está resmungando...?

— Você ouviu?... o quê eu...? Eu estava cantando...?

Continuamos em caracol, agora por estrada melhorada, até encontrarmos o referencial. Era a medida cravada no azimute de 360 graus. Ali o sonho mitológico inspirou a engenharia.

Enfrentar a natureza num audacioso desafio: inicialmente era uma pedra bruta no caminho que um visionário ouviu dizer que parecia a cabeça de um cavalo.

Assim como o astuto Odisseu, na lenda de Tróia, elegeu Epeu para construir o cavalo de madeira, Irmão Suarez designou a missão ao Padre — sujeitinho nojento, mas engenhoso. Ninguém lhe fazia pareia. Devoto de Corbusier.

Depois de ouvir o relato minucioso do moço ruivo, ele mesmo esculpiu no obelisco a cara do cavalo na pedra.

A arcada subjugava quem lá entrasse — todos precisavam curvar-se. As inscrições diversas não eram as originais, mas pareciam. Impunha-se ali o diferencial entre as construções simplistas das fazendas tradicionais e a engenhosa estrutura da Fazenda Pedra do Cavalo.

O CÉU E O INFERNO

Não é digno de saborear o mel aquele que se afasta da colmeia com medo das picadas das abelhas!

Van Gogh

Fora da guarita da Pedra do Cavalo, sacaram uma lista de convidados. Não se permitia um só vexame. Teoricamente, só passava pela arcada monumental os maiores e melhores criadores de cavalos de raça. Ao que parece, aos intrusos, nem pela cancela haveriam de permitir passagem.

Difícil era o parâmetro para medir a grandeza desses "maiores criadores" — poucas informações tinha sobre a sociedade. Tudo debaixo do pano.

Entrar na Fazenda Pedra do Cavalo requeria convite ou ordens expressas do supremo comando. Ressurgiam minhas lembranças juvenis — e depois, como obreiro, sofrera o forte impacto da rápida transformação.

A maior surpresa estava por vir: diante da figura de Helena, os seguranças, como súditos, baixaram as armas, inclinavam a cabeça. Amélia e Mestre Sala sorriam para nós. Não exigiram o convite. Nem conferiram o interior do jipe.

Após passarmos o túnel na curva, a partir do pórtico monumental, paramos o veículo para sermos abraçados efusivamente pelo irmão Suarez e dona Sinhá. Nos aguardavam.

Suarez, com seus braços de atleta, apanhou ao colo minha Helena, enquanto Sinhazinha aproximava-se dela com um olhar sonâmbulo, juntando-se num só abraço.

Meu coração agitou-se. Demorei, propositadamente, para descer do veículo. Mas o próprio Suarez, assegurando-me pelo braço, envolveu-me, agrupando todos num longo abraço coletivo.

Ficamos respirando sem fala. Uma só palavra não foi dita. As mãos se apertavam, e as cabeças uniam-se. Esperava-se que, na junção dos corpos, fluísse uma transabundância energética.

Senti um rio de lágrima — um soro quente melando os rostos que se esfregavam ao meu.

O tempo sucedera naquele longo e esmagador abraço. Resignado e sem palavras, irmão Suarez retomou minha Helena nos braços como se fosse sua íntima e a devolveu ao interior do veículo.

Dadas as mãos, o casal Suarez andava em passos longos — pareciam levitar. Tive um engasgo de ciúmes. Um olhar inquisitivo. Observava Helena, lacrimejando.

É verdade que a passagem pelo pórtico monumental da Pedra do Cavalo me fez sentir próximo aos céus — mas sendo seguido de perto pelo olhar do diabo.

— Tudo parece que já fomos aceitos — falei. — Agora somos membros desta sociedade cuja renda dos dez mais supera o PIB de muitas nações do mundo!

Ela nada perguntou sobre o que eu saberia de PIB. Inicialmente, nada respondeu. Apenas alisou o costado de minha mão, esforçando-se num sorriso de notável indiferença. Porém, estacionando o veículo, ela complementou:

— Bem, é possível!... o PIB... *rerere!*

O PODER E A RIQUEZA

Antes da completa parada, a porta do veículo foi aberta com pouca cerimônia por uma jovem de cabelos desajeitados, vestindo blusa decotada e transparente, expondo os seios pequenos como frutos em maturação.

Perante Helena, apresentou-se sem muita cautela, embora com certa reverência. A moça trazia um ramalhete improvisado de flores campestres e, estendendo-o, disse:

— Eu sou Xica!... Xica! Ouviu?... Xica com X!

Falou quase sussurrando, antes que as flores fossem completamente entregues à pessoa que, ao que me parecia, era aguardada naquele ambiente.

— Eu sei — disse Helena, posicionada como quem mede antecipadamente as consequências de um simples gesto: o de receber um maço desarrumado de flores silvestres.

— Não esqueça de mim! — continuou a moça, enquanto era olhada fixamente nos olhos brilhantes.

— Não esquecerei — respondeu Helena, sediciosa.

Olhou-me fixa nos olhos e ordenou:

— Não vamos nos separar, nem por um só instante, ouviu?... Nem por um instante!... Não se afaste de mim!

Todas ergueram as mãos apontando para Helena, que, reverentemente, foi introduzida no circo. Ela inclinou-se levemente, devotando humildade e respeito para com o coletivo. Aproximou-se da estátua que permanecia coberta com um manto escarlate.

Não houve palavras. O circo foi se refazendo como em uma simbologia dogmática, até que a última figurante cumprimentou Helena, imprimindo-lhe um discreto e respeitoso sinal de reverência. Por mais discreto que fosse, não deixou de atrair a curiosidade de um marido, além de leigo, completamente embriagado pela sucessão inesperada dos acontecimentos.

— Que significado tem esse diacho?! — clamei, em voz mediana.

E marchamos para o café da manhã, conforme determinava o convite, enquanto ela repetia:

— Não se afaste de mim!

Após o café, houve a apresentação que constava no convite. Eu esperava centenas de animais. A cada criador, coube uma unidade. Aquilo seria o símbolo de poder e pertencimento?

Segundo acreditavam, para o criador não é mister comprar, importar, criar, deter os melhores animais. O mais importante é estar ao lado dos melhores criadores — e os melhores criadores somos nós.

Em discurso inflamado, promovendo a abertura do encontro, o irmão Suarez, sob apupos e delírios, reclamou:

— Estas criaturas são moedas, capital — e não bibelôs! — apontou para os cavalos. — Nós somos a sociedade, homens empreendedores! — acentuou.

— Sem nós, apenas Deus subsistirá! — balbuciou o Deputado.

— Para os membros da Socriar, a vida não é só alma, como queria Xenofontes. Para nós, a vida é essencialmente a união que preserve o segredo de nossa marca! — e apontou para um Y na parede, junto à imagem de um cavalo. — Nisso se resume o poder. Isso é o segredo! — insistia Irmão Suarez.

— Temos riquezas e poder, e é isso que nos une! — palavras do Gringo.

— E saúde, Suarez! — clamou o genial Dr. Celso Katu-Abá, provocando aplausos. — É a união que nos dá saúde, e a saúde nos traz poder! — mais aplausos.

E houve comoção. Delírio. Deleite. Beijos, abraços — indistintamente distribuídos.

Não se pode negar que havia certa reverência em devaneio generalizado. O calor, a libertinagem e o poder — em um caldeirão afrodisíaco que parecia excitar a todos, até os mais contidos.

A ESTÁTUA

A diversidade de opinião acerca de uma obra de arte evidencia que esta obra é nova, complexa e vital.

Oscar Wilde

E assim, como estava escrito, fomos para o descerramento da placa da estátua do cavalo.

Helena foi convidada para proceder ao ato. Soltou minha mão, olhou para mim, dizendo:

— Não se afaste de mim... não se afaste!

Marchou para a arena, e eu, para o galpão.

Cai o pano. Perplexidade. Inesperado vislumbre. Uma imagem viril. Esplêndida. Surpreendente. A sensualidade levada ao extremo agudo no que tange à modernidade estética. A imaginação concebida no coletivo foi exposta em sua pura e abusiva nudez. Em cada cabeça foi feita uma autópsia, expondo todos os vícios, os maus desejos — de grandeza, só a arte —, cujo título espantou os homens:

Um Cavalo para Eles.

Uma faixa reproduzia a inscrição da placa de bronze. As mulheres artistas cansaram de consultar seus homens e resolveram fazer o que lhes pareceu justo: uma estátua para elas.

Primeiro propuseram a reprodução dos cavaleiros russos. Eles rejeitaram — poderiam parecer comunistas. Segunda proposta: um bloco rochoso com mais de três metros de altura, de um lado um homem com dois metros, do outro, um cavalo com mais de três metros de beleza singular.
— Não, o cavalo não pode ser maior que o homem.

Elas haviam visitado a Itália: foram a Florença para ver o *Davi* de Michelangelo e a Milão para ver o Cavalo de Leonardo. Transformaram suas ideias em desenho e maquete, submetendo-as à comissão da Socriar.

Seria "O Homem e o Cavalo", uma arte grandiosa? Zombaram da imagem.

— Muita pretensão destas mulheres.

Determinadas, resolveram elaborar o projeto sem consultas, destacando o nome da estátua — ideia que partiu de Escovadinha, uma menina altruísta que não se preocupava consigo mesma. Dava a vida para salvar outra. Chamavam-na assim por não ter um fio de cabelo na cabeça, vivia alisando os longos cabelos de Anatolle e das companheiras. Amava a escultura. Anatolle dizia:

— Devo a esta mulher minha vida. Ela me doou metade da dela.

Sedução, Lady Dy, Maria Bonita, e outras, com inventividade ímpar, esculpiram a obra.

Uma bandeira rosa, que assoviava ao sabor dos ventos, encobria parte da primeira imagem — supostamente a principal. Era uma obra de muitas mãos, de afazeres tão diversos; cultivavam a arte como parcela da própria vida.

Se, para os homens, aquilo representava um insulto, por outro lado, não tive dúvidas: sintetizava o gosto da genialidade feminina. Todas aplaudiam, gritavam, se exibiam perante o tronco de um cavalo gigantesco, com uma minúscula cabeça — acéfalo; flutuando sobre uma só pata — aleijado —; arrastando três, não menos gigantescos, testículos — deformação inconcebível: um roxo, um dourado e um preto — cores da arrogância, do erotismo, da riqueza — deslocados do meio das patas traseiras para as dianteiras — anormalidade.

Dez membros em estranha desproporcionalidade — imoralidade cerebral baseada no dito machista: "Deus deu dez dedos e um membro; mais o homem desejava um dedo e dez membros".

Era a estética voltada para o patético. De cada membro jorrava, como um mero regador de jardim, na direção de algumas touceiras de capim, alguns braseiros e porções de areia. Tudo com perfeição nos entalhes — veias intumescidas, minúcias de carne talhada. O último membro alimentava uma vagina de esculturação delicada, perfeitamente acoplada em dois blocos de rochas coloridas.

Perfeita a conformação do traseiro da quadrúpede fêmea.

A Mãe Égua.

Assim chamada. Entre a cabeça e o traseiro, uma enorme e desproporcional barriga.

— Diacho de simbologia é esta! — Bem Dotado, febril.

— Queriam provar a competência ou a burrice? — Mestre Sala, mantendo certa distância.

— Dizem elas que isso aí é o desmonte do machismo, da misoginia, anti-fêmea, coisificação, onde o falo é o rei — disse o Padre, orientando o Barão que, como de praxe, pronunciaria o discurso na inauguração de qualquer coisa — até de um mourão implantado de cerca.

O descontentamento foi geral. Não houve discursos para descerrar a fita inaugural. Elas dançavam e cantavam, remelexos.

Sem inauguração, sem discurso, o Barão afastou-se em direção à casa.

PARA O DIABO, VOCÊ E SEU BARÃO

Nauseabundos, parte do seleto grupo retirou-se, seguindo o inconformado Barão. Permaneci no recinto. Era ordem de Helena: não se ausente de mim.

Desejava entender melhor por que elas enfrentavam o poder dos homens. Qual seria o papel das mulheres neste ambiente masculino? Prevendo minha intenção, fui aconselhado, com desdém, a acompanhar o grupo que se dirigia para o casarão. Disseram que tudo aquilo não passava de brincadeiras das mulheres, que a estátua era de papel — com o primeiro vento, tudo seria desfeito.

— Brincadeira? — questionei. Lembrei de Amypohã esculpindo uma pedra parecida. Teria sido ele?

Zé Cavalero me olhava como se olha para um importuno e comentou, zangado:

— Nunca viu mulher quando tá com o diabo no corpo, não? Faz coisa pra cão uivar.

Tentei argumentar que admirava as artes, e não a plástica; falei em esculturas, estátuas, pinturas etc., e que queria fotografar aquela grande obra. Fui admoestado para não usar a máquina fotográfica sem a expressa recomendação do Irmão Suarez.

A vontade de mirar aquelas cenas pelo obturador era incontrolável. Quantos bacanais assisti daqueles canalhas velhos. Nunca me proibiam. Continuei olhando a alegria, que me parecia um motim.

Espíritos de adolescentes. Excedia qualquer imaginação. Coloquei as mãos sobre o alambrado, preparando um salto, mas, antes de completar, Cavalero falou alterado:

— Não vá, não! Você não vê que mulher só quer sacanear?

— De certa forma, estas mulheres me aborrecem. A gente faz tudo por elas, basta uma coisinha mínima para desembestarem fazendo asneiras.

Era o Padre, por tempo não mandava mais em mim, e se aproximou.

— Parecem éguas soltas! — Bem Dotado.

— Aliás, agem como um bando de bestas mesmo — completou Cavalero.

O Deputado, junto ao alambrado onde eu continuava observando o monumento, disse sem me olhar:

— Vejam, que diabo uma porra desta poderá significar? — e apontou para a estátua.

Falei baixo, quase sussurrando, a frase de Oscar Wilde, sem citar o autor:

— A diversidade de opinião acerca de uma obra de arte evidencia que esta obra é nova, complexa e vital.

O grupo deu uma gargalhada irônica:

— Só poderia ser de um viado! — falaram em coro.

E o Deputado, mais exaltado, se fazia:

— Poetas, dançarinos, artista plástico, são cambaios sociais...!

— Tudo vadios! — Cavalero, desapontado.

— Tens razão, Zé. E mulher no meio desses viados vira sapatona!

O Deputado, ainda exaltado, meneava a cabeça, procurava apoio com o olhar, calado.

Tentei amenizar, mas demonstraram desdém, viraram as costas, passaram a falar entre si como se eu ainda fosse somente o fotógrafo, e não o marido de Helena. Eu ali fazia parte da estátua.

Pelo lado oposto do alambrado, ouvia Helena com um fardo na mão. Seguira a seu lado a menina desengonçada e agora quase nua — eu achava aquilo muito engraçado. Era uma loucura: a pelada dava passos largos no capim, sem calçar os pés. Chamou minha atenção para as dimensões dos fardos que transportavam. Mal intencionei que, naquelas parafernalhas, estavam minhas câmaras fotográficas.

Helena nada disse. Apenas apontou para a lente da câmera, enquanto Padre e Cavalero marchavam rápidos para a porta que dava acesso ao exterior. Postaram-se como empecilho. A porta era a única passagem — acesso entre o galpão e a estátua. Restava a opção de pular o alambrado. Não quis submeter-me a um confronto nem me expor à humilhação.

Helena, com a câmara fora da sacola, e Xica armando o tripé, olharam para mim como se me apressando. Eu, sem palavras, apontei para a atitude dos dois obstruindo a passagem. Elas deviam saber que seus atos estavam sendo reprovados. O confronto foi declarado. Helena repetiu com autoridade: — Não saia daí, por nada...!

Todos olharam para mim e sorriram. Zombaram.

Sempre recebi as ordens diretas da boca do Padre. Aliás, na primeira vez em que fotografei o grupo, foi ele quem me convidou — e quem pagou, com boa remuneração. Nunca o Irmão Suarez havia interferido nas minhas ações dentro da Socriar. Até então, não me dirigia a palavra. Não permitia intimidades. O Padre dizia para eu fotografar tal e tal pessoa, em tal instante — ou me deixava à vontade, e eu fotografava. Mandava ajudar naquilo e naquiloutro, assim ou assado. Falava sempre com antecedência. Chegou a interferir em algumas ações, melhorar tomadas, mas não com rancor, não falava alto:

— Irmão Suarez não quer fotos daquilo, e pronto...!

Para mim, bastava.

Não fosse minha Helena, eu sumiria. Mas por que, depois dos abraços carinhosos da manhã, haveria de desapontar ao Irmão Suarez? — pensei. Era a garganta perante a navalha.

Permaneci estático. Helena, determinada, aproximou-se do Padre e disse, exaltada:

— As imagens deste momento são únicas. É bom registrá-las!

Cavalero antecipou-se ao Padre:

— Em todo instante tem momento único, moça!

— Seria preciso registrar tudo, então? Além do mais, o Barão... — disse o Padre, desviando o olhar do olhar de Helena.

— Pois vá pro diabo, você e o seu Barão! — ela bradou com azedume.

Que susto. Abalou a montanha.

IRONIA, A MENOPAUSA DO SABER

São os olhares que fazem um quadro
Marcel Duchamp

A festa continuava em torno da estátua, símbolo da discórdia. Nada, porém, passou despercebido aos olhares atentos de mulheres determinadas. Xica não se separava de Helena — e agora já comandava as ações.

Como Zé Cavalero e o Padre permaneciam obstruindo a passagem, cerceando o sagrado direito de ir e vir, Sofia os enfrentou. Fez valer seu dote de bailarina: com agilidade, saltou, montou sobre a garupa da estátua — ação inconcebível para uma conselheira, mulher madura. Provaria que aquilo não era de papel. Em equilíbrio circense, pôs-se de pé, e calmamente olhou de cima para aqueles senhores embaixo e disse:

— A ironia é a menopausa do saber, apesar de ser própria da individualidade do gênio.

Houve sorrisos, mas ninguém aplaudiu. Ela continuou, olhando para eles:

— Mas o gênio é particularidade do indivíduo; o sublime, a razão e a justiça são atributos das coletividades.

Do outro lado, ouviu-se uma voz gutural e severa de um rosto escondido, que se intrometeu aos gritos:

— A moral e os bons costumes também são atributos próprios das coletividades, dona! — resmungou o Coronel Gavião, que se dizia responsável pela segurança de todos nós.

NÃO SE AFASTE DE MIM

Os selvagens da América setentrional governam-se ainda hoje do mesmo modo e estão bem governados
Jean-Jaques Rousseau

As escadarias, pontilhadas de pedras polidas de tanto rolarem pelo leito do rio, estavam camufladas — cobertas de folhagem. As árvores nativas, transplantadas em alamedas, contribuíam com sombras. O Padre havia transformado o sítio de Yayá num bosque.

— Replantamos e colhemos sucesso — dizia, orgulhoso.

E pelas pedras descia Paulo Fera, desviando-se dos galhos. A incisão no olhar me consumia. Apontou o indicador em minha direção, falando alto para todos ouvirem que tinha um recado especial para o índio:

— O Barão Suarez solicita sua presença urgente no gabinete.

Eu sequer sabia que, no sítio de Yayá, havia um lugar chamado gabinete. Enquanto marchava para atender às ordens do Barão, ouvia os gritos de Helena, chamando por meu nome.

A antiga casa de Yayá não era a mesma — estava fora dos padrões, irreconhecível. A entrada ainda se fazia pela mesma rampa, agora enfeitada de pedras. O tapete de grama bem cultivada adornava um salão, e ali encerrava-se o que restava da casa de vovó. A partir de uma porta giratória, que impedia o retorno, começava o misterioso labirinto.

Ainda ouvia a voz de Helena:

— Eu te disse: não se afaste de mim, não se afaste!

Doravante, só curvas em curtos corredores. Paulo Fera me acompanhava à distância, sem pronunciar uma surda palavra. Giram-se mais e mais portas. Finalmente, ordenou que me desvestisse.

— Me dê! — Apontou uma câmara, parecendo certificar-se do formato do meu corpo nu.

Exigiu que eu entregasse todas as roupas. Protestei. As portas atrás de mim estavam fechadas. Temi ao lembrar das imagens dos homens sonolentos na clínica. Sem roupas, corpo pintado, desci por uma pequena depressão. A luminosidade artificial era pouca.

Deparei-me com o vão da caverna — o antigo dormitório de vovó — transformado em sala de exposição de esculturas. Recordei o plano do ruivo, que pretendia fazer da galeria de arte um negócio: cobrar caro de "um Padre" pelas visitas à caverna.

Apesar da fraca iluminação, vi algumas estátuas e telas sobre pedestais e cavaletes. Eu conhecia algumas daquelas páginas — dos livros de arte do Lamb-lamb e da casa de Helena.

Em certos quadros estava escrito, em letras douradas: *cópia*. Além do temor, fui abatido pela dúvida: estaria lidando com uma banqueira ou com ladrões de arte?

Parecia que ouvia a voz de Vovó:

— Cuidado, meninos, só tem uma saída...!

Pela variedade das obras — relógios, guirlandas e desenhos, esculturas rústicas, quinquilharias, duas pepitas maciças de ouro, vários lindos brilhantes — pensei: *a Caverna*! Poderia ser o novo cofre. Eu vi: Suarez roubara as malas do cofre de Helena. *Sim! Estou preso num cofre!* As portas giratórias sem retorno...

Eu estava impressionado com o impressionismo — e com as artimanhas daqueles homens.

— Estou preso na caverna de Vovó! — constatei. A culpa é minha. Helena havia dito:

— Não se afaste de mim, nem por um minuto!

A ARTE NA CAVERNA

A partir do dia em que, para nos abrigar da chuva, Amypohã e eu invadimos o prédio da biblioteca no casarão do Santo Antônio, me tornei um entendedor de artes.

Retomamos como se retoma um território. Não saímos mais. Lá encontramos inúmeros livros mofados. Esquecemos a Bíblia de tio Raimundinho e nos apaixonamos pelos livros de arte. Limpamos, recuperamos boa parte — e líamos. Líamos muito.

Os livros inspiraram a construção do nosso Lamb-lamb, com a máquina da menina dos olhos verdes. As pessoas queriam tirar fotos da gente — e com a gente. Depois virou ateliê de arte indígena, um sebo com livros antigos, fotos, gravuras e cinema. Todo o conhecimento se completou na biblioteca de Helena.

Na caverna-galeria, construíram um certo ambiente de fino requinte, camuflado entre portas giratórias. Havia iluminuras passageiras, tomadas em mínimos orifícios, que me assustaram: porventura aqueles homens teriam corrompido a caverna de Vovó?

Lembrei do corpo de Helena e seus encantos. Reconheci o ambiente. A foto do bosque de ipê, que o Padre nos roubara, estava bem exposta. Em outros pedestais, vários desenhos e fotos de mulheres — assim como eu — também estavam todas nuas, sem rosto.

Apesar da pouca luminosidade, descobri Helena na última foto que reconheci — eu mesmo a havia tirado, a seu pedido. Imaginei o Padre, com as mãos lisas, se exasperando diante da imagem de minha Helena nua.

Aliás, todas aquelas fotos pareciam ter minhas marcas subtraídas — tão bem camufladas que só um profissional como eu poderia identificá-las. Fotos inclusive das meninas do bordel. Seria a sala da orgia — ou da tortura?

Sem saber, eu estava submetido ao teste da sanidade. Da masculinidade.

Eu havia recusado o conselho de Amypohã para não frequentar a Clínica Vida do Homem:

— Eles querem apenas conhecer teu corpo. Podem precisar de algum órgão para salvar quem pode pagar — e o teu corpo é perfeito, sadio, diferente só a cor da pele.

— Primo! Você está virando caboco, moreninho ou pardo...? — perguntei.

— Não, kibira... não! Não sou caboco, nem pardo. Eu sou filho de um homem da caverna — ele disse.

Inicialmente, a imagem nua exposta de Helena muito me irritou. Provavelmente, o seu banco financiara a exposição — mas não tinha seu consentimento. Nem o do autor das imagens.

Então, qual o propósito?

O Padre poderia estar observando de algum lugar, querendo me humilhar — ou matar-me?

Não é em qualquer caverna que tem uma arma de fogo pendurada no torno. Tudo seria possível...!

NA CAVERNA, O AR É PRECIOSO

A sublimidade reinou diante de minha própria arte. Sem propósito, anarquizei meu rival. Desprezando meu próprio destino, olhei para o alto, esperançoso de que o astro-rei iluminasse a partir do teto da caverna — e aconteceu. Foi o poder do pensamento ou o acaso? Yayá dizia: *na caverna tudo acontece na hora certa.*

Sorte por sorte? Vi a iluminura refletindo sobre gravuras sagradas dos tempos além dos nossos avós — os *tamypaguama* —, mãos, animais, fauna primitiva. E depois, rapidamente, tudo esmaeceu.

Ah, quanto o Padre pagaria para estar ali, naquele lugar, naquela hora, naqueles poucos minutos. Seu plano fracassara — assim como fracassara na caverna de Helena.

Eu sabia que, para completar o espetáculo, precisava descobrir a pequena passagem que Vovó nos ensinara. *Na caverna nada é mais precioso que o ar, só depois vem o tempo* — ela ensinava. *Não se deve demorar contemplando a luz. Aproveite, contemple o teto e siga. Na caverna canta-se baixo.*

— Se Vovó tanto sabia, imagine Vovô!

Depois das luzes, veio o vento. Imaginei: talvez não estivesse sozinho. Seria Amypohã?

— Será que você se lembra como soltar o vento?

A cada dia que íamos à caverna, primeiro passávamos pela loca para soltarmos o vento. A boca do vento ficava no oco da raiz da gameleira. Bastava fazer a mágica — e o vento entrava na caverna, e todos podiam respirar. Se a pedra levantasse, poderia até trazer mais raios de luz. E foi isso que Amypohã fez.

Onde era oculta e rústica, o Ruivo queria luxo. Dar privilégios para aventureiros que pudessem pagar. O Ruivo estava certo de que na caverna havia diamantes; sua clientela, desejosa de viver emoções raras, superaria até nossa oposição — eram caçadores de tesouro.

O que o Ruivo e a menina dos olhos verdes não sabiam: primeiro, que havia um Barão que determinava; segundo, que o Padre não era padre — e não aceitava concorrentes; terceiro, que Vovó não aceitava a profanação do cadáver de Vovô.

Ela escolheu deixar Vovô em um lugar que ninguém sabia. Tinha zelo pelos lugares sagrados.

— Nunca tire nada da caverna, não mostre, não dê, não venda nada... ninguém entrará lá!

Assim que Paulo Fera me abandonou, pelado, depois da última porta giratória, o vento do respirador artificial cessou — e, com ele, a luz.

Pelo entendimento de Paulo Fera, através do processo das portas giratórias, eu estava condenado. Teria pouco tempo de vida.

Veio o temor: haveria a possibilidade de eu não acertar o caminho secreto que Yayá ensinara a Amypohã?

A primeira experiência foi com a moça dos olhos verdes: não saiu. Paulo Fera escapara usando o tempo determinado para a luz se apagar. Não poderia perder a trilha do bondinho. Ainda ouvi o barulho quando ele ligou a geringonça.

Enquanto existir um pensamento resistente, é sinal de que estou vivo. Estaria eu preso na armadilha do Padre? Sim, ou não? Dependeria de Amypohã.

Pela segunda vez estive ali na condição de prisioneiro — um pela minha inseparável teimosia.

Depois de corrompido, eu não desejava voltar ao labirinto. Nunca mais! Mas foi impossível obedecer a Helena:

— Não se afaste de mim, nem por um instante.

Mas como desobedecer diante das ordens de Paulo Fera?

— O Barão Suarez solicita sua presença urgente no gabinete...!

Talvez eu nunca mais saísse daquela *ybykûara*. Na penumbra, olhei pela última vez para a imagem de Helena nua, como se ouvisse:

— Não se afaste de mim!... nem um instante... não se afaste! Ouviu...?

O paredão não é o fim. Tateando, não é difícil chegar na cabeça do cavalo — advertia Vovó.

Eu estava no fim da caverna menor. Até que sabia voltar, mas o Padre mandara Paulo Fera me confinar, trancando cada porta — a mais perversa tática de confinamento, tirada da mente de um gênio.

— Pra caverna grande só tem uma saída — Vovó orientava.

A moça dos olhos verdes não soube interpretar os minúsculos sinais de luz que a caverna emite. Não viu a cabeça do cavalo.

Onde estaria seu cadáver?

Afinal, nunca se sabe a surpresa que aguarda nos fins dos labirintos. Suspirei:

— ...não saia de perto de mim, nem um momento! ...nem um momento!

Quer dizer que Helena sabia...?

SEM AR, A VIDA É CURTA

Tateando pelo paredão, como Vovó ensinara, vi que, mais adiante da imagem de Helena, haviam deixado um cocar de penas e um conjunto de roupas — e vesti. A roupa estava sobre uma esteira macia, cobrindo a extensa rocha. Ao lado, uma moringa d'água; do outro, outra de mel. A cama, a roupa e as moringas eram sinal de Vovô.

De tanto observar a caverna do banheiro na casa de Helena, concluí que havia um ângulo reto entre a rocha e a fenda por onde se via o céu — ali poderia estar a passagem. Acho que só eu via, numa pedra triangular, a orelha de um cavalo. Parecia que não cabia nem um rato. Considerando que o Padre reduzira tudo às mínimas dimensões, eu ampliei: cabia um homem. Fixado no minúsculo clarão — ali estava a passagem que Yayá nos ensinara e que Amypohã não quis revelar ao Ruivo.

E quem ensinou ao Padre?

A moça dos olhos verdes dizia para mim:

— As melhores fotos são no escuro.

Eu apertava o botão da máquina milhares de vezes, e ela dizia:

— Aperta mais o botão.

O que ela arrancou quase à fórceps de Vovó, o Padre arrancou a sopapos de suas mãos.

Precisava da calma dos pajés — e de uma fresta de luz que justificasse ser ali a saída. Continuava pensando: *não saia de perto de mim... nem por um instante!*

Paulo Fera teria dito ao Padre:

— É o fim!

Rochas pontiagudas, um cativeiro sem repouso, impossível deitar ou sentar-se, sem luz e água — uma tortura. E o Padre:

— Será o fim de uma geração sem rumo, a menos que se encontre com a moça na prisão perpétua.

— Mas falta dar fim ao Pajé! — disse o Alemão.

— E à mulher do Judeu! — completou Paulo Fera. — Ou outro qualquer.

Eu estava pelas graças de meu primo Amypohã. Caso resolvesse me perdoar, que me mandasse ar e luz através da magia da gameleira — que iluminasse a orelha do cavalo. Era o que Yayá dizia: *a saída é única, mas é necessário sossego e saber respirar!*

A menina nem alimentar-se nem respirar sabia. Apalpei seu corpo desidratado e seco, perto de uma moringa d'água e outra de mel — Vovó sempre as deixava bem cheias.

Maria Bonita, vendo o desespero de Helena, havia corrido até a cancela, para ver se Amypohã ainda fingia-se de vigia.

— É urgente! Vamos... vamos...

— Já, pro pé da gameleira!

— Sem ar, a vida é curta...

— Vamos planejar o início da operação fuga para a outra ybykûara!

— Carece implorar ao espírito de Yayá?

— Sim, sem ele nada será possível.

Esse diálogo, onde não fica claro quem falava e quem ouvia, só foi recuperado através de muita insistência.

Entre poucos clarões, o mais pequeno despertou meu olhar para o centro da caverna. *Na caverna, para estar vivo, precisa estar atento* — Vovó dizia.

Era ali! Bem ali! A cabeça do cavalo. Eis que surge o focinho — e as imagens das duas orelhas. Por desconhecer esse mistério, a menina dos olhos azuis foi sacrificada.

— Aprendam: só tem uma passagem para a *ybykûarasu* — dizia Yayá.

A redenção. Entre o focinho e a orelha cabia um corpo. A pedra brilhante parecia ser móvel; até então, estava protegida da cobiça humana.

— Não traga nada para fora, não diga, não mostre, não venda nada! — Yayá recomendava.

A pedra abriu-se para mim. Ela me atraiu — e se doou. Deitado sobre ela, alisei-a com o couro macio do jaleco, me arrastando sobre ela, que brilhava nos meus olhos. No pelo do jaleco que Vovô deixara na cama de pedra — uma arte de couro de veado — ela pregara mais de cem fagulhas de pequenas pedrinhas brilhantes.

Vovô gostava de brincar montado no cavalo de diamante. E eu, montado nele, sem o consentimento de Amypohã.

Um ou dois arranhões, já com saudade da caverna — e do brinquedo de Vovô, agora também meu brinquedo — dei dois passos à frente e deparei com a escorregadeira.

Clamei:

— Vovó, me leva para a cabine do moço ruivo!

E deu certo.

Dentro de um instante, estava no tubo de tripla zincagem, preso por cabos de aço, capaz de transportar minérios do subterrâneo. O vagão, Amypohã chamava de *arte de Anhagá*. Era meu velho conhecido — uma ybykûara.

Então, ouvi vozes vindas do abissal.

Ajustei o cocar de Vovô na cabeça, amarrei-me sobre o trole, o coração saltitando — e deixei rolar. Desci pelo labirinto sem fim, certo de que detinha o domínio do labirinto. Nenhuma porta me deteria mais.

Em cima, turbilhões e toneladas de água, ouro e diamantes — protegidos pelo velho Paraguasu.

O PARADOXO DA CAVERNA

Aqueles avarentos excêntricos haviam descoberto o abrigo secreto, capaz de escavar ouro e diamantes no fundo — bem fundo — da caverna sagrada de Vovô, que vivera sem precisar dessa riqueza. Orelhas, focinhos e olhos do cavalo eram saliências, pontinhas de um imenso — ou de vários — diamantes.

Eu conhecia pouco, mas Amypohã, muito: a história, a interpretação e o paradoxo de Vovô.

Se eu mostrar as pedras da caverna, eles me matam e ficam com a caverna, as terras e os diamantes; se eu resistir, eles me torturam para que eu mostre — e mostrando, me escravizam para extrair as pedras. Depois, me matarão para ficar com tudo. Se eu mesmo extrair o ouro e o diamante, para ficar rico, terei de trocar por dinheiro — e me prenderão: onde achaste tanto dinheiro? Dirão que roubei, e então terei de contar a verdade. A verdade é mostrar a caverna. Se mostrar a caverna, me escravizarão, expulsarão ou me matarão — é o paradoxo.

Vovô morreu dentro da caverna. Tio Raimundinho, ao levar Vovó para morrer lá também, não se sabe se retornou. O corpo da menina dos olhos azuis estava lá — como náufrago sem sangue, em pé na praia: "um corpo roto e vazio, um corpo roto e sem alma".

Guiados por um túnel de manutenção — ou *tubo de tripla zincagem* — os exploradores abrigaram-se nas profundezas do lago. O cientista ruivo e a menina de olhos verdes estudaram as rochas... provaram ao Padre que havia ouro e diamantes em abundância. Mas o Padre a ninguém informou — senão a Helena:

— Casa comigo e seremos o casal mais rico do mundo.

E Helena disse:

— NÃO!

Pensei: agora nem Helena sabe o caminho do ouro, nem a localização do cofre de seu banco. Estava enganado. Aliás, todos estávamos enganados. Padre até pensou em matar a todos — ou quase todos — naquela caverna.

A entrada e a saída da grandiosa *itaóka* estavam acima do alcance das águas represadas. E o kimberlito, o lamproíto — as rochas do diamante — foram identificadas pela lanterna do ruivo.

Doutora Hilda, a primeira engenheira, havia detectado a cavidade, mas, depois de ouvir os conselhos de Vovô e suas previsões sinistras, escreveu em seu relatório:

"As rochas minerais existem. Sua resistência é tamanha, capaz de suportar até cinquenta vezes o peso da barragem. Mas, segundo o índio, não se deve mexer no que está quieto."

Vovô a conduzira por uma fenda — que ele chamava de *okena* — mas ninguém soube que, a partir daquela pequena *oka*, se podia passear com uma pequena lanterna, livremente, pelos fundos mais profundos e inimagináveis do grande lago que a ciência represara.

E Vovô ouvira os conselhos de Vovó — guardando seus saberes, mostrando apenas o que ela aconselhava mostrar. Vovó odiava ser contrariada.

A caverna, até então desconhecida, foi sendo revelada — até que o rapaz ruivo do jipe e a menina das fotografias caíram nas graças do Padre, o maior dos estrategistas. Padre adquiria rascunhos e diversas imagens, ia desvendando parte do mistério da caverna, escondendo tudo de Irmão Suarez. Mas o ruivo não aceitou o regimento, o domínio do Padre, de Suarez, da Socriar — assim como Amypohã também reagira.

O ruivo passou a exigir fortunas para contar um segredo. E a moça preferia apropriar-se de tudo que podia ver, ouvir, pegar — esconder até do ruivo.

Rolamos pedras da boca da caverna para a entrada, transgredindo as regras, deixando nossas marcas.

— *Não deixem marcas na boca da caverna!* — dizia Vovó.

Depois do acidente, a menina dos olhos verdes foi encurralada, forçada — queriam a entrada do galinheiro. Como proteção, o Barão mandou construir as portas giratórias, a casa de pedras e os corredores. Ocupavam agora a entrada da primeira caverna — a *okena* —, fazendo dela prisão, cofre e ateliê. Tornaram-na a mais perfeita camuflagem.

Mas não desvendaram o segredo da gameleira — nem o do focinho do cavalo.

Soubesse que era assim
não tinha nascido
e nunca teria sabido
Leminski

Os meninos pequenos foram crescendo e, por muito querer saber, queriam retornar aos segredos. Alguns, com ambição, desconfiavam de que a história não era tão real. Mas nada era tão segredo que não houvesse quem contasse um mísero capítulo diferente deste agora contado.

— Tio Amypohã contou essa história para nós um dia, aqui mesmo, neste lugar, e foi assim:

"Após ouvir detalhes — da boca do tio Cidadão, do ruivo e desta menina aí — o Padre cresceu os olhos e elaborou, junto com o Barão, que sabia apenas parte, o mais ambicioso projeto do Padre. Pelo plano aparente e inicial, cada visitante deveria pagar o máximo. O ruivo concordava, mas queria mais informações — e os especuladores voltavam e perguntavam aos tios índios o que eles não sabiam. Quando obtinham qualquer ponto de luz, o ruivo e a menina exigiam mais dinheiro do Padre, e este distribuía com o tio Cidadão. Dobravam os valores pelos segredos roubados de Vovó e dos netos. E assim, tio Cidadão foi ficando muito rico — ele e tia Helena.

Aí — ele contou — o ruivo enfrentou o Padre num duelo verbal e morreu em misterioso acidente. A moça dos olhos verdes desapareceu dos olhos de todos. Tio Amypohã dizia que ouviu dizer que, ao sair, ela tinha a finalidade de encontrar o ruivo, mas também ouviu que ela saíra com tio Cidadão para filmar a cabeça de um cavalo. E nunca mais voltou. Ela era bonita.

Não se sabia qual dos índios era o pai que cedeu a semente para que Xica da Silva — doutora Francisca da Silva de Oliveira — e o Coronel tivessem sua tão sonhada filha. Nem ela sabia da paternidade. Sabia que o pai era branco e a mãe, negra. Disseram que, por essa mistura, ela nascera parecida com tio Amypohã — a quem ela venerava mais que ao tio Cidadão. Sabia que seu pai era o famoso Manoel Moraes Navarro, ou simplesmente Coronel.

Usando pedrinhas escolhidas, tio Padre comparava com as imagens das fotos tomadas pela máquina da menina dos olhos verdes. Construiu uma maquete, fazendo da casa de tia Helena um laboratório experimental. Através do laboratório, atingiria o fundo do lago. Mas tia Sinhá, desconfiada, cortou suas asas — interrompeu o projeto, proibindo tio Padre de entrar na casa de tia Helena. Ficou uma obra inacabada, sem uso, incompreensível. Sem pé nem cabeça. Tio Padre insistia, mais uma vez, em se matar. Tia Sinhá disse:

— Que se mate!

Tiveram pena. Ele chantageou a corte para convencer tia Helena a marcar o casamento — ou então... seria o seu fim!"

Desta vez, o malogro se completou na maior derrocada entre os erros e acertos do sistema Socriar: o grupo se dividiu.

Mal a sobrinha fechara a boca, Maria Bonita, mesmo relutante, prosseguiu, como se tudo estivesse combinado:

— Somente Zulmira, o Padre e Helena continuavam solteiros. Não tinham se casado. Zulmira, porque sofria de bulimia — até o cheiro de comida a aborrecia. Talvez por isso não encontrasse um par que a quisesse. O Padre até achava, mas era esperto mais que o diabo. Helena era uma estranha entre os iguais — vivia sob a proteção de Sinhazinha, do Barão e do olhar do Padre. Por isso, poucas opções. A oportunidade mais viável era, forçada, casar-se com o Padre — e isso, para ela, estava descartado. Caso se concretizasse, todos os bens de Helena seriam comandados pelo Padre. Além de comandar o laboratório, ele se tornaria o mais poderoso entre os irmãos. Ela temia tornar-se prisioneira da caverna.

Graças à determinação de Helena, orientada por Sinhá, em um ato de coragem convenceram o Barão de que o Padre era um traidor. A preocupação do Barão era com a reação do Dr. Celso, que tanto confiava no Padre, mas em cujo vocabulário não constava a palavra traição. O Senador recebeu tudo com muita surpresa. Uma vez convencido dos fatos, Dr. Celso sugeriu, em forma de brincadeira:

— Ela se casará com o índio.

Como lhe parecia irreal, sorriu.

— É isso, meu doutor — disse o Senador. — É isso mesmo, o índio. Ele é viril, bom cidadão. Quem sabe ela nos dará o herdeiro tanto esperado por todos nós.

Era o que Helena mais queria.

— Coitado do Padre! — disse Perpétua.

— Que se mate! — exclamou Sinhá, azeda.

Nada parecia estar em tantos segredos. Mas o fato de uma narração tão pormenorizada causava admiração e desconfiança à nova geração.

O TRIUNFO

Ninguém nasce sabendo
Até que sou meio esquecido
Mas disso eu sempre me lembro
Leminski

Após ultrapassar a barreira do cavalo, poderia escapar, estava livre das portas giratórias, mas tinha uma missão: desmoralizar o Padre, o Alemão e, quem sabe, o Barão — que mandara Paulo Fera me prender. Ao atingir a geringonça, alegrei-me: marcharia triunfante para o mais profundo degrau da caverna. Conhecia o dispositivo oculto, uma coisa parecendo botão de elevador; acionei-o com segurança e, deslizando pelo tubo — para cima, depois para baixo —, desci até o último domínio do labirinto. Luz tênue sob a rocha central.

Contemplei o chão. Reconheci o teto marcado pelas pegadas de Sacambuasu, quando ali esteve, segundo Yayá.

Os homens brancos, em assombro, pasmos, me olhavam: o índio ressurgido como grande cacique, cocar de penas da cabeça aos ombros, roupa de couro com marcas de fogo e tiras diferenciadas. Olhavam como se ali estivesse um vingador.

— Não é possível... — Paulo Fera.

— ...como escapou...? — Padre.

— ...parece um vaqueiro — Zé Cavalero.

— ...não, parece o grande chefe — Delegado.

— ...parece o verdadeiro homem da caverna — Alemão.

— ...parece um deus do Olimpo — Senador.

— ...ele traz a incorporação do grande cacique Sacambuasu — Dr. Celso.

— ...e traz também pedras preciosas no corpo — Josep Judeu.

A roupa de couro se diferenciava daquela pouco antes entregue a Paulo Fera. Apesar da teima de Amypohã, nunca deixei de acreditar na presença do espírito de Vovô na caverna. Foi uma glória vestir suas roupas de couro.

Mesmo assustado com minha presença, Irmão Suarez, saindo de seu esplendor, juntou-se ao velho Katu-Abá. Cheios de mesuras, marcharam descalços pelas pedras até o grande degrau. Sobre rochas lisas, como piso esculpido por eras sem fim e transformado pelos ancestrais em leito de repouso, deram-me falsas boas-vindas.

Resolvi engrandecer minha chegada encenando: ajoelhei-me, jogando os braços para cima. Certamente, Amypohã estava calculando o tempo da minha passagem até o *oka-asu*. Se me ouvisse, permitiria que a luz penetrasse suavemente pelo quarto orifício. E clamei: — Ara Tupã eté!

Nada do que fiz foi inconsciente. Amyphorã estaria a postos. Precisava impressionar a todos, para que não atentassem novamente contra as vidas tapuias.

Yayá dera a Amyphorã a missão de estar presente a cada ano, para receber a luz da caverna no momento certo, independentemente dos passeios que fazia usando a iluminação e o vento da gameleira. Pensei: mais uma vez sou eu quem precisa de tua ajuda, Vovó.

Sentia a presença de Amypohã a cada instante. Levantei as duas mãos, mais uma vez cantei — do jeito que só eu sabia cantar, e Vovó gostava, e Amypohã sabia. Acho que Amypohã sentia um pouco de dor de cotovelo quando Vovó me dizia:

— Canta de novo, *kurumim*, até a tua voz parece com teu avô.

Yayá vim pra tu me abençoar
Vim da lagoa dos lírios
Seguindo a luz no teu olhar
Yayá, eu vou
Para a sombra da gameleira!

O fecho de luz não vinha. Esperava o brilho suave surgir como um brando — mas não acontecia.

— Palhaçada — Tenente.

— Isso é bruxaria — Padre.

— Silêncio... silêncio...! — disse com veemência o velho Katu-Abá.

E, suavemente, tudo na caverna clareou, ofuscando a luz artificial da bateria. Para mim, era como se fosse a casa de Helena iluminando o corpo dela. Tudo aconteceu rápido — quem viu, viu. Figuras no teto rochoso apareceram. Esplêndida beleza, infinita. Figuras humanas, cenas de lutas, caçadas e animais gigantes.

Algumas rochas desabaram. A luz da bateria, ofuscada. O pavor insurgiu sobre aqueles senhores arrogantes. Todos me pediam socorro. Ajoelharam-se a meus pés. E, com as mãos erguidas, imitei o pajé e os protegi.

O refrigerador falhou, o calor ficou intenso. Apesar do fenômeno esperado — pela manhã, na casa de Helena, e ao sol a pino —, pensei na ação de Amypohã.

AS ROCHAS SAGRADAS

Convoca a ouvi-lo a multidão fremente
Que à roda estava na profunda gruta:
Posto no meio da confusa gente
Valentes PAYAYÁ [diz desta sorte]
Que herdais o brio da prosápia fonte.
Santa Rita Durão

É certo: nas rochas das cavernas existiam pedras brancas e amarelas — vovó dizia que o difícil era encontrar uma na mais densa escuridão. Aí, o velho esfregava o couro nas rochas.

Mas, na artimanha diabólica dos Homens da Socriar, as principais dificuldades estavam superadas: bastava atingir o fundo da caverna e remover as rochas por meio do vagão.

— Infinitas pedrinhas estão soltas no labirinto. Em silêncio, vamos colher as pedras soltas enquanto se inventa a tecnologia para raspar os diamantes. Vamos tirando aos poucos, como os índios fazem — dizia o falso Padre.

— Só nós, Payayá, sabemos onde está a pedra de diamante. A pedra que é maior que um cavalo — dizia Amypohã. — Mas, se abrirmos o bico, eles nos matam — completava, consciente.

Ele leu diversas páginas e me deu a explicação geológica: as altas temperaturas e a forte pressão exercidas sobre rochas — que eles chamam de rocha kimberlito —, que os terremotos empurram junto com o ouro para cima, mas que esfriaram na caverna pela ação do Paraguasu.

Por serem riquezas muito cobiçadas, era preciso mais que um motivo para que aqueles homens gananciosos não escavassem nem explodissem a caverna no fundo da represa — represa construída por outros, e não pelo Padre, mesmo com o gasto de milhares de milhões, valores ilusórios para eles.

Aquela rocha granítica, de dimensões incalculáveis sob o lago, sem rachaduras, com apenas uma pequena parte externa na encosta, acolheu em sua barriga os habitantes tapuias — os povos vermelhos, hoje chamados indígenas — durante séculos e séculos.

Após desvendarem o segredo da sagrada trilha, o Barão — que pouco sabia dos diamantes — mandou o Padre construir a casa com engenhosa camuflagem. A pedra cara do cavalo, até então vista somente pelos índios, pelo ruivo e pela moça — estes já mortos —, por hora não estava ameaçada, pois está dentro da caverna, no fundo do lago.

Baseado nos relatos colhidos, o Padre mandou esculpir a imagem da portaria da fazenda. Mas o Padre não sabia que o cavalo da caverna brilhava. Tudo o que sabia ouvira do ruivo e da menina; vira apenas algumas imagens escuras e, com elas, montou a grande réplica.

Mas por que o Padre nunca vira a luz da caverna? Por castigo. Nas vezes em que esteve ali, as nuvens não permitiram nem a sagrada iluminura da Lua Cheia — que era mensal —, tampouco a equinocial.

Era necessária a presença de um nativo, um *ibyporã*, para ensinar os sagrados das artes de um passado remoto. Por isso, não nos mataram. O ruivo conviveu com Amyphorã e comigo por longo tempo. Era um geólogo, consultor da NASA; a menina, uma ex-espiã da KGB — que nem o ruivo sabia. Tudo já estava violado pela ganância do homem branco. Apossaram-se de parte do que viram. Instalaram o *troiller* para alcançar o fundo da caverna, mas não dominavam os segredos da cara do cavalo, nem da raiz da gameleira.

FAZER O QUE PRECISA FAZER

Onde era possível estar, reinava o temor. Uma vez no fundo da caverna, junto com os homens, cessaram-me as dúvidas sobre a possível voz de prisão e uma eterna clausura no labirinto — onde Helena não seria capaz de me encontrar. Se Amypohã quisesse, me resgataria: desligaria as baterias e sucumbiria com todos.

O ambiente, se para eles era tenebroso, para mim era deslumbrante: um salão oval, o piso esculpido com figuras de Sacambuasu e outras divindades.

O altar fora profanado com objetos de grande valor: uma espada de bronze, uma cruz de prata, uma estátua de ouro e uma mala velha, desbotada.

Todos assustados — os que se ajoelharam voltaram aos seus assentos, amedrontados, urinando-se. Homens brancos, poderosos, curvavam o dorso reverentemente diante do índio:

— Ele é mais poderoso que nós — disseram.

Ofereceram-me um assento e uma xícara de chá. Mesmo com eles provando antes, recusei. Poderia ser o chá para o sono da morte coletiva — e eu não queria morrer dormindo, nem deixar tantos cadáveres dentro da sagrada caverna de Vovô.

Ali era proibido ter medo — era melhor agir. Eles só pensavam em como explorar aquilo tudo, transformar a caverna em fortuna. Eu pensava em Amypohã. Minha preocupação era sair vivo.

Iniciei um monólogo na língua de Yayá:

xe oka asu
[minha casa grande]
asutekoaba ikó aba
[morada do meu povo]
aguyeretê
[canto da bem-aventurança]
xe ivicuá
[minha caverna]
xe ibipiau Tupã
[a terra manchada é minha, é de Tupã]
xe ivi tenonde mbaretê
[com força a terra é minha]

— Aqui não se faz o que não se deve fazer! — punho levantado.

Suarez, falando para mim, primeiramente disse que ali só desejavam fazer o que se deveria fazer. Depois, sem pudor, afirmou que aquele lugar — se bem executado — poderia ser transformado em uma grande fonte de renda para a organização, da qual eu poderia até ser o segundo na hierarquia.

— Mas não se preocupe — disse —, um dia você será barão!

Disse ainda que seria maravilhoso se os membros da sociedade sentissem a grandeza que é o paraíso, e que ali era o lugar sagrado mais seguro do mundo — especialmente por estarem na companhia do nosso pajé — apontando para mim.

O Senador interferiu:

— Além de seguro, é também um lugar ecumênico. Podemos adorar qualquer deus.

Demonstrando inconformismo com tanta banalidade cavernosa e orgulho, retorcia-me no banco de pedra, ameaçando sair do recinto. Foi então que senti uma mão pressionando meu ombro, como se dissesse: calma, estou a teu lado! Era o velho Katu-Abá — meu velho parente, que nunca me reconhecia, preferindo a vilania. Aquele que é, mas esqueceu de ser.

Olhei assustado para uma velha arca de madeira nobre, com inscrições douradas e ilegíveis. Pretendi que fossem em hebraico. Acreditei tê-la visto no álbum de fotos na biblioteca de Helena.

— O que essa mala velha tá fazendo aqui?

— É uma arca! — disse o Judeu.

Naquele ambiente, ela estava fora de qualquer contexto. Fiquei sabendo que o judeu oferecera a milenar relíquia de sua família — salva do nazismo — por sentir que aquele lugar era sagrado. O ato demonstrava gratidão por ter sido aceito no convívio da Socriar.

DISCURSO SOBRE A ARTE

Um tolo é conhecido pelas suas palavras e um sábio pelo seu silêncio.
Pitágoras

O Padre, tremendo de medo e raiva, úmido de suor, iniciou um discurso decorado — aquilo que seria a apoteose. Mas não foi. De fala sombria e mórbida, engasgava e tossia. Prosaico, esforçava-se por não se abater perante o índio.

Todos pensavam em salvar suas vidas — e ele discursava sobre a arte. Vagou pela filosofia, pelo paisagismo, elogiou a poesia moderna. Disse, um pouco mais animado, que cultuava Baudelaire e Rimbaud, e citou de cor uma das estrofes do mais rebelde dos poetas franceses:

De manhã, eu tinha o olhar tão perdido
e a postura tão morta,
que aqueles que encontrei
talvez não me vissem.

Parecia aludir ao momento em que, naquela manhã, prometera a si mesmo o suicídio.

Depois falou de pintura e escultura, fez apologia à arquitetura grega. Disse que os romanos foram meros imitadores dos gregos — e estes, por sua vez, haviam aprendido com os egípcios. Que da arte persa herdamos o gosto pela grandiosidade e pela luxúria palaciana, apesar da inegável beleza das mulheres persas.

Afirmou ainda que era um incansável admirador desse povo maravilhoso, que soubera como ninguém cultivar o belo — pena que não cultivaram a ciência da História com a mesma maestria com que teciam seus inimitáveis tapetes.

Acrescentou que as mulheres persas, além de belas, eram fogosas. E lembrou de Alexandre — que, em vez de desposar uma grega como sua Penélope, preferiu Roxana, a mulher de Dario III.

— Aliás — disse —, de Dario não levou só a mulher, como também levou seu amante.

— Bagos! — completou Cavalero, apontando para Paulo Fera.

Este continuou:

— Bagos foi o eunuco do rei Dario III, que Alexandre não só tomou para si como também amou até a morte.

— Era um viado — grunhiu o Tenente, desatinado e fora do contexto literário.

— Com o passar do tempo, Bagos mandava mais que Ptolomeu, Cassandro e Lisímaco, seus generais! — confirmou o juiz.

O Padre, abrindo o espírito, sorriu e agradeceu a intervenção do meritíssimo — que pouco se prestava a tais digressões.

Paulo Fera, embora tivesse interferido, permanecia impávido em sua desgraça — a pressão arterial lhe sufocando. O Padre tossia, mas continuava:

— Tenho um cantinho vago na minha sala... Conservo-o com carinho especial, pois meu coração não perde a esperança de ver ali, um dia, sendo ocupado por um belo tapete persa...!

Disse isso safadamente, olhando em minha direção.

Neste instante, entrelacei os dedos e os estalei. Levantei as penas do cocar, ergui os cotovelos como se fosse voar. Agucei a força mental. Ele engasgou. Empalideceu. Interrompeu a fala.

Houve certo tumulto após o episódio. Todos tossiam.

Eu sabia que Amypohã tinha o ouvido colado na gameleira, ouvindo e controlando as vidas.

O Barão Suarez, que tinha bagagem e método — mesmo sem ar — disse:

— Louvável, Padre, louvável... — e tossia.

Todos sufocados.

AS ETAPAS DO PLANO

A vontade geral é reta, porem o juízo que a guia nem sempre é claro.
Jean-Jacques Rousseau

Irmão Suarez deu o sinal de enfado — ainda tinha outra tarefa.

O plano do Padre não previa a visita de toda a cúpula da Socriar até o fundo da caverna — um lugar inóspito, que ninguém conhecia senão Paulo Fera e mais dois ou três que o haviam inspecionado previamente. O planejamento continha três etapas: primeiro, considerando a eliminação do índio. Segundo: o Padre, em atitude chantagista, exigia casar-se com a presumível viúva — mesmo sem seu consentimento. Terceiro: a eliminação do seu casamento com a senhora Zulmira, acometida pela bulimia que a afligia.

Porém, caso nada se consumasse, morreriam todos sufocados na caverna.

Helena era a mulher persa encantada no discurso do Padre. A fortuna ali guardada pertencia ao banco da presumível viúva. Como uma mulher solteira adquirira tamanha fortuna? Tantos poderes? E como uma mulher com tantos poderes se casaria com um selvagem? Um índio pintado de urucum? Um homem para quem a caverna era o melhor abrigo?

O conselho anularia o casamento do Padre, e ele se casaria com a viúva ali mesmo, na caverna — tornando-se gestor de todas as finanças. O magnífico reitor da Socriar. Padre se julgava sabedor — o único capaz de pôr e tirar aquelas pessoas dali.

A aparição do índio — vestindo roupas de couro e cocar de penas na cabeça, no calabouço da caverna — além de assustar a todos, frustrou os plenos poderes do Padre como salvador.

Nestes instantes, eu estava sóbrio — sabedor do método de respirar nas cavernas, apesar de temeroso diante do olhar odiento daqueles homens.

Aos poucos, o ar foi chegando. Eu desentrelaçava os dedos, acomodava os braços, balançava as penas como um leque — para que todos vissem.

A aparição do primeiro foco de luz confrontou os poderes entre os dois: quem era o sábio, e quem, o tolo.

— Você é um mágico! — bradou o Senador.

— Ele domina os segredos das cavernas! — bramiu o Coronel.

CONTROLE DAS AÇÕES

O deslocamento do índio, movimentando a engenhoca, gerara medo. Por fim, a iluminação da caverna — com a aparição das imagens no teto. A falta de ar produzira pânico, e depois, a rajada de vento.

Não se sabia a durabilidade da bateria, tampouco a existência de uma saída alternativa. O Padre foi tomado como o responsável pela provável morte coletiva.

Minha preocupação era não ser o último a entrar na galeota que ajudáramos o ruivo a instalar. Sair vivo daquela masmorra era o objetivo.

A galeota tinha autonomia para três conjuntos de descida e subida:

1 — desceu com todos;

2 — subiu e desceu com Paulo Fera;

3 — subiu e desceu com o índio;

4 — subiria com todos. *Fim da carga da bateria.*

Antes, porém, de encerrar suas palavras, o Padre quis completar a tarefa: exigiu explicação sobre minha passagem pela desconhecida porta de uma caverna para a outra.

Diante de tanta força adquirida pelos *temypagûama*, tomei a ousadia de permanecer calado, em pé, fitando seus olhos. Nenhuma dessas duas atitudes era permitida aos membros da Socriar — mas eu ainda não era membro reconhecido.

Entrelacei os dedos — e uma pedra deslocou-se do alto, arrebentando-se no centro do espaço combinado para ser a sala secreta da Socriar. As penas trêmulas como ébrios na taverna. Olhos gazos. Mãos trêmulas.

— Suarez, fingindo equilíbrio diante de tanto pavor — aquele que se envaidecia em glória, rodeado de ouro e esvaído em pecaminoso egoísmo, sem domínio da profundidade do buraco. Pois, neste buraco — eu imaginava — nenhum homem branco, além do ruivo (que morreu em acidente) e da moça dos olhos verdes (que desapareceu), pisara antes.

Ali era a *oka-asu*, a caverna de Vovó. Ela delegou a mim e a Amypohã a guarda sagrada — somente nós tínhamos o direito de entrar e sair vivos dali. Mas agora aquela súcia teria de sair viva do fundo da caverna — pois, mortos, ninguém sairia.

Padre conhecia a superfície. Mas, por ser engenhoso — até mais que o diabo — fuçou até descobrir, por desenhos e fotos, a trilha. Transformou-a no grande cofre: alternativa à casa de Helena. Mas Padre não conhecia o focinho do cavalo. Ou seja, era vulnerável. Enganara um grupo de madraços abusados, e agora estava desmoralizado por dois índios de poderes excepcionais: um que controlava a respiração, soltando ar e luz quando queria, e outro que imitava os poderes de Deus.

Suarez voltou a tossir e exclamou, exprimindo cansaço:

— Apresentarei o projeto, ainda que incompleto: esta será a galeria encantada, subterrânea, ficará no centro de tudo. É necessário que a entrada seja cara, caríssima — assim como pagar para ir à Lua ou ao fundo do mar.

— Uma coisa para poucos, que tenham coragem — disse o Gringo, respirando com dificuldade. E olhou para o alto, na esperança de sair com vida dali.

— O turista precisa ter dinheiro para ver a magia acontecendo, as pinturas nas rochas — disse o Judeu.

— E quem tem o poder para guiar essa gente por esta toca? — perguntou o Alemão, confuso.

— Ninguém — respondeu Bem Dotado.

— Nosso Cidadão! — apontou Anatolle. — Quem, além dos índios, saberia a origem do raio? A rotina diária dos ventos, da lua e do sol?

Faltava pouco para o Padre dominar o segredo. Tardiamente descobriu o que pensava ser seu, mas abusou dos poderes dos encantados.

— Um restaurante com refeições de alto custo — completou o Alemão.

— Sem dúvidas. Máscaras, óculos, como em cinema 3D. E depois, lá fora, passeios a cavalo. Tudo acompanhado das mais belas garotas — corpos de misses!

Bem Dotado complementou:

— Todas seminuas.

— Será uma cidade alegre e misteriosa? — perguntou o Deputado, cansado.

Todos embebidos pela prevista luxúria. Pena que Irmão Suarez desconhecia os limites da embriaguez provocada pela fatuidade do poder — e desconhecia também o seu antídoto: a presença ancestral que cuidava da caverna, a *itaokaasu*.

Eu conhecia as imagens exibidas — não em sua plenitude, pois havia ajudado Zequinha nas filmagens iniciais.

O Padre, com dificuldade respiratória, julgava-se quase absoluto. Não houvesse o Barão, ali estaria o Olimpo sagrado — e ele, um deus rendido aos pés da engenharia. A presença mística do cavalo representava o poder na velocidade de suas decisões.

Mas ali ainda não era o paraíso — apenas abrigo dos ancestrais. A caverna exige respeito: era uma das casas de Tupã.

Finalmente, Suarez, com ânsia de vômito, voz perturbada, disse:

— Minha participação chegou ao fim. Agora eu vos entrego ao comando do nosso embaixador!

E saiu cambaleando, desorientado.

Mestre Sala, que sempre tivera postura elegante, macambúzio, olhando fixo para um ponto da caverna, com a voz embargada, disse:

— Agora vamos pegar o bonde para o almoço.

Apontou para o *troller* do moço ruivo, entre as rochas, a muitos metros abaixo no subterrâneo da represa.

Suspirei, tenso. Tudo estava sendo feito com minha presença. A preocupação era não ser o último a entrar na galeota — precisava sair vivo daquela arapuca armada.

— Vamos saindo devagar — ordenou o Mestre Sala.

Eu sabia da rigidez das normas da Socriar: ninguém sairia na frente do Barão — e do velho Katu-Abá, omisso em quase tudo. Diante do princípio de fobia geral, assegurei o braço do Barão: primeiro em tudo, ele entraria na galeota.

— Por nossa senhora, me tira desta masmorra! — um grito pavoroso.

— Eu quero dar o fora! — gritou alguém, inconsciente.

— Estou com falta de ar... socorro... eu quero é sair... urgente... alguém pode fazer algo? — desespero.

O número era ímpar. Caso o bondinho não coubesse a todos, eu ficaria para uma remessa que certamente não aconteceria. Bastava ao Padre travar a chave da engenhoca — essa era sua última cartada para a vitória.

Como paladino, conduzia o Barão por um braço e Katu-Abá pela mão. Portei-me como protetor, oferecendo segurança e estabilidade. Um guia. Os passos tímidos do Barão e de Katu-Abá me fortaleciam.

Segui acompanhado pelo médico para ocupar um espaço apertado, lado a lado. Num vagão que mal cabia seis, subiram doze. Pendurei-me e me pus atrás do Senador, que, sentindo-se protegido, não se incomodou — e ocupou o lugar do Deputado. Este, por sua vez, tomou o lugar do Cavaleiro. E outro tomou o lugar de outro, até que sobrou um: o Tenente.

Éramos treze. Já íamos partindo, deixando o Tenente para trás, quando o Coronel Gavião, aborrecido, citando o regimento, mandou parar a geringonça. Como ninguém lhe obedecia, pulou — de forma suicida e solidária — enquanto muitos gritavam, inutilmente, para que a máquina parasse.

— Essa desgraça vai se arrebentar com tanta gente! — o Delegado.

— Se acabar a bateria, já era! — o Senador.

— Pois é... o que vai acontecer? — Paulo Fera.

CHEGADA AO PORTO SEGURO

O ponto da caverna onde estavam era o melhor lugar para suicídio coletivo, mas ninguém quis. É certo, havia a grande abertura — agora ocupada como tubo e pelo trenzinho —, a entrada de luz, uma coisa para matemático ou adivinho, e as entradas de ar, que dependiam do controle de uma ou mais pessoas na raiz da gameleira. Os balões de oxigênio e as baterias eram efêmeros.

Cabia aos nativos e aos cientistas determinarem o grau de segurança. Para os nativos, os cientistas — como exploradores — não mereciam confiança; para os cientistas, os nativos eram ignorantes e mereciam desprezo.

No ponto mais profundo, até atingir pouco acima do nível superior da represa, desceríamos do trenzinho numa plataforma irregular que eu ajudara a construir. Mas o automático não funcionou, marchando para a área de fuga.

— Vai bater... vai bater na rocha... — diversas vozes. — Não pula que é pior...!

Vendo o perigo iminente, a dificuldade na paragem, pulei. Eu sabia da verruma de aço. Apanhei, travei a engrenagem a meio metro da pedra de escape. A parada provocou um grande abalo. Muitos caíram sobre as rochas.

— Meu Deus...! — Calma...! — Alguém se machucou? — o Barão mostrava-se apavorado. — O Senador está ferido...! — Estou bem! Tratem de resgatar os companheiros que estão sem respirar! — o Senador ordenava, enquanto se arrastava para fora.

Em terra firme, em visível pavor, um a um assustados, trêmulos. Deveria ser enviada a máquina imediatamente de volta para resgatar o Coronel e o Tenente. O Padre tinha os nervos aflorados, nem o Major nem o Zé Cavaleiro conseguiam destravar a chave de retorno. O tempo passava para desespero geral. Precisavam de um macaco, uma chave glifo, uma talhadeira... Do centro da Terra ouviam-se gritos diabólicos, um fôlego quente soprava da garganta profunda da caverna. O sistema de ar fora bloqueado por Amypohã, e eles não sabiam o motivo — embora houvesse desconfiança diante de tantas coincidências.

O Padre disse:

— Que diabo está havendo?!

Quevedo:

— Nossa Senhora de Lourdes!

O Juiz chamou para fazer a mão de amigo para resgatar os companheiros.

Eu conhecia aquela caverna como nenhum deles. Fomos o ruivo, eu e o Amypohã que instalamos as engrenagens. Entre alguns segredos, havia um determinante. Quem havia ensinado parte dos segredos ao Padre, a Paulo Fera, ao Zé Cavaleiro? Quem?

Imaginei voltar pelo portão do sol nascente, como nós chamávamos, mas aí seria entregar o ouro ao bandido que pensaram em me matar ali para roubar minha Helena.

A autonomia da bateria era para seis viagens ou dez horas. Se eu descesse, não voltaria, pois certamente o Padre tamparia a boca da tubulação, sem importar quem iria morrer comigo. O tempo rugia contra a dupla. A claraboia não iluminava mais o fundo da caverna. O Padre desconfiava dos meus conhecimentos. Olhou-me tossindo e disse:

— Vai, desgraça, cadê teus poderes?

Foi aí que descobri que eles se consideravam inferiores. Me alegrou.

Apanhei uma pedra e, sob protesto do Juiz:

— Não, não, isso não, índio... miserável, você vai inutilizar a cabine...?

Sem dar ouvidos ao meritíssimo, bati com muita força: uma, duas, três vezes — e um pino saltou. A caixa camuflada se abriu. Silencioso, retirei uma bateria auto-carregável e o último vagão, com autonomia para uma descida e uma subida, se soltou — um caso de resgate. Instalei no lugar apropriado, girei uma manivela, pisca a fagulha. Ligado o automático, o vagãozinho livre, sozinho, deslizou sereno, piscando em busca dos náufragos.

Todos, em silêncio, se entreolhavam, como se tivessem vergonha de bater palmas para o homem da caverna que também era cientista.

Longos minutos. Choro, pavor total. No automático, ficaria parada por quinze minutos, tempo de consumar um resgate. E para alívio, depois do silêncio, o Coronel Gavião, suado como um atleta, e o Tenente ofegante, suspirando e derretendo em lágrimas, pediam água em nome de Jesus.

Nenhum dos senhores me olhava mais, mas eu olhava para cada um dos que corromperam a oka de vovó — aqueles que, somente por astúcia de Amypohã, lograram sair vivos da caverna. Olhavam-se, recompondo-se da aflição. Uns mancavam, outros marcados com sangue na pele, seguindo à minha frente, parecendo soldados derrotados em batalha.

De repente, ouviram-se brados. Vozes e prantos de mulher. Era Helena. Ela corria em desespero contra todos:

— Cadê meu marido, cadê meu índio...? Cadê meu marido, seu desgraçado...? Padre, cadê meu índio...? Eu vou te matar! Miserável...! Meu marido... meu índio...!

Na cabeça, o cocar cintilava. Vestia roupas de couro que vovô deixara na caverna.

— Meu amor! Você ainda... estás lindo... e vivo? — e apalpava.

Helena sabia da trama?

— Não se ausente de mim...! Fique perto de mim...! — ordenara.

Abraços, beijos loucos, sentidas lágrimas. Outras mulheres a consolavam com carinho e revolta.

A Delegada disse:

— Você merece um tiro na cara, Padre.

Perpétua:

— Se você soubesse o que eu sei, não diria isso...!

A roda de prosa, que se transformava em aula confidencial, já estava reduzida a poucas e selecionadas ouvintes. A caverna existe eternamente. Os diamantes não se acabam; a cobiça se renova. Maria Bonita tinha muita preocupação com a qualidade das conversas, mas se apresentava como co-proprietária de tantos saberes que preferia manter-se em silêncio. Somente ela e mais duas pessoas, como dizia Helena, detinham tantos e profundos conhecimentos.

A CORRIDA DOS DIAMANTES

Eu ainda vestia a túnica severa de vovô, o cocar sobre o dorso. Sentia-me diferenciado, quando percebi que o judeu sorrateiro se aproximava de mim, alisando minha roupa. Como esse costume não era comum, chamou a atenção de todos. Helena notou rapidamente que eu tinha diversas pedrinhas brilhantes entranhadas nos pelos da calça e do jaleco. Ela mesma apanhou algumas, levou à boca, enquanto Sinhazinha despertava para tudo aquilo:

— Que significa isso? Parece diamante!

Eram muitas pedrinhas, e já não havia como deter. Todos avançaram. O jaleco foi arrancado e, depois, a calça de vovô. Sacudiam, disputando como galinhas catando milho pelo chão. Maria Bonita, mais que desesperada, saiu através do corredor em direção a Amypohã, camuflado de abridor de cancelas, mas desta vez impediram sua saída. Ela voltou parecendo disposta a terminar com a ação de corrupção das coisas sagradas da caverna.

— Isso não é diamante. Está contaminado com arsênico. Vocês vão morrer.

E Helena, fingindo-se de tonta, provocou vômito. Maria Bonita começou a girar. Tomou-me pela mão e giramos. Cantamos o canto de Yayá de forma soberba por toda a área, dançando e amedrontando. Lady Dy, Helena, as duas Xicas entraram na roda e cantávamos em voz solta, até que os que sorriam ficaram tristes. Dr. Celso abaixou a cabeça em sinal de reverência, o Coronel exigiu respeito, o Senador, curvado.

Nos aproximávamos de cada um e apontávamos o dedo para a face, condenando a infame ação. Mal percebi que estava completamente nu naquela roda. Parece que ninguém, absolutamente ninguém, notara — até que Helena moveu-se, sacando com agilidade a toalha de mesa e envolvendo meu corpo.

Houve um silêncio profundo. Quase sepulcral. Até que um trovão bradou, acompanhado de um relâmpago. O ímpeto fez tremer as folhas das alamedas.

O medo apoderou-se de todos. Cabisbaixo, o Tenente tomou a iniciativa, foi até a mesa e depositou as pedrinhas que captara do jaleco. Assim fez Paulo Fera, Gringo, Bem Dotado, e por fim o Padre e o Judeu — que ainda segurava o jaleco —, depositando mansamente, uma por uma, as fagulhas colhidas no corpo do índio, até que todas brilhavam sobre a mesa.

Parece que a chuva passaria de largo, sem interromper a vida dos maiores criadores de cavalo de raça.

Os diamantes permaneciam cobiçados sobre a mesa, até que Maria Bonita tomou a iniciativa: recolheu as fagulhas devagar, uma por uma. O Judeu, seu marido, baseado na máxima "os bens são do homem", preparava um recipiente para receber as pedras, até que, para o desespero de todos, ela as depositou com serenidade no bolso do jaleco de couro de vovô, entregando a roupa com a fortuna incalculável em minhas mãos e disse:

— Toma, parente. Isso só a ti pertence.

As bandejas com leitão assado, carneiro, faisão e vitela, o vinho simulava o novo casamento que não houve. Rei morto, rei posto. Nada parecia real. Tudo esquecido. As mesas dispostas em curvatura formavam a letra S da Socriar.

Orientados por Mestre Sala, os casais sentaram-se em cada lugar previamente determinado. O Barão Suarez ocupou a sinuosidade superior do S, e eu ocupei a barriga da concavidade inferior externa do S — onde o Padre, se se casasse com Helena, sentaria. Era o lugar determinado pela hierarquia, até que se tornasse o primeiro. Mas a mesa virou. Fiquei assim equidistante. Geometricamente, estávamos todos equidistantes. Teoricamente, eu ocupava a segunda vaga na hierarquia.

Helena, desconfiada, disse, inicialmente, que perdera a fome. Ocultou meu prato. Exigiu que provassem a comida:

— Eu te disse: não se afaste de mim por nada... por nada!

Ainda chorosa, me apalpou. E eu, com vontade de dizer que aqueles que desejavam o meu fim foram salvos por mim.

Após o almoço, houve a primeira apresentação. Antes, um helicóptero pousou no picadeiro e dele desceram palhaços e palhaças. Rostos pintados, vestes extravagantes, corpos seminus. Malabarismo, piruetas, cambalhotas.

— As meninas do De Bem Dotado parecendo ligadas ao pornô — disse Helena, baixinho, em tom confidencial para Perpétua, o que me surpreendeu.

— O quê? — Perpétua levou a mão à boca. — Bonitas!

— É, toda puta é bonita. Se não for bonita, não arruma mercado! — e sorriram. Depois, silêncio.

— Mas não é motel? Você não acha isso estranho? — comentou Rita.

— O helicóptero era o mesmo da casa do bacanal. Identifiquei algumas garotas. Eram as domadoras cujas fotos estavam expostas no corredor da caverna.

— Ah, entendi: a exposição da caverna terá gosto para todos, ou isca para os grandes pescadores? Até Helena estava exposta, nua! — disse em voz baixa, mas Helena ouviu.

Para aumentar a surpresa, apareceram — de onde ninguém sabe — outras moças e rapazes com trajes mínimos, conduzindo belíssimas potras e potros. O picadeiro era o palco e os animais, os artistas, guiados com maestria por demais artistas.

Helena e Perpétua estavam empolgadas, apesar de ainda tensas. Mesmo desconfiado, sentia-me satisfeito por estar ali, vivo.

— Sua condição agora é a de mais novo membro da Sociedade dos Criadores de Cavalos de Raça! — Perpétua confidenciou ao meu ouvido e acrescentou: — Agora podes crer: tens amigos em profusão. Não serás só mais o Índio, o fotógrafo. És o marido de Dra. Helena, a mais poderosa desta gente!

Helena, parecendo ter esquecido o passado, agora dançava como uma odalisca perante a corte do sultão. A dança do ventre. E todos a olhavam com desejo. Seria Helena a estrela oculta do ambiente? Seria a mais poderosa por ser a mais bela? Seria a mais rica? Ou a mais cobiçada do prostíbulo?

Não sabia quem era Heley, Helena, Ely. Sim, ela causava admiração.

— Coitado do padre! — disse Zenilda.

— Coitado... coitado... pros infernos! — respondeu Lady Dy, sem olhar.

O POTRO DO FUTURO

Deus, em sua infinita sabedoria, não quis dotar a natureza de criaturas mais belas que a rosa, o diamante, a mulher e a égua.

Autor Desconhecido

Era tarde. Todas as coisas passadas pareciam esquecidas. E prosseguiram as apresentações. Era a vez de ver o Potro do Futuro — o cavalo mais caro do mundo — recebido com delírio.

Melhor agora seria visualizar as incríveis dimensões e marcas naturais que o apresentador destacava no animal.

— Custou uma fortuna! — vociferou Mestre Sala.

— Financiamento nosso! — Helena segredou ao meu ouvido.

— Eis o melhor! Vale o peso em barras de ouro! — dizia o Mestre Sala, em voz empolgante, envolvendo a todos.

— Senhores, desfrutem este momento único. É um privilégio para poucos mortais. Afinal, quem viu "Adad da Golã" tão próximo e assim, ao vivo? Vejam, é o animal mais perfeito do mundo.

E uma garota seminua aproximou-se do microfone:

— E mais gostoso!

A súcia bateu palmas. Esses gestos provocaram a ira delas.

Zé Cavaleiro iniciou uma narração minuciosa e empolgante sobre a fama do cavalo:

— Filho do "Adad da Jericó", mundialmente conhecido. Seus vídeos são recordistas de bilheteria. Mesmo deixando centenas de crias, apenas três potros adquiriram o gosto pelo cinema, além das inconfundíveis características de "Adad da Jericó".

Um consórcio de bancos participou como fiador!

Helena interrompeu Zé Cavaleiro:

— Não foi bem assim, seu Zé...

Zé ainda tentou ouvir, mas o Tenente puxou em gritos e aplausos, interrompendo a fala de Helena:

— Toca, Zé, vai em frente, vai em frente...!

— Peraí, seu Tenente...!

— Porra, não atrapalha, mulher. Toca essa merda, Zé — disse o Delegado, dono do helicóptero.

Olhei para os olhos lacrimejantes de Helena e tive raiva.

— ... É mentira... Ele nem sabe quem e como foi feito o financiamento dessa coisa que só deixa vergonha pra gente...!

— Isso para quem... pra quem tem vergonha na cara, Helena! — era Xica da Silva, mulher do Coronel, espumando.

— Mas como estão estúpidos, mal-educados, grosseiros... — Sofia, em lágrimas.

— Coitado dos nossos homens, Xica... coitado deles — Sinhazinha também chorava.

— ... As seguradoras repassaram o resseguro... — Zé Cavaleiro retomava a fala. — O Tenente pôs os corretores de plantão. Os transportadores disputaram a nobre carga como se transportassem o próprio xeique. A Sex Hors, empresa ligada ao Writh Bank, não se conformou com a aquisição do potro por parte de uma desconhecida empresa brasileira...

— Mentira... é mentira...! — a Banqueira, mulher do Deputado, fazia coro com Helena, falando mais alto. — Não acreditem, não, irmãs!

— ... A notícia deste cavalo chegou a Hollywood e está a correr o mundo! — disse Bem Dotado.

— Meu Deus... que homem é este... Isso é uma inverdade! — clamava Helena. — Falso testemunho! Um bando de ufanistas, farsantes! Pois não terão outros financiamentos, nem pra cavalo, nem pra merda nenhuma...! — Perpétua tentava consolar Helena.

Eles batiam palmas, e Helena, inconformada, assuava o nariz. Sinhazinha se aproximou dela, deu-lhe um lenço, um abraço afetuoso e se afastou.

O Gringo, de fala amarrada, acrescentou que em sua quarentena "Adad da Golã" fora visitado por políticos, cineastas, jogadores da seleção, psicólogos e garotas de programa para "homens da alta classe".

— Grande merda. Tudo gente pervertida — disse Lady Dy, em completo aborrecimento.

Perpétua, a mais singela delas, cuspiu no chão.

— Este é o fim do mistério. Estão diante do animal mais perfeito do universo! Veremos ele em ação. Será a primeira cena do seu novo filme. É uma máquina de dinheiro. Aqui está o elenco — apontava para as moças e rapazes —, expandia-se Bem Dotado.

— Eu tenho nojo de você, rapaz! — disse Maria Bonita, a índia mulher do Judeu.

— Vocês são traidores. Não vim aqui para ser figurante de filme pornô — disse Maricota, gesticulando.

— Acabou pra mim. Estamos nos sentindo enganadas! — Lady Dy.

UM SUJEITO CHAMADO CONTÍNUO

Nada sabia sobre a vida passada de Helena — sua família, pai, mãe, meus sogro e sogra, os pais de Helena. Apenas ouvira dizer que ela se dizia descendente de um tal Dario — tratava-se de um rei. Foliando uma velha enciclopédia Barsa na casa do Santo Antônio, pelos cálculos que fiz, tratava-se certamente de uma família rica, mais velha que a de vovó — apenas isso, ou pouco mais, era tudo que sabia sobre seu passado.

Naquele instante, ela voltou-se em direção a um lugar chamado Meca — assustado, supus o ritual do orifício e o raio misterioso que iluminava seu rosto em nossa casa, que ajudei a reformar, a luz daquela manhã semelhante à da caverna. Vendo Helena curvada, falando coisas desconhecidas para mim, lembrei de Hamypohã, meu kibyra. Onde estará? — pensei. Como eu gostava dele.

Sabia também que ela participara, como gerente do banco financiador, de todo o processo de formação de um tal consórcio: barco, tubos de tripla zincagem, motores e um caminhão. Sentia-me orgulhoso pela participação de minha mulher — mesmo cheio de dúvidas se ela era minha mulher ou se eu era seu objeto de segurança — naquele negócio nebuloso, apesar de não saber para onde ela viajava, nem com quem.

Não falava sobre seus telefonemas noturnos — fuso horário —, suas dores, suas viagens, objetos de sigilo envoltos em mistérios. Nos dias em que passei como vigia da casa, consultei inúmeros documentos na biblioteca, muitos carimbados: confidencial.

Por esses dias, as únicas notícias que tive foram dadas por um sujeito que se chamava Contínuo. Exigiu um encontro na Rua da Forca. O desgraçado impôs-me suas condições e limitou-se a falar o que bem quis: que a esposa do índio passava bem, que não era para o índio se preocupar, que as crianças estavam bem, que se precisasse de dinheiro... e não sei o que mais lá...

Inicialmente senti um alívio, mas, repentinamente, fui possuído por um acesso incontrolável de cólera. Armei um direto no nariz do sádico Contínuo, que, em agilidade danada, esquivou-se como fazem os capoeiras. Sacudiu a cabeça e disse:

— Fique calmo, seu índio. Qualquer dia desses ela vai tá aí...!

E repetiu:

— Fique calmo, seu índio!

Foi andando lentamente pelo meio da praça, batendo a mão na boca:

— Hôhôhô... — sorrindo, provocando mais aborrecimentos.

Pensei em ir à casa de Helena, pegar a arma no torno e retornar.

A VINGANÇA

Uma comunidade movida apenas pelo interesse próprio seria uma comunidade de especuladores desumanos!
Robert Heilbroner

Encerrada a mostra. As esposas dos maiores criadores de cavalo estavam todas ali, sedutoras e envolventes, conversavam entre si, enquanto eles falavam com os cavalos.

— Para que serve cavalo de raça se todos andam de carro? — Zulmira questionou.

E a Banqueira, expressando-se com gracejos:

— Quem souber morre!

A estátua, tomada como insulto, provocou a inversão do programa com uma irracionalidade incalculável. Eram o Tenente e o Delegado que estavam respondendo pela ordem do desfile.

As dançarinas e malabaristas seminus se apresentavam.

Não houve dúvidas: era a réplica pela ousadia, o insulto, a retribuição à estátua que configurava a deformação do macho de dez membros e cabeça pequena.

O pobre animal, com os pés amarrados, foi imediatamente e brutalmente atacado dentro do pequeno espaço e, ali mesmo, na frente de todas as mulheres, tudo ocorreu. Nada daquilo fora programado. Um ato insano, uma cena indesejada. Tudo levava a crer que eles queriam mostrar o poder do machismo, a submissão da fêmea — em qualquer espécie. Todas as cenas foram filmadas pelos melhores ângulos, por câmeras bem posicionadas.

— Isso é inconcebível. Já que é insulto, então que venham, vamos à luta! — vociferou a psicóloga, Dra. Perpétua, a mulher do velho guru.

— Isso é canalhice! Calhordas! — Zulmira, indignada, lembrou que em Roma as cenas brutais exigiam que as famílias, as mais belas mulheres, figurassem na plateia, mesmo diante das cenas de barbárie.

As jovens inicialmente se apresentaram como tratadoras, mas não eram: eram artistas da empresa de show, contratadas por Bem Dotado e pelo Delegado. Consideravam o ramo lucrativo.

— Bizarrice. Quem veio aqui para ver isso? — Sinhazinha, agitada, falava para o Barão impávido, também humilhado, sem nada responder. — Interrompa isso, acabe com isso, homem! Cadê o respeito pelas famílias...!?

Escovadinha levantou-se, ameaçadora, sacudindo a mão para Anatolle, seu marido — ameaçou escalar o alambrado, apesar dos seis metros de altura. O portão estava fechado. Começaram a balançar o alambrado com energia, até que os animais, com as tratadoras seminuas, foram evacuados, enxotados do picadeiro numa atitude grosseira do Zé Cavalero. Em poucos instantes, uma carreta recolhia os animais e o helicóptero levantava voo com as artistas.

— Vocês não têm do que reclamar — disse o Coronel Gavião aos organizadores do evento. — A desgraça já foi feita. Agora aguentem.

Padre era o responsável pelo projeto e pela execução dos serviços de reequilíbrio ambiental do ecossistema influenciado pelas obras do complexo de Pedra do Cavalo.

É mister salientar que, entre as obras de conservação ambiental, o projeto previa a manutenção das terras indígenas — apesar de não haver demarcação —, com destaque para sítios, pequenas e médias fazendas ecologicamente adaptadas para a criação de peixes e a exploração do turismo. Mas o Delegado, com apoio de Bem Dotado, aproveitando-se do potencial criado pelas orgias no grande lago, o convenceram de que o lugar poderia ser a Hollywood dos trópicos — ou até mais.

Seria a diversidade e a estranheza do projeto — dizia o relatório — que atrairiam centenas, milhares de turistas diariamente, ocupando um luxuoso hotel e restaurante de alto padrão, onde poderiam visitar a caverna, saborear alimentos puros produzidos por mulheres diferenciadas ali mesmo no projeto e, depois de assistirem a espetáculos circenses e filmes quentes, deixariam dólares em abundância — tão necessários. Mas pouco ou quase nada disso se concretizou.

No documento original da represa, rezava que a prioridade da posse das terras ribeirinhas seria para os povos indígenas e suas aldeias, mesmo com poucos remanescentes.

Entretanto, Padre falou ao promotor que a fazenda Pedra do Cavalo não teria viabilidade econômica nas mãos dos indígenas.

— Eles habitam estas terras há séculos e pouco contribuíram para a civilização moderna.

— Eles não pensam como o senhor, só em acumular riquezas! — havia dito o promotor.

Tudo havia começado pela iniciativa de um indígena — um gênio. Um jovem médico que se propôs a cuidar das doenças que afligem os homens. Criado fora dos costumes, não se apresentava como indígena — mas tampouco precisava. Sua fisionomia e o próprio nome o denunciavam. Na busca por especialização, viu seu trabalho reconhecido. Apesar da precocidade, sua tese de doutorado o consagrou.

Uniu-se a outros profissionais — entre estes, Dr. Anatolle, o jovem geneticista Dr. Well Dowdy, o engenheiro Cristovam Soarez, e ainda um arquiteto, Manoel da Ressurreição, apelidado de Padre — homens de poderes e saberes, mas sofredores de males semelhantes. Os clientes se multiplicavam. Diante de tamanha diversidade de funções, seu forte caráter contribuiu para a formação de uma sólida sociedade — mas com o tempo, perdeu o caráter, a ética e o rumo.

Sobre o domínio da fazenda Pedra do Cavalo, o promotor concordou com a tese de que, aos índios, faltava o domínio da mínima tecnologia necessária — viviam no tempo da caverna, dizia. Precisariam de anos para atingir os objetivos previstos no projeto.

Diante de um projeto tão cuidadosamente elaborado pelas cabeças engenhosas de um deputado, um senador, construtores, militares, professores, brasileiros e estrangeiros — tendo como cabeça pensante um gênio da arquitetura —, convenceu-se.

Como solução, habilmente, através do senador, convenceu os deputados a aprovar a privatização das terras indígenas da fazenda Pedra do Cavalo. Diversas reuniões foram promovidas, provando que já não habitavam indígenas nas cavernas.

O tempo passou. Hamyporã e eu tornamo-nos seguidores dos algozes. Não se desprezava a ideia do retorno para o sítio de vovó, mas não tínhamos apoio.

À medida que se acumulavam imagens e documentos, poderíamos reclamar na Justiça. As provas eram irrefutáveis — tudo bem guardado. Mas Amypohã, lembrando os acontecidos com a Dra. Hilda, com vovô, Tio Raimundinho, o ruivo, a menina dos olhos verdes, minha própria saga vestido com o jaleco de vovô, atravessando o focinho do cavalo, abdicou da ideia:

— Ou, pelo menos, vamos empurrar para a frente — concluiu.

O consórcio que a tudo arrematou nos incluía como posse. Tudo que foi inicialmente chamado de "Projeto Piloto do Paragusu" transformou-se na fazenda Pedra do Cavalo. Sede própria da Sociedade dos Criadores de Cavalos de Raça — a "Socriar" — "essa maravilha que só Santa Rita de Espanha, em sua divina misericórdia, poderia privilegiar-me de ver e estar nela um dia" — dizia Sinhazinha Suarez.

Apesar do Barão Suarez, prevalecia a ideia de Padre, Bem Dotado, o Delegado e outros. O essencial seria "transformar essa paisagem poética em um ninho de ilusão onde somente os eleitos teriam acesso".

As novas obras, em vez de seguirem o plano original sob as orientações de Padre, tomaram novo rumo. Para Bem Dotado, Zé Cavalero, Paulo Fera, o Tenente, o Alemão, a fazenda deveria tornar-se um set inigualável de filmagem — um clube de adultos onde somente homens de dinheiro e mulheres exuberantes poderiam entrar. Inclusive, pagando alto valor, poderiam passear pela caverna.

O DESPERTADOR

Os portões trancados, o Coronel Gavião sempre vigilante, gramado propício à intimidade à beira do lago — para a alegria de todas. Cantam, correm, saltam. Apesar da meia-idade, nada as impedia de se sentirem joviais e alegres, imperiosas. Mal sabiam que eram vigiadas e filmadas juntamente com a exuberante paisagem em sua mais ingênua nudez.

O mestre-sala ordenou a todos que havia chegado a hora da projeção.

— É Charles Chaplin? — expressou-se Zulmira.

— Não, é *E o Vento Levou* — Xica Boa completou, sorridente.

— Eu queria assistir era *Glauber* — disse Helena, sem soltar minha mão.

A película, propositadamente guardada até o fim. Na programação, uma pequena referência no item 8; item 9: *the end*.

— Esta é uma bela forma de anunciar uma atração tida como impacto — confabulei com Helena.

O ruidoso movimento da pequena plateia feminina reduzia as expectativas. Aos ouvidos de todos e todas correu o dizer de que a atração cinematográfica seria o recheio do bolo — deveria agradar a todas e todos.

Sinhazinha levantou-se sorrateiramente e veio até onde eu e Helena estávamos. Sussurrou:

— Por que vocês fazem isso?

E Helena:

— Vocês...? Vocês...? Me tira disso!

— E se você mesma falar com ele...? — pôs o dedo nos lábios.

— Ainda não tenho autoridade para tanto...

— Você tem poder, sim! Vá, minha filha... fale com ele! Estão todas assustadas, amedrontadas, não vieram aqui para serem humilhadas, achincalhadas!

— Por que não abandonar este escabroso projeto?

— Se matarão...!

— Que morram. Só se ajuda quem quer...!

— Vai! Fala com ele, ameaça... diz que vai virar a mesa!

Helena obedeceu. Levantou-se, tomou o Barão pelo braço e marcharam para trás do palco. Não tardou para o Coronel os acompanhar — e também os cambaios: Bem Dotado, o Delegado e o Tenente.

Houve silêncio na plateia. Minutos depois, Helena voltou, mais uma vez chorando, para seu lugar. Para eles, tudo como se nada tivesse acontecido, senão um pequeno acerto de contas.

O maior público, a mais incomum das sessões, iniciava. Todas as anteriores foram polêmicas, com fortes consequências. O início do "virar de mesa" foi o fato encorajador. Considerando que os fatos da caverna foram silenciosos, este foi público — provocando a eclosão revolucionária, a campainha do despertador.

— Acorda, mulher, vocês estão sendo usadas! — Rosinha falou bem alto, para todas ouvirem.

UNIDOS PELA "CONDIÇÃO Y"

Mestre Sala, após confirmar a presença de todos no grande salão das exposições — obra construída com requinte e bom gosto extraídos da cabeça do grande arquiteto, Padre —, recebeu do Barão um sutil sinal com o polegar. Demonstrando cordialidade, anunciou:

— Irmãos, marchamos para o fim deste encontro produtivo...

— Sem dúvidas, Mestre... sem dúvidas... — expressou-se Zenilda, irônica, bufando de raiva, e em coro com Xica da Silva acrescentou:

— Queremos assistir *la película*...

E sorriram.

— Temos, porém, antes das considerações finais e da exibição da película, de votar o indicativo de mais dois membros em nosso seio.

Perpétua voltou a interromper:

— Mestre, há quanto tempo não recebemos uma nova família nesta casa?

Mestre Sala desviou o olhar para a imagem panorâmica de Pedra do Cavalo, em um óleo na parede, que já se imaginava eterna pela sua beleza, em comparação com a produção feminina. Era um ícone gigante estampado como símbolo inspirador para os momentos que virão. Contemplou-o e prosseguiu, sem emitir resposta ou comentários — para desencanto do agrupamento feminino, inconformado com o menosprezo dado à inquirição de sua forte liderança, somado ao desencanto com a matriarca Sinhazinha.

— Trata-se do Cidadão e sua encantadora Ely... — prosseguiu o Mestre Sala, desprezando as interrupções.

— Helena! — retifiquei em voz alta, o que fez o Mestre Sala inclinar a cabeça de lado, contemplar mais uma vez o ícone, num nítido desprezo por mais uma intromissão...

— Trata-se de uma cerimônia simples, para isso bastando um levantar de mãos dos presentes.

— Desde que não haja contestação por parte dos membros efetivos — disse o Deputado.

— Sejam bem-vindos, irmãos. Que esta comunidade lhes faça tão bem quanto bem tem feito a todos nós — expressou-se Irmão Suarez com mesura. Seria o suficiente para selar a cerimônia e recebermos apenas os abraços como novos membros.

Ainda se ouviam palmas quando o Coronel, tossindo, pôs-se de pé, falando sem olhar para a plateia:

— Eu só quero levantar uma questão de encaminhamento.

— Encaminhe, Coronel! — falou Mestre Sala, sorridente, dosando a expressão com seu característico humor sem graça, demonstrando intimidade — em completo paradoxo com o comportamento que teve pouco antes, diante da fala de Dra. Zenilda, Perpétua e da minha correção.

— Senhores, o Cidadão não preenche todos os requisitos exigidos no estatuto. Neste caso — prosseguiu o Coronel, ainda sem olhar para os presentes —, podemos estar abrindo precedente, comprometendo o futuro da organização. Nosso segredo é um dos mais bem guardados das sociedades ditas secretas. Para que estaríamos pondo em risco, introduzindo uma criatura de idade mental não mais que a de um adolescente...?

— Ora, ora, Coronel! — interrompeu com veemência Irmão Suarez. — Isto já foi debatido no conselho de ética, seja razoável! — ponderou aquele que parecia ser o fiador de nossa entrada no circo fechado dos Criadores de Cavalos de Raça.

Um tumulto. Falas e falas, clamores, esboço de rebeldia.

O Judeu aproximou-se de mim e falou palavras de incentivo. A Delegada, me abraçando, disse:

— Você é um cidadão, emancipado, inteligente, conte comigo!

O Coronel retomou a fala, irônico, voz de comando:

— Entre os irmãos desta sociedade unidos pela "condição Y", só há razoáveis, Irmão Maior...!

Provocou acesso de risos e falas paralelas, carecendo da interferência de Mestre Sala.

Foi a primeira vez que ouvi a tal "condição Y" pronunciada por membros.

— Qual seu encaminhamento, Coronel?

Com voz branda, interferiu o sisudo Dr. Nicolau, secretário da Socriar.

— Rejeição! — em tom enfático, sem levantar a cabeça.

— Maluquice esta, Coronel! — berrou Quevedo, completamente desorientado perante a posição assumida pelo militar.

— Quero cumprir o regimento. Para isto ele existe! — reafirmou.

Suarez levantou-se, mais que transtornado, sem, porém, elevar a voz:

— O Cidadão tem estado conosco como uma pessoa fundamental. Com sigilo e ética, faz os registros de nossos encontros. Sem seus préstimos, seríamos uma sociedade sem memória... Com fidelidade e competência, demonstrou...

— Sem divulgar nada daquilo que não deve e nem pode — acrescentou Xica da Silva.

— Pois é! — confirmou Suarez, fazendo uma pausa e olhando atravessado para a mulher do Coronel, que mantinha-se de cabeça baixa. O Barão prosseguiu em nossa defesa:

— É o único jornalista em quem confiamos...

— Mas que espécie de jornalista ele é? Nunca li uma só linha de sua autoria nos jornais! — falou Zé Cavalero.

— É que ele escreve na língua tupy, Zé — instigou em risos o Tenente.

Anatolle, tentando desatar o nó, apelou com brandura:

— Vejam que o Cidadão está sempre disposto a colaborar e, nestes anos, ajudou mais do que foi ajudado.

— Hoje ele demonstrou ser um iniciado, salvando a sua vida, Coronel — a sua e a do Tenente! — alegou Quevedo.

— É... não fosse ele... não sei, não... se estaríamos aqui... — refletiu o Gringo.

Paulo Fera e o Deputado tossiram, entreolhando-se como bando de hienas, prazerosos com o cheiro da lama.

Perpétua levantou-se furtiva e foi até a cadeira onde Dr. Celso, seu venerado esposo, confabulava silenciosamente, ouvido a ouvido com o Senador — que mantinha-se sereno, porte altivo, braços cruzados à altura do peito. Interrompendo a conversa entre os dois, Perpétua retornou para a cadeira mais próxima a Zenilda, gerando expectativa pela intervenção do velho guru, com competência suficiente para levar a carga do navio para o lado que ele pendesse.

Era o único capaz de solucionar os impasses dentro das reuniões da Socriar sem réplicas. Mas já faziam horas sem se pronunciar.

Infelizmente, essa interferência não veio. Mais uma vez, Dr. Celso Katu-Abá preferiu a omissão — continuar a conferência em alto estilo com o Senador.

O Deputado olhou para Helena e, sem se dar por minha presença, num descontrolado sadismo, disse em voz audível:

— Estou a morrer de pena... bem na hora de receber o merecido passaporte, vem este maldito Coronel com seu radicalismo de direita botar fogo na oca do índio, não é, boneca...? — e olhou atravessado para mim.

— Merecido passaporte...! — exclamou Helena, baixinho, balançando a cabeça em sinal de desalento.

Irmão Suarez, já sobre sua cadeira, ainda emitiu o último parecer em nosso favor:

— Recomendo a todos que acatem, sem restrições, o Cidadão e sua mui digna esposa!

— Bravo, Irmão Suarez! — falou o Coronel, emitindo uma desconhecida discordância com ironia, com a nítida aquiescência do Deputado, que acrescentou em linguagem de congressista subserviente:

— Acho que devo acatar as ordens do meu Coronel sem desobedecer ao regimento da casa. Por isso, exijo votação nominal.

— Eu repetiria as palavras do Deputado — falou sorridente Paulo Fera.

— Idem a Paulo Fera — arremedou Bem Dotado, demonstrando o tamanho da orquestra que ia começar a tocar.

A partir deste impasse, gerado pelo maldito e poderoso Coronel Gavião, sentimos que nossa aceitação no rol dos membros permanentes da Sociedade dos Criadores de Cavalos de Raça estava em perigo — mesmo porque eu não tinha e não desejava criar cavalos. Nem montar eu desejava.

Enquanto a tarde caía no horizonte, Helena desapontava o semblante, suas mãos suavam, a face enrubescia.

— Atenção! Vamos proceder à chamada nominal, como determina o regimento — falou o imponente Mestre Sala.

— Que é isso...? — desapontado, o Barão pôs-se de pé, perplexo, entendendo que essa ação confirmava uma cisão no coração da Socriar. Não previa a desobediência civil. Olhou para o Padre, depois para sua mulher, e sentou-se, transpirando ódio.

O secretário, com uma folha de papel, sem mais delongas, iniciou o chamado — um por um dos casais responsáveis pelo nosso destino.

SIM MESTRE, NÃO MESTRE

"A vida não tem mais que duas portas: uma de entrar pela vida e outra de sair pela morte."

Ruy Barbosa

Dr. Nicolau advertiu a todos que, ao votarem, o homem deveria dizer "SIM, MESTRE!" para aceitar o Cidadão e sua esposa como membros da Socriar, e "NÃO, MESTRE!" para rejeitar. — Somente com esta frase completa o voto será válido — disse o juiz.

Antes de fazer a primeira chamada, a Delegada satirizou:

— E é preciso esta chacota toda...!? — e emitiu uma retumbante gargalhada.

— Delegado, como vota, você e sua esposa, dona Confissão?

— Meu voto é não! Mestre — ouviu-se apenas a voz do Delegado, apesar de o voto ser do casal.

— Major e Sedução.

Vi que Sedução exercia pressão sobre o marido; só não sabia de que lado ela estava. O Major olhou para Helena e disse:

— Sim! Mestre.

— Deputado, que hoje se encontra sozinho — esclareceu Dr. Nicolau.

Todas as mulheres olharam para a Banqueira, que, num jogo de pernas, deu de ombros, irreverente, e disse em alto e bom som:

— Meu voto é não, senhor presidente, aliás, Mestre!

O Deputado tentava incluir a Deputada Rosa Campos entre as pretendentes a um marido da Socriar. A Banqueira, por questão óbvia, provocou um desprezo velado à vinda da parlamentar.

— Bem Dotado e Lady Dy, como votam? — prosseguiu o emproado juiz e secretário.

— Nosso voto é não! Mestre.

E Lady Dy, na tentativa de extrapolar as normas do marido, falou alto:

— O meu é sim, Mestre!

— Quevedo e Dama do Aço, como votam?

— Sim! E sim, Mestre! Em respeito ao Cidadão e sua maravilhosa Ely — declarou.

Houve um intervalo para ouvirmos os sarcasmos do grupo de oposição velada, esperando que Quevedo os acompanhasse.

— Tenente e Dra. Zenilda?

— Meu voto é não!

— Peraí, seu voto é não, mas o meu é sim! E daí? — interpelou com energia e segurança Zenilda, para desespero da mesa, comandada por um juiz federal, ex-chefe de cerimônia de palácio, com passagem pelo Ministério do Exterior.

A cúpula que dirigia os trabalhos da mesa entrou em conferência para apresentar um veredicto em respeito à Dra. Zenilda. O Coronel interrompeu com aspereza:

— Eu não sei o que procuram. O regimento é claro neste ponto: o voto a ser contado é do homem!

Mestre Sala acatou o argumento e, submisso, expressou-se:

— O voto é não!

Outro tumulto. As mulheres falavam em uma só voz, até que o juiz Nicolau as repreendeu com um:

— Piiiiiiii!

— Prossigamos com a votação — arbitrou Mestre Sala. — O Senador e Estudante, podem declarar o voto!

— Meu voto é sim! — adiantou-se Estudante.

— O Senador, como vota? — exigiu Nicolau.

— Sim! Mestre.

— Gringo e Construtora — ao serem chamados, e seguindo a tendência, ela é quem respondeu:

— Nós votamos pelo sim, Mestre...!

Mesmo o Gringo acenando com o polegar, percebemos que o secretário aguardava a confirmação machista da resposta do recatado Gringo, que, por insistência, pronunciou:

— ¡Si! ¡Si, mil veces sí, Mestre!

— Alemão e dona Maricota?

Ela foi logo adiantando com o verbo seguro:

— Eu sempre defendi livremente minhas posições e, por isso, já paguei caro, muito caro na vida. Não vai ser hoje que macho nenhum vai expressar minha opinião sem meu claro consentimento...!

Delegada atuante em furtos e roubos, temida por bandidos e plebeus, porém de uma humildade ímpar, gostava de divertir-se quando em meio ao grupo de mulheres. Adorava correr vestida com poucas roupas entre os arvoredos do bosque, com venda nos olhos, guiada apenas pela orientação das companheiras, que se divertiam ao vê-la a passos largos entre os ipês-roxos, as aroeiras, os paus-d'arco. Elas gritavam: "Olha o pau, olha o pau!", e sem esbarrar-se em nenhuma das árvores, tirava a venda dos olhos e sorriam como crianças no circo. Outro instante de emoção era quando pedia para atirarem caroços de feijão mulatinho, para que os partisse no ar com um tiro certeiro de pistola.

Alemão conhecia a delegada que tinha em casa, porém pagou para ver no que ia dar. Os olhares severos do pernicioso Coronel Gavião impuseram-lhe um "não" irreversível, mesmo sabendo que poderia pagar altas taxas de juros.

— Minha vez — autoanunciou-se Mestre Sala. — Eu e minha Amélia votamos sim!

Diante de tantas falsidades do dia, não esperávamos o voto sim do Mestre Sala. Olhamos para Amélia, a fim de agradecer-lhe o voto, e sentimos altivez em sua fisionomia em sinal de aprovação. Notei em Helena um comportamento de louvor — era como se ela falasse: "Este voto tem muito custo, mas pouco valor."

Antes de pronunciar o nome do próximo eleitor, Xica da Silva — ou Xica Dois, para distinguir da outra Xica, a boa — demonstrou o mais descontrolado inconformismo; desentendia-se com o tal Coronel Gavião em linguagem militar, sem olhar para ninguém, dizia:

— É não! E está dito!

A coronela ainda tentou, em vão, desfazer a ordem de mando.

— John dos Passos e Dra. Ritinha?

John era canadense, dizia-se apaixonado pela vida que levava no meio dos irmãos da Socriar. Abandonou definitivamente seu país depois que conheceu a Dra. Rita, juíza da vara de família, e por saber que ela tinha mais consciência no julgamento, olhou para nós e para ela, que respondeu com firmeza:

— Sim e sim! Mestre.

— Não é permitido pelo regimento! — interrompeu o Coronel.

— A que diabo você quer chegar, Coronel?! — esbravejou Zenilda.

— Ao regimento, minha senhora! — extrapolando a dose de sarcasmo, e de cabeça ao chão, para delírio de seus admiradores.

John teve de repetir a frase dita por Dra. Ritinha.

— Paulo Fera e Xica, como votam?

Xica Boa parecia uma menina, mimada por todas, apesar de sua impulsividade. Era a mais jovem entre todos os membros, sabia como ninguém defender suas posições, chegando a extrapolar os limites do bom senso em busca da liberdade e da solidariedade. A agressividade que a caracterizava foi manifesta nesta hora. Xica não só questionou como ameaçou partir para a agressão caso não aceitassem sua declaração de voto.

O voto de Paulo Fera foi tomado quando de suas manifestações de apoio ao Coronel Gavião e sufragado como "não".

— Não vai ficar barato! Não vai... não e naaaaao, seus machistas do cacete...! — vociferou Xica.

— Dr. Celso e Perpétua...

A esta altura, o casal já se encontrava serenamente recostado e preparado para pronunciar juntos uma das únicas palavras em público que ouvi da boca do cirurgião naquele dia. Em dueto, entoaram orquestradamente:

— Sim! Mestre.

Anatolle e Escovadinha — esta chamada foi feita pelo Padre — responderam que sim.

— Minha vez — disse Nicolau. — Eu e Rosinha votamos...

— Peraí! Eu quero que me tirem desta armação. Bicho que tem uma perereca debaixo da saia aqui não tem vez. Só vocês mandam nesta zorra! Pra que merda anunciar o voto do casal?

— É assim o regimento, senhora! — esbravejou o Coronel Gavião, expelindo bílis.

— Que se mude então o regimento, Coronel!

O aguardado voto de Nicolau — Rosinha havia nos confidenciado que ele defendera nossa entrada na reunião da Comissão de Ética — era, para Suarez, favas contadas. Ele anotava com interesse de investidor, voto a voto, vibrava com cada "sim" e se doía com cada traição. Contava com o voto de Nicolau.

Mas Nicolau o traiu. Votou "NÃO".

Nem sua postura de irmão superior da sociedade conteve Suarez, que explodiu em raiva:

— Miserável... traidor!

Houve um remexer de quartos nos assentos, um burburinho na plateia, um fedor de traição no ar. O cheiro da derrota invadiu o ambiente.

O placar dava uma folga. Suarez, visivelmente preocupado, talvez fosse o único que sabia o tanto — e o quanto — que era importante termos sido aceitos como aliados. Eu mesmo não sabia. Já queria pegar meu boné e sumir, mesmo sabendo que o regimento não permitia a um membro, ou convidado, ausentar-se sem o consentimento dos demais irmãos.

Dr. Nicolau pegou a folha de chamada — nunca soubemos a que ordem obedecia — e convidou Irmão Suarez e Sinhazinha. Pausadamente, o juiz repetiu o chamado. Mas, antes que Suarez esboçasse a menor das ações, Sinhazinha já se punha de pé, impondo respeito tanto aos presentes quanto aos ausentes — se houvessem.

Levantou-se perante o olhar trêmulo do Coronel, sorriu para a seletíssima plateia e, por fim, mirando Helena com um olhar sisudo, magnético, penetrante, intimidativo — Helena, altiva, inesperadamente também se levantou, braços juntos ao corpo, como se para receber uma sentença. Os dois olhares se cruzaram, petrificados, deixando a plateia imóvel, aguardando o desfecho entre titãs.

— Senhores, senhoras, meus amigos: para o bem de minha verdadeira irmã, para o bem da nossa sociedade, de todas nós... nosso voto é NÃO, Mestre!

Dona Sinhazinha sentou-se vagarosamente, mantendo o olhar sobre Helena — dominadora, madre superiora. Helena, com o rosto enfurecido e avermelhado, os lábios a estremecer, não olhou para a reação da plateia.

Ninguém ousou comentar o voto daquela a quem todas obedeciam como a uma rainha.

Suarez, sofrendo o golpe da humilhação, disse quase inaudível, apenas para sua alma destroçada:

— Sim...

Nem Helena, que engolia as lágrimas para não vê-las se externarem ao chão, ouviu. O Coronel Gavião fingiu não ouvir o "sim" do Barão Suarez e, zeloso em outros momentos, desta vez silenciou sobre o regimento.

Elevei a mão ao peito para tentar respirar mais fundo. Pelos meus dedos, faltavam ainda três votos — mas só distinguia dois: Padre e o Judeu. Achei que estava contando comigo mesmo, que por motivos óbvios não votaria.

Diante de tamanho interesse, Padre não trairia Helena. E o Judeu mostrava-se meu amigo. Tudo parecia encaminhar-se para o bem.

Suarez parou de contar.

O próprio Padre se pronunciou:

— Bem, sou eu...

Helena tossiu, chamando-lhe a atenção, fitou-o ternamente, até sorriu. Ele era o melhor sabedor do processo. Padre, porém, tornara-se impenetrável — uma rocha. Desviou o olhar para o ícone, o símbolo do poder. Poderia avaliar melhor as consequências desta luta, desistir da teimosia — mas não soube. Já havia perdido os rounds anteriores. A luta era de peso pesado.

Eles estavam feridos, machucados no corpo e na alma. Elas queriam dar e receber carinho, afagos, cortesia, ternura, civilidade, confiança, bons tratos, fraternidade, preservar os bens e a vida. Todas.

Mas eles, os homens, traduziram as promessas de companheirismo, carinhos e afagos em palavrões machistas. Retribuíram as promessas de paz com insultos de guerra. Elas tinham a alma dolorida, ferida no peito, mas procuravam um lenitivo curador. Elas só queriam a vida deles.

Notava-se, através de um simples olhar, o grau da sua superioridade diante daqueles homens oprimidos pelo sexo oposto, desejando ser opressores — machos castrados, fracos, indefesos, depressivos.

Padre desviou o olhar viscoso sobre o papel do relatório. Mesmo sem citar, solidariamente como de praxe, o nome da esposa, trêmulo por imaginar-se o único responsável pelo nosso destino, preferindo lavar as mãos, disse apenas:

— Não!

E, mesmo fora do desconhecido regimento, seu voto foi imediatamente computado pelo juiz-secretário.

Padre não avaliara bem. Acabara de perder a única chance para se reabilitar. Poderia pedir perdão àqueles que optaram pelo "não". Padre sabia que este voto seria seu fim.

Com apenas o voto de nosso amigo Judeu e de Maria Bonita, não conseguiríamos a ascensão ao quadro de sócios permanentes da Socriar, tampouco ocuparíamos o lugar prometido por Suarez na hierarquia.

Josep Judeu, com seu vocabulário limitado e farto coração, disse:

— Irmãos... nóis aqui tá dando muita injustiça pra casal, Cidadã e Senhorra Rely. Eles son grande gente bom...

— E como vota, então, Sr. Judeu e sua Maria Bonita?

— Nóis vota sim, Mestre, si!

O DESAVIZADO

Havíamos perdido. A votação deu dez a nove. Já levantávamos quando Zenilda, acompanhada de Xica Boa e da outra Xica, pressionava Anatolle, que se recusava a interferir, alegando já encerrado o processo de votação — o que seria irregular, segundo ele.

Xica chamava de escabroso, vergonhoso, e relacionava os votos do Deputado à conivência com Sinhazinha, que votara pelo marido, ferindo frontalmente o regimento tão defendido pelo Coronel — regimento ao qual elas nunca tiveram acesso. As três, aguerridas, ainda esbofeteavam os homens na plateia quando Zé Cavalero gritou dos fundos do palco:

— Peraí..., peraí..., eu ainda não votei!

— Uai, onde você estava, homem!? — falou o inconformado Nicolau.

— Tava aqui cuidando do vídeo, esperando ser chamado.

Zenilda, esguelando-se da plateia, tentava evocar o regimento e impedir Zé Cavalero de votar antes de registrar as impugnações.

— Seu voto e o de dona Sofia, Zé... — adiantou-se o Padre, teleguiado pela turma infernal do contra.

Mestre Sala timidamente tentou intervir, mas, como um bando de hienas, cercaram Zé — que fora voto vencido na Comissão de Ética, não aceitara nossa inclusão e, certamente, não votaria a nosso favor. Perderíamos de 11 a 9. O placar subiria para dois votos de diferença. Sabedor disso, o adversário apressou o voto de Zé Cavalero:

— Vamos, Zé, vota logo e liquida de uma vez essa história!

— SIM, Mestre! Nosso voto é sim! — gritou o mal informado Zé Cavalero.

Mesmo com Mestre Sala tentando consertar a defecção, não foi possível. Retratava-se ali um grande abuso, um imbróglio, uma zombaria, uma tortura.

Comemoramos o empate como se fosse vitória.

— Outra votação, desta vez secreta! — propôs Xica da Silva, aos berros. — Quem sabe... outro erro, ou uma traição de lá pra cá?

Mestre Sala, retomando o comando e querendo pôr fim à demanda, propôs uma votação por contraste — num simples levantar de mãos. Aceitamos, mas não contávamos com a artimanha do Coronel Gavião.

Ele previa a traição e o voto usurpado de Suarez — certamente seria reconquistado. Teríamos vitória na certa!

O Coronel, pedindo encaminhamento, empunhava um papel e, como se lesse o regimento, afirmou:

— Pelo regimento...

— Regimento? Cadê..., cadê? — quis saber Xica Boa.

— A votação está encerrada. No regimento lemos: "É vitoriosa a proposta que obtiver a metade mais um dos votos dos membros presentes".

— Então, Coronel — tentou esclarecer Zenilda com amabilidade —, é o que vamos ver agora no desempate.

— Ora, minha senhora... empate é coisa para futebol. No regimento não tem isso, não. E ponto final! Desce daí, Padre! — ordenou.

Mestre Sala ainda procurou reter o livro de atas, mas o Padre foi mais sagaz, arrebatou o livro e desceu, diante das ameaças, abraçando-se ao Coronel Gavião — para nosso desencanto.

REGIMENTo

Na minha compreensão, Helena e eu éramos os únicos perdedores daquele jogo de regras insertas.

Como eu estava enganado!

Enquanto eu pensava em perder prestígios, alguns pensavam em perder milhões. Outros, em ganhá-los — em licenciamentos, terras e cavernas. Enquanto eu via atos de traição, outros viam alianças, poder, influência, votos.

Sabíamos, pelas falas e discursos, que a sociedade era uma coisa secreta. Que participar dela dependia da "condição Y". Que a "condição Y" determina o membro que, por si, determina o irmão. Que devemos observar com rigor os preceitos da sociedade. Que devemos prestar solidariedade a cada um de seus membros. Que apenas pessoas casadas em noite de Lua Cheia poderiam usufruir, como membro efetivo, da integralidade da sociedade. Que apenas os homens poderiam atingir o posto de irmão. Que cabia à esposa, primeiro, seguir lealmente as orientações do coletivo — e só então as do marido. Que a prática amorosa, dentro da sociedade, é livre. Que é vetada a divulgação das medidas individuais ou coletivas de qualquer membro da sociedade. Que nenhum membro, ou sua esposa, poderá negar-se a atender a um irmão diante de qualquer necessidade comprovada. Que todo homem ou mulher é livre, contanto que seja detentor da "condição Y".

Aos poucos — ora através de Amélia, ora de Perpétua — fomos tomando conhecimento daquilo que era secreto. Outros artigos, como "condição Y" e "medidas Y", elas alegavam não conhecer, continuando emblemáticos. O capítulo sobre eleição nunca foi mencionado.

A proposta de mudar o regimento não foi esquecida. Iniciou-se com um rascunho camuflado de Ritinha e Zenilda. Sinhazinha advertiu:

— É preciso salvá-los todos.

— Coitados...

A CONQUISTA

Mestre Sala retomou o comando dos trabalhos estampando um sorriso aberto e uma aparência serena — como o maestro que entra na sala de concertos entre vaias e apupos.

— Agora sim vocês vão assistir a algo espetacular, inédito, algo muito acima do imaginário! — vociferou o tarimbado Mestre Sala, contagiante.

— Eu tive o privilégio de assistir antes de vocês...

— Taí o que não é certo! — condenou o Coronel Gavião, cabeça erguida, imagem dos vitoriosos, sorridente, peito estufado.

— É, eu reconheço. Mas precisava ter convicção de estar trazendo algo não só fantástico, como de bom gosto — a fim de terminar este encontro com *buenos recuerdos*.

— Nós confiamos em você, Mestre — balbuciou Alemão.

Sua irrequieta Maricota completou:

— Eu quero é emoção, Mestre! Adrenalina... muito calor no sangue...

Sorrir onde Maricota estivesse presente era o normal. Anormal era ficar quieto a seu lado. Ela contava piada até para os detentos. Conta-se que, numa reunião com a primeira-dama, contou-lhe uma piada ao pé do ouvido — a poderosa mulher perdeu a compostura em público e desmanchou-se em risos. Os fotógrafos flagraram-na com a boca e as pernas entreabertas... e mais coisa exposta.

Mestre Sala continuou explicando:

— As cenas aqui expostas são reais. Uma reunião que fizemos anos atrás na fazenda do Dr. Alves. Esta fita havia sido esquecida, até que, por acaso, Zequinha — que hoje nos honra com sua presença e que emprestou suas habilidades de *cuisinier* preparando estes saborosos pratos que vocês devoraram com gula...

— Ô Zequinha, preciso de *un cordon-bleu* em casa! — brincou a matriarca Sinhazinha, ainda acrescentando: — Você não precisa de um milhão por mês, por isso dou-lhe cama e comida...!

As pessoas sorriram muito com o gracejo de dona Sinhazinha — uma tentativa de desfazer o nó na garganta causado por seu voto.

Zequinha despontava como cineasta. Não havia dado as caras na reunião — ou melhor, sua presença não fora notada em momento algum. Fora apresentado apenas à Deputada Rosa, pelo Deputado. Especializado em coisas bizarras, estava sendo atraído como novo membro da Socriar por Bem Dotado. Tive o desprazer de ser seu assistente durante um mês na casa do bacanal — até que fugi de lá, deixando o sujeito na mão. Como sempre aprendi a guardar segredo, fingi não conhecê-lo.

Sob aplausos, acenou aos presentes, foi falando, penetrando lentamente no salão:

— Fui apanhado de surpresa quando selecionava fitas sobre reprodução animal. Dei com cenas bizarras, no meio de filmagens não intencionais...

— Ih! Lá vem sacanagem! — gritou Zulmira.

— Outra vez? É só isso que vocês assistem? — a Delegada.

— Merda pura! — Escovadinha.

— Eu, hein! Quando vou ao banheiro dou descarga. Não quero ver merda! — alguém disse.

— Eu não sou tarada, nem preciso ver bizarrice para me excitar — declarou Xica da Silva.

E outras palavras desanimadoras.

Nem um só homem saiu em defesa dos protestos das meninas. Ao contrário: Alemão expressou, com arrogância, seu desacordo:

— As puritanas que fechem os olhos.

— Cabe dizer que nada do que vocês vão ver agora retrata um esquema ou uma programação de filmagem regular. E, se foi tudo intencional, não sabemos quem o planejou... — comentou Mestre Sala.

— Vamos acabar logo com este aborrecimento. Eu já tô perto de ter um troço! — expressou Ritinha.

— Troço você vai ter é quando a coisa começar — advertiu Zequinha Alves, com a calma de um falso monge tibetano.

A porta do salão de festas foi novamente fechada — diziam eles, por pura formalidade. Uma luz de pouco brilho gerava o clímax. O rolo de fita deslizava em busca daquilo que os mestres do suspense haviam esquecido em algum lugar de suas ocultas e férteis mentes.

Inicialmente, tomadas do mesmo ângulo: uma potra ao cocho, pelos de alto brilho, orelhas curvas.

— Me prometeram emoções. Estão é fodendo com minha paciência... — praguejou Maricota, habituada a fortes tensões.

— Calma, companheira — advertiu o Senador, de cima do seu temperamento desequilibrado. — Este momento é aquele em que se espera o copo de vinho e o garçom não passa... e quando vem é pra mesa do vizinho! — risos.

A Banqueira olhou, meio desconfiada, e disse para a Dama do Aço:

— Não tem como dar o fora desse bordel, não?

Zenilda, sem olhar para ninguém, foi taxativa:

— Não! Tudo trancado.

— Ou seja, como eles gostam! — rosnou a Dama, zangada.

A cena se inicia. O foco enquadra um vulto humano em movimento. Um misto entre lavadeira de lagoa e ladrão de galinheiro: vestes compridas, chapéu de abas, passos furtivos, trajeto encaracolado, olhares laterais.

Bastou essa sequência para despertar o interesse de um grupo mais forte. Alguns se acomodaram nas cadeiras, expectativa pelo que viria depois.

— Parece que teremos agora, da série: "A besta e o vagabundo"! — vociferou John dos Passos, como um doente mental.

Todos eles sorriam, como não se esperava daqueles homens, até que as atenções se voltaram para o *modus operandis* do assediador de besta. Bastou para deflagrar a guerra:

— Não, não... não! Nós não somos pervertidas para sermos submetidas a tortura psicológica, a esta desavergonhada lascívia, viu, seu Mestre Sala dos infernos!? Eu quero sair dessa latrina agora...!

— E eu também! — ecoou outra.

— E eu também! — e outra...

Maricota conseguiu uma corda e, com ela, fez um cabo de guerra, gritando para puxarem, tentando abrir passagem pelo alambrado, comandando a fuga.

Como as rodas de prosa eram irregulares, e a cada dia surgia uma, esta não chegou ao final dos acontecimentos.

Após o fim da tumultuada sessão, muita coisa quebrada, mesas reviradas, ainda houve os comentários da parte de quem assistiu toda a sequência e viu o fim.

Dona Sinhazinha, dirigindo-se a Zé Cavalero:

— Olha, Cavalero, se você encontrar o garoto da égua, coloque em leilão que eu quero arrematá-lo, por qualquer preço! — sorridente.

— Pois somente terá seu lance, sua velha pervertida. — Xica, com desdém.

Os comentários, alguns azedos, outros não, narravam cada detalhe. Algumas mulheres preferiram jogar dominó na mesa ao lado, outras permaneceram caladas ao lado de ações inesperadas de seus maridos.

Padre, Bem Dotado, Zequinha e Coronel queriam apenas provocar, provando que filme de suspense é um rentável negócio.

No entanto, naquele fatídico dia, o paraíso, que chamavam Fazenda Pedra do Cavalo, desmoronou, transformou-se no inferno astral. Tudo inspirava orgia, com gestos repugnantes — para uns, estímulo de "quero mais"; para outras, de "nunca mais voltarei".

— Vocês compõem a pior matilha que há no inferno! — inesperada, a reação de Amélia.

Tudo parecia uma fita bem ensaiada para produzir suspense e mais nada. Até a história inicial, parecendo mentira, fazia parte da cruel cena de suspense. Na montagem, via-se certo amadorismo, apesar do esforço de quem o fez.

— E afinal, o que tinha mesmo na fita, tio?

— Besterol. Coisa de gente de mente suja.

— A fita da programação era sobre o nascimento, a cria e doma de um cavalo de raça que depois virou um gigante e artista de circo. O filme é lindo. Eu quem aconselhei, mas aqueles moleques trocaram a fita, causando tão grande desencanto!

A bem da verdade, quero afirmar que nem todas as mulheres desses cavalheiros — ou *cavaleros*, como se autodenominavam — tinham a plena convicção do verdadeiro objeto em questão, ou da fatídica "condição Y". A contradição teimava em não ser determinante. Em todas as manifestações e registros havia simpatia pela causa geral da Socriar — a saúde do homem. Estou convicto de não ser detentor da "condição Y", condição suficiente para ser um membro da Socriar. Se essa condição era determinante e suficiente, mas não necessária? A condição era falsa?

Tudo parecia uma coisa doentia, rígida e temerosa. Por que a metade de seus membros e todas, menos uma mulher, desejavam minha inclusão como membro da Socriar? Nos bastidores, nunca passei de "o índio". Seria inveja, ou vingança?

O fato de metade não ter permitido minha entrada como membro efetivo, irmão, na sociedade gerava desacordos. Qual seria meu papel como membro? Precisaria "deixar de ser" índio?

Considerando a teoria democrática que leva quem tem a metade mais um, não houve democracia, pois houve empate. Na prática, me considerava um membro efetivo desta instituição que eu tanto aprendi a odiar e também a admirar, eu e minha Helena.

Helena vivia a falar dos gregos como um povo inventivo que adorava a imaginação — *Heley*, ou Helena? — ela chamava os gregos de porcos, machistas, misóginos, estupradores, que não gostavam de tomar banho, ao mesmo tempo que os engradecia. Os persas, sim, eram homens civilizados.

Helena dizia que, se não fosse a moleza de Dario III, Alexandre nunca teria conquistado a Ásia Menor, favorecendo assim a cultura grega a espalhar-se tão fortemente pelo Ocidente. Um menino persa não mentia. Era um povo limpo e respeitoso. Tinha uma cozinha cheirosa, um tempero de sabor superior — mas os persas pecavam pela formalidade e a vaidade. E foi a austeridade que fez de Alexandre um líder carismático, ágil, severo — mas ela não o perdoava por ser tarado e machista. Assim considerava Padre: gênio, mas orgulhoso, misógino, antipático, autoritário, porém inteligente, pragmático, competente.

Dentro da caverna que Padre construíra, eu adorava ouvir Helena falar da história antiga. Durante parte das noites, ela falava dos amores e das belezas dos homens e das mulheres da Pérsia e da Grécia, da Etiópia, do Egito. *Será que ela lera todas as histórias?* — eu pensava. Helena não gostava de dormir.

Ela gostava de amar, dançar, ler, contar o que leu. Eu ouvia histórias enquanto amávamos.

Hoje eu penso: será que detenho outras "condições" necessárias e suficientes para ser um dos membros da Socriar? Julgando com base no que hoje sei, a decisão não sendo democrática — mas foi suficiente. O Coronel Gavião e Sinhazinha tinham razão.

RECONHECIMENTO AINDA QUE TARDIO

Entre os homens o encontro ainda não tinha acabado, após beberam uísque e comerem churrasco, desceram a escada e foram contemplar o "Cavalo Delas". Se antes galhofavam em sorrisos de senzala pela peça que pregaram nelas como uma chibatada, agora tudo eram sopros de arrependimento.

Antes tivessem se juntado ao pedestal surrealista na arte genial das mulheres. Antes tivesse o irmão Suarez pronunciado o discurso que preparara. Antes o Senador não tivesse destruído o certificado pelo monumento ao cavalo. Antes não tivessem ameaçado o índio.

— Louvado seja o "Cavalo Delas"! — o Delegado não se conteve.

— Uma obra de arte surrealista que, por si só, já nasce engrandecida...!

— Major, analisando cabisbaixo.

— Uma obra nova que já está imortalizada, como disse o índio! — refletiu o Gringo.

— Elas levaram a sério o que nós achávamos ser brincadeira — Zé.

— E nós brincamos com a coisa séria! — Juiz.

— Eu vou é torcer o meu pescoço. Coitada da minha querida Zei, mas antes dizer que eu a amo...!

— o Tenente, com tanta humildade como nunca se viu. A insurreição estava contida, mas os desprezos ainda não. Brincadeiras de péssimo gosto ainda reinavam:

— Esquenta não, mulher é como passarinho, depois de acostumada na gaiola não quer mais a liberdade — disse o Alemão.

Um olhar amargo percorreu o ambiente.

— Está na hora de começar a tratar as feridas da alma, pelo menos as mais expostas — disse o velho Katu-Abá, em voz sentida e serena. Levantou, apanhou uma bolsa e foi saindo devagar. A Clínica do Homem o esperava, tinha mais o que fazer.

Alguns dos senhores, desobedecendo ao regimento, permaneceram no galpão maior da Pedra do Cavalo. Queriam meditar sobre as últimas palavras do velho Katu-Abá: "Está na hora de começar a tratar as feridas da alma, pelo menos as mais expostas".

O RETORNO

No instante da despedida, ainda no portal da Pedra do Cavalo, em abraços coletivos, algumas chorando, em voz embargada, a Estudante sussurrou, acreditando que parecia ter chegado seu fim na Socriar:

— Comadres — e não mais irmãs —, estes caras superaram todos os limites da responsabilidade humana. Nos desrespeitaram. Vilipendiaram, nos humilharam.

— Precisamos saber não só quem são os infiltrados, o que querem, e por que o fazem, o que pensam, o que pretendem de nós — Zenilda.

— Realmente, parecem irreconhecíveis. Estão contaminados. É necessário que sejam investigados — inclusive meu marido, está irreconhecível — Lady Dy.

— Seu, não. Você é mulher da Socriar! — risos.

— Sim, todos eles. É uma ideologia — Maricota.

— Provaremos como estão enganados a nosso respeito — Lady Dy.

— Preciso é entender o grau da dor que conduz ao desequilíbrio, que leva à esquizofrenia...! — Amélia, comovida.

— Sofrimento? O que se sabe é que eles não gostam de mulheres — Rosinha, sentida.

Predominou o aceno afetuoso, apesar da alta voz de Xica Boa:

— Ninguém deve abandonar o barco, ouviram, companheiras...? Ninguém!

No retorno, Helena não cantou. Não reclamou da chuva, apesar de torrencial. Não olhou para o pontilhão, apesar da grande língua d'água. Não se impressionou com os telhados de Cachoeira de um lado e São Félix do outro.

Em casa, ela mesma abriu o portão, foi ao telefone e falou:

— Mamãe tem saudades.

Após passar comungando dentro da solidão da noite, o dia amanheceu como um presente divino. O sol brilhante sobre o mar inspirava o espírito da resistência. A consciência de que o passado é eterno, de que o presente é uma locomotiva veloz em seus trilhos, de que o futuro não existe ainda — pode nunca existir para outrem.

Na minha memória, a imagem da caverna: a escuridão como falta de luz. O raio de sol como providência. A mão de Deus — ou de vovô? A orelha do cavalo. A soma de tudo enfrentando a maldade. Mas eu não sou mulher! A mente dos gênios nem sempre é generosa.

O passado é como a luz do sol — não volta, mas deixa cicatrizes. Só a genialidade vingará outra genialidade. Exigirá uma engenharia. A destruição da planta de espinho pode não eliminar a semente.

Era preciso preservar o passado, se o futuro não existe.

Quem cuidará da caverna de Vovó carece de vigor e esclarecimento. Só nascendo mais indiozinho feito dentro da caverna.

Retornar para a caverna de Vovó, apesar de perigoso, seria um júbilo. Isso estava fora das ordenações vigentes.

Minha teimosa presença ampliava domínio sobre as duas cavernas, confundia o pensamento dominante. O Padre e Amypohã como os opostos que se atraem.

Necessário era apagar as unhas colonizadoras; na outra, aumentar as garras nativas — salvadoras, racionais, profundas.

Queria sair para ver Amypohã. Abraçá-lo. E, diante das diversas contradiçõesdizer que ele poderia festejar — já se espalhavam notícias de que ele seria pai de diversos sobrinhos.

Nem todas as mulheres compareceram ao trabalho no dia seguinte, exceto as psicólogas, forçadas a atendimento de emergência. Desabafos, descontroles, agressividade, reconciliação.

Nem tudo permaneceu em sigilo nas rodas de conversa. Zulmira confidenciou ter sido ameaçada pelo Padre, caso denunciasse seu plano suicida; a Estudante contou o que ouvira do Senador: em vez do Padre, o cadáver seria o do Índio. Sofia escutara de Cavalero o plano para recuperar as pedrinhas da Caverna. A Banqueira zombou da Deputada Rosa Campos — por não poder apalpá-lo, recusou-se até a cumprimentar Zequinha Alves, seu prometido marido.

Planejaram uma reunião — esta, sim, seria a verdadeira reunião de empoderamento. Esforçavam-se para manter o cultivo da alegria. Diziam que aqueles homens precisavam delas mais do que elas deles.

— Quem lida com cobra um dia será picada! — disse Rosinha.

— Não... não... não digam isso, eles não são cobras, sofrem distúrbios profundos. — Maria Amélia, com doçura, levou o dedo ao olho para limpar uma das frequentes e penosas lágrimas.

— Por que você chora, Amelinha? — Lady Dy se aproximou dela com um carinhoso afago.

Não conheciam o coração de Amélia. Não previram a junção entre o Coronel, Bem Dotado, o Delegado, o Major, o Gringo e o Alemão. Fingiam-se de loucos, mas trabalhavam contra a loucura.

Em suas perversas contradições, acreditavam que as mulheres, apesar de delicadas, dóceis, amáveis, não contribuíam para a segurança do projeto.

Alguns homens estavam interessados nelas, mas negligenciavam a própria saúde frágil. Internavam-se na clínica e, depois, passavam uma semana ou mais confinados no motel. Ao se despedirem, basicamente tratados, alguns eram rejeitados — tomados como traidores. Outros, em casa, caíam nos braços de suas mulheres: piedosas, dengosas, carinhosas, sensuais. Muitos retornavam em lastimáveis estados, em pedaços, cheios de mazelas e dores, voltando à estaca zero para se internarem novamente, sem esperança.

Por outro lado, mesmo diante da vantajosa competência entre psicólogas, juízas, gerentes financeiras, médica, artistas plásticas, professoras e duas delegadas — todas envolvidas com as melhores intenções —, não eram capazes de ler o que estava escrito no olhar de seus queridos, sofridos e malvados maridos. Reconheciam, nas ações do grupo, distúrbios físico-mentais e uma raiva do mundo que camuflava uma dor intolerável, sem apagar a vontade de viver.

— A dor não é vencida pela vontade, mas pela mão da ciência — disse Sofia.

Eram as únicas cientistas capazes de combinar ciência, amor e tolerância, apesar de sofrerem com a incompreensão, o desprezo velado, o assédio moral. No outro extremo, sem propósito claro, por que se submetiam a exageradas humilhações? Sem dúvidas, essa pergunta exigia resposta.

— Dra. Sofia, quando você me convidou para "salvar" esses homens, não ficou claro o suficiente que era um bando de psicopatas cujo melhor lugar é o manicômio.

— Dra. Rita, eu, mais do que qualquer outra, estou surpresa, abalada em minhas convicções. Sinto-me impotente, mas não desanimada. Meus esforços não têm sido em vão. Tenho uma obrigação com minhas clientes — hoje amigas — todas envolvidas numa campanha que parece perdida, mas ainda quero lutar por nossos amigos.

— E o que faremos?

— Proponho uma conferência imediata, onde decidiremos uma ação radical, em conjunto.

INÍCIO DA DEVASSA

A delegada Maricota propôs comandar pessoalmente as investigações, aprofundar-se em certas particularidades da vida de alguns e, para auxiliar, convidou amigas que gozavam de respeito no grupo — entre elas, a doutora Rita, esposa do Gringo.

Não se tratava da união entre mulheres obcecadas e inconsequentes — não, e nunca. Apesar de também sofridas, tinham muito mais que um objetivo em comum: além de cuidar do coletivo, buscavam identificar e compreender a razão do desvio de comportamento de um grupo masculino até então tido como vivendo em certo risco — uma anormalidade inaceitável para o ser masculino —, porém em evidente distúrbio comportamental. E além do distúrbio, agressividade sem tamanho.

Pareciam envolvidos em indícios de negócios espúrios, entre eles pornografia, zoofilia, casas de costumes, lavagem de dinheiro, ocultação de funções de maneira inexplicável e sem respeito ao pudor, envolvendo suas próprias mulheres, parlamentares e militares como cúmplices de um crime premeditado, capaz de gerar um escândalo de repercussão mundial, caso caísse na lupa da imprensa.

Seriam essas as únicas razões que levaram essas respeitáveis senhoras a empreitadas tão imprudentes? Se um simples pedido de divórcio coletivo resolveria a questão?

Quando juntas e descontraídas, elas mesmas respondiam suas dúvidas com palavras inimagináveis:

— Será que vale a pena uma revolução com tantas armas, só para conferir as atitudes de um homem-animal que parece ser um animal-homem?

— Nós assinamos um documento comprometendo a nunca... nunca nos separar! — disse Escovadinha.

— Que, diante dos fatos, não tem nenhuma validade jurídica. — rebateu a doutora Rita.

— Mas tem consequências, minha colega! — completou a doutora Zenilda.

— Eu mesma, quando não me sentia satisfeita com as medidas de que dispunha, procurei outra solução mais adequada — uma que me trouxesse prazer comigo mesma, sem constrangimento para meu pobre marido.

Seguiu-se um silêncio, acompanhado de olhares vesgos. Tomou-se a fala como uma defesa do réu. Que “medidas”? Que “solução mais adequada”?

Por que "pobre marido"? E a formosura do Paulo Fera? Ninguém ousou contestar em voz alta, mas ficou o zumbido na fala de Xica:

— O maior prazer que eu tive — aliás, o segundo maior — foi este: gozar da união de vocês para salvar o espírito destes homens, minhas gratas irmãs! — disse Amélia, a psicóloga.

Falava com doçura. Parecia ter, em seu discurso encomendado, o pedido de perdão do Mestre-Sala.

— Amélia, é melhor fazer uma revolução pelas medidas de um homem do que viver o resto da vida enganada por diversos homens.

A fala de Xica Boa confundia a todas. Sabia algo mais do que se esperava que soubesse.

Sinhazinha era a "matriarca, toda-poderosa"; Amélia, sua assistente — a "doçura entre as criaturas"; Xica Boa, a "ninfa". Mas parecia que havia iniciado uma grande mudança.

— Tu tens resposta para quase tudo! — submeteu-se Amélia, resignada aos argumentos de Xica, enquanto o abanar de mãos de Sinhazinha, numa tentativa de fazer reinar a calma, produziu mais agitação nos gestos de Xica.

Logo no início das investigações, Maricota foi enfática:

— Não interessa perder tempo apenas visitando endereços oficiais. Eles não são ingênuos.

Xica teria dito que eram, sim — eles é que eram ingênuas.

— E então, Maricota, por onde vamos começar? — perguntou Potranca.

— Começaremos buscando os matadouros camuflados, os esconderijos, as alcovas...

— Ou seja, queremos achar os endereços não declarados para o imposto de renda! — completou Sinhazinha.

— Você é a voz da experiência! — riu Zenilda, retomando a normalidade.

— Maricota, que nome estranho, hein? — perguntou Lady Di. — Esse é teu nome?

As novidades foram surgindo, e a cada uma delas, uma esperança renascia. As buscas eram imediatas.

Quando entraram no convento, rastreando um cartão de visita, localizaram o escritório de Quevedo. A primeira surpresa: ali estavam uma grande quantidade de obras de arte e imagens barrocas.

Em um galpão luxuoso para os padrões suburbanos de Periperi, encontraram resinas especiais usadas na confecção de próteses humanas e uma moderníssima máquina injetora.

Foram barradas na porta do motel de Bem Dotado, que mais se assemelhava a uma pequena indústria, com moças de aventais brancos e certo barulho de máquinas — bem diferente do característico em um quarto de motel.

No retorno à Fazenda Pedra do Cavalo, tiveram maiores dificuldades para entrar sozinhas. Porém, ali colheram bons esclarecimentos. Primeiro: nada de cavalos de raça, apenas baias; não havia tratador, tampouco meninas tratadoras, nem o burburinho de set de filmagens.

Todas as informações foram checadas e trazidas às reuniões que rompiam madrugadas. A proteção marital fora desprezada.

— Sabemos nos cuidar muito bem — dizia Zenilda.

E todos nós, homens, tínhamos consciência de que o pior inimigo era o sigilo — que elas tão bem souberam usar.

— Zenilda, eu preciso de você, minha amiga, que escreve tão bem.

Ritinha tremia. Tudo o que não desejava faria hoje, na presença daquelas mulheres — algumas amigas, outras nem tanto, porém amigas — mulheres que mereciam seu mais devotado respeito.

Fora ela mesma quem apresentara a inseparável amiga Zenilda ao Tenente, dizendo: é um pobre menino, cuide dele. E Zenilda nunca o abandonou. Sentia-se muito bem dentro do quadro ilusório da Socriar. Sabia que ele não era criador de cavalos. Prometera, jurando, como todas, juntar-se a uma sociedade cujo princípio era salvar a vida de seres humanos — e não só de homens — à beira do suicídio, o mais temido dos abismos, sem nada questionar, cobrar ou receber pelo trabalho. Sabia que, sem aquele grupo, ela também, talvez, já tivesse consumado o suicídio.

Mesmo diante de evidências e enganos, preservava o falso juramento. Julgava-se suficientemente inteligente para saber até onde poderia suportar.

Vivia apreensiva. Dedicava-se ao seu serviço e ao assistencial, mas agora as coisas tomavam outro rumo. Além da humilhação, havia a tentativa de eliminar o índio. Ritinha aprendera a brincar e sorrir, mas não abandonava a postura de uma juíza de direito. Amélia e Sofia, além de amigas, eram sábias psicólogas e a acolhiam com carinho.

Agora estava a um passo de ver sua reputação abalada. Seu marido, médico, a desmoralizara em público.

Zenilda disse:

— Sugere modificação no relatório? Senão vou direto ao assunto!

— Sem preâmbulo — disse a juíza.

— Irmãs, Maricota, Rita e eu redigimos estas laudas. Coube a mim a indesejável tarefa de descortinar o véu que esconde o rosto daqueles que dizemos serem nossos maridos, mas que não têm sensatez.

Zenilda estava disposta: nada pouparia, nada esconderia, não usaria meias palavras. Sorria ao relatar as cordialidades, iniciou mostrando um rosário de diamantes, depois relatou as desavenças, condenou as agressões verbais, citou o caso da caverna e quando foram induzidas a assistir a cenas que não queriam. Emocionou-se ao apresentar uma lista que chamou de "sadismo vulgar".

O relatório não fora conclusivo; ainda carecia de provas mais contundentes para que elas pudessem julgar com imparcialidade as ações daqueles homens que as veneravam.

Ritinha interferiu, exigindo punição severa, radical, e propôs o divórcio coletivo.

DISCURSO: A OPRESSÃO HISTÓRICA

— Por favor, dona Ritinha, dona Zenilda, eu quero é falar de novidades. Se não sou Jesabel, não quero ser fariseu. As senhoras narraram uma história que tem milhões de anos, ou seja, a história do macho e da fêmea.

Rosinha tentou mediar, com a candura que lhe era peculiar, mas Xica se levantou — e além da voz macia de Rosinha, o salão se encheu de outras: metálicas, sensuais, dramáticas, agitadoras, contestantes.

Obviamente, Xica não se acovardou diante da pressão de delegadas, antropólogas, juízas. Ante tantas cátedras, enquadrou-as entre os seres inferiores, desprovidos de sensibilidade feminina, sem brio, sem libido, sem fantasia, sem atavismo. Foram incríveis palavras vomitadas dos lábios de Xica Boa.

Zenilda, procurando equilibrar-se nas modificações que fizera no relato, quanto mais explicava, mais argumentos oferecia para ser vencida.

— Nós queremos saber as razões — o que levou esses homens a estarem desprovidos de tesão. Homens que são homens, mas não são machos. Machos que não podem ter mulher.

E frisou o verbo "poder". Era comovente a atitude de Xica.

— É isso que está na pauta. É para isso que estamos aqui. Mulheres de uma noite é o que menos nos interessa, assim como eles não se interessam pelos nossos homens, os homens de verão — desde que não os neguemos e nem deles engravidemos. No regimento reza que o sexo é livre entre todos. Este artigo foi colocado com seu devido propósito. Certo, eles têm consciência das consequências desse artigo: caso uma de nós engravide de um estranho, com habilidade e sigilo eles nos acolherão, serão o pai.

O discurso inesperado não tinha fim:

— Será que todas aqui já usufruíram do direito de ser mulher completa? Ser fêmea e livre? Ter vontade de parir? Ou não? Para isso é preciso sentir prazer de ser livre para o amor! Sem homem consciente, não há mulher livre!

Quando Xica falou em parir, algumas mulheres levaram as mãos ao ventre.

— A mulher consciente — prosseguiu — não precisa de uma desculpa para exercer esse direito em toda sua plenitude. E mais: exercerá o direito de escolher com quem e quando será possuída, ou possuir, mesmo que para tanto tenha de estourar as barreiras do farisaísmo. E aí está o diferencial entre Jesabel e Salomão.

Xica espumava. Neste instante, parecia o cardeal camerlengo enunciando a bula papal. Helena trouxe água para ela refrescar a garganta, e a expectativa crescia sobre a proposição bíblica introduzida pela jovem PhD:

— Enquanto Salomão contabilizava suas novecentas mulheres — e é hoje reverenciado com os nomes de seus filhos —, Jesabel está no índex das infernais, em companhia de Maria Antonieta, Carlota Joaquina, Maria Machadão, Catarina, a Grande, Dercy Gonçalves, Mandona e outras tantas ditas putas que a história suprime. Enquanto a rainha Catarina, a Grande, está no rol das putas, o rei Davi está no rol dos santificados, imaculados! E Kennedy?

Que dizer dele? — questionava Xica, deixando atônitas suas companheiras.

— Pedro I era o pastor, frequentador de prostíbulos do baixo meretrício — mas era o rei. E a Marquesa de Santos? Frequentava o quê? Qual seu pecado? Alguém lhe atribui um amante? Sim, a Marquesa era bela, prazerosa, irresistível. Mesmo assim, pode ser vilipendiada por toda a história: a grande prostituta do insipiente reino Bourbon dos trópicos, por ter traído a princesa Leopoldina. Esse foi seu pecado: ser mulher bela e ser forçada a ser amante de um príncipe absolutista e corrupto!

— Minhas amigas — concluiu —, temos de mudar nosso discurso, pois a prática, essa, nós já mudamos.

MULHER LIBERAL

Mulher liberal não é só seduzida, seduz; não é conquistada, deixa-se conquistar. Mulher liberal é também divina — dá quando quer e pede se desejar; mulher liberal sabe o que quer. E é por isso, dona Zenilda, senhora de uma vara só — delírio geral, até Zenilda sorriu — que eu a convido: quer ir à luta?

Olhando para a atenta Sinhazinha:

— Então, reiniciemos ainda hoje a busca da recuperação mental e física dos homens, que a equipe médica fará. Esta é a luta para valer. Porém, temos mais um objetivo.

E Sinhazinha, visivelmente trêmula, mas aborrecida com tantas duras palavras, questionou, temerosa:

— E qual é esse objetivo, Xica?

— Libertar nossos maridos desse mal camuflado segredo — respondeu com segurança.

Zenilda tentava, em vão, uma última cartada:

— Dos braços e dos prazeres de suas amantes?

— Não, dona Zenilda. Da ansiedade de não sentirem prazer — nem com a senhora, nem com as amantes!

— Esta mulher é maluquinha... — expressou-se Sedução, já desapontada diante de tanta soberba e peripécias.

O que as companheiras de Xica não sabiam era que, a esta altura, ela já conhecia o suficiente da Socriar para provar quão frágeis eram seus membros — e que os membros de seus membros eram ainda mais fragilizados.

Helena preparara o espírito de Xica:

— Tu precisavas de apoio. Se tu não radicalizasses e usasses discurso brando, sem petulância, não terias comovido aquelas mulheres subordinadas a Sinhazinha, a Amélia, a Perpétua.

Somente essas conheciam, com toda a profundidade, a verdadeira razão de tanta desesperança, de tantas aflições, mortes e tentativas. O que as levava a contribuir com a farsa?

Xica fora advertida por Helena:

— Sinhazinha é quem manda — não o Barão. Ela não abrirá mão das suas prerrogativas.

A expectativa de Helena era que Sinhazinha, uma vez desmoralizada, renunciasse ao cargo que exercia em segredo, cujas raízes prendiam-se a uma marca camuflada: ciúmes sem fim do seu Barão, nutridos até mesmo contra Helena.

Por que Xica precisava assumir papel influente no processo investigativo?

Por um lado, despertava a curiosidade — e às vezes a raiva — daquelas que cultivavam suas dúvidas; por outro, encurralara Sinhazinha, Amélia, Perpétua e Sofia no seu castelo de areia. E, por fim, manobrava, conduzindo Helena como sucessora de Sinhazinha perante o grupo feminino — para mudar o frágil estatuto manipulado pelos homens.

AÇÃO AD HOMINEM

Três ou mais encontros se sucederam. Predominava a indecisão, o descompromisso com o comparecimento, a pena e a dó dos "coitados", o medo.

Helena e Xica articulavam na surdina e incluíram a Psicóloga. Com muita artimanha, confiaram em Sofia para fazer a abertura da bombástica reunião. Ajudava o fato de ser próxima de Amélia, Perpétua e Sinhazinha, além de ser mulher de Zé Cavalero — merecedora de credibilidade. Todas as palavras lhe foram transmitidas com sutileza, e ela prometeu cumprir e fazer cumprir as determinações, só não poderia transparecer que aquilo saíra das cabeças de Xica e de Helena.

— Eu vou abrir dizendo que, para fugir do cerco cada vez mais estreito dos homens, das pressões cada dia mais insuportáveis, esta será a última reunião clandestina. O local é insuspeito: uma luxuosa casa de sauna onde homem é proibido.

Todas presentes, Sofia impôs autoridade:

— Vamos. Os objetos, nos armários pessoais. Há uma toalha nova para quem sentir frio — senão, fiquem peladas mesmo.

Xica sabia que, qualquer que fosse sua proposta, sofreria forte oposição por parte de Ritinha — que certamente ressuscitaria a despolitizada ideia do divórcio coletivo. Até que soubesse a fortuna que motivava tanta cobiça.

Inscrição aberta, e já Maricota não abria mão do escândalo pela imprensa. A pobre Confissão falava asneiras — disse que o que mais desejava era a morte.

Xica estava agitada. Não poderia levantar as mãos contra aquelas mulheres inconscientes — mas tinha vontade. Na última hora, teve a ideia salvadora: começar questionando a doutora Ritinha — agora, mais amiga, quase nua, em pé, com a toalha envolta no pescoço, escondendo a cicatriz no seio esquerdo.

— Gente, eu espero que tenhamos uma postura coerente!

— Doutora juíza, minha grande amiga, diante de um quadro desses — Xica falava, estendendo a mão e apontando para o corpo da juíza —, o que a senhora classificaria como "coerência", minha doutora?

— Uma ação *ad hominem*, como disse Marx. Uma ação *radical*...!

— Radicalíssima... — completou Sofia, para espanto de Sinhazinha, desatrelando a toalha que trazia como um charuto sobre o corpo e lançando-a ao chão, imitando o gesto da juíza.

Amélia, com voz de sabedoria, gritou de seu canto:

— Esses caras precisam de uma lição. Temos de endurecer...

— Sem perder a ternura, não é, Amélia? — completou Perpétua.

E, para espanto geral, Sinhazinha Suarez — tropeçando na ponta da toalha, ajeitando as próteses dos seios — avançou sobre a mesa de Sofia, pedindo sua colaboração para levantá-la e depois atirá-la em pedaços ao chão, numa demonstração evidente e inesperada de apoio ao radicalismo proposto por Amélia.

Era o sinal que Helena precisava. O que Xica desejava.

AS DÚVIDAS

— Quem somos senão mulheres com algum distúrbio? Com alguma cicatriz?

Nossas mentoras foram as psicólogas Amélia, Perpétua e Sinhazinha — a pitonisa... Eu entrei como uma bruxa ousada, unindo-me às outras bruxas e feiticeiras, capazes de dar até nó em uma molécula d'água. — Sofia recomeçava a falar segundo as orientações de Xica.

— Tem-se de considerar que a história dessas mulheres é diferenciada.

Foram classificadas em uma categoria singular: todas elas odiavam os homens. Todas bem-sucedidas na vida profissional, solteiras, independentes financeiramente — e a maioria, virgens.

— Virgem?

— Sim! Algumas ainda são...!

Houve um sorriso camuflado de Confissão.

— Sabe-se que, inicialmente, algumas até queriam se tratar. Outras rejeitavam tratamento, e recusavam convite para reuniões de terapia com mulheres que tivessem a mesma inquietação. A doutora Xica da Silva passou a chamar isso de "a convivência das bruxas".

— Diante de certas circunstâncias, o grupo de mulheres se aproximou do grupo de homens que — sem nenhuma exceção — eram portadores de distúrbios físico-mentais, orientados por um cientista e bruxo que também era homem e dizia gostar de mulher, mas não "podia" estar com elas.

A aproximação precisava de um fato consumado, e de uma liderança forte, para unir os dois grupos — até que surgiu o fato concreto, e a liderança.

— Conta essa história direito aí... Isso parece uma invenção bem urdida. — disse a delegada, mostrando sinais de decepção e constrangimento.

— Peraí, Sofia. Tu tá falando de tanta coisa... É verdade? — disse Confissão.

— Sim. Elas foram atrás da verdade. Eu só peço que modere as palavras, para não assustar mais do que o que já assustou. — Amélia tentava ponderar o caso.

— Vixi. Quantas coisas... Isso parece uma delação premiada: coisa suja, ilegal, cheia de tramoia. — Estudante lembrava do seu Senador, que a levava para os hotéis de luxo, beijava-lhe os pés e depois alegava cansaço físico.

— Então, Amélia, se você sinaliza que ela sabe... quer dizer que você também sabe tudo isso?

— Eu temo que esteja havendo uma falsa dúvida. Quem não sabe parte considerável dessa história? — Amélia reclamou.

— Ou seja, tu quer dizer: um punhado de mulheres se fingindo de inocentes? — Rita querendo culpar a pobre Amélia.

Sofia temperou a garganta, olhou para Xica e prosseguiu, segura, em forma de monólogo:

— Certo dia eu estava no consultório após uma audiência demorada. Na sala de espera estava uma jovem bonita — cabelos longos, olhos negros e pintados, salto alto, saia curta, anéis nos dedos. Disse que acabara de ser empossada no cargo de juíza. Enquanto esteve ali, usou seu tempo para reclamar da vida de mulher.

— A fraqueza da mulher até parece uma norma — iniciou assim.

Sentada com as pernas cruzadas, prosseguiu em voz firme. Disse que odiava ser subordinada a uma frágil; que era insuportável conviver em um mundo predominado por machos. Começou com uma lista: um desembargador a havia maliciosamente alisado no queixo; flagrara o contínuo a olhar suas pernas; o contador do tribunal, após um jantar, convidou-a para um luxuoso hotel; na praia, um vendedor de picolé a chamara de "gostosa"; o taxista a olhava com malícia; um senador a havia aliciado; o pedreiro se excitava ao vê-la na piscina.

— Nossa, já se sabe até quem é! — e todas olharam para Ritinha.

— Quando me preparava para o almoço, Amélia me ligou pedindo que atendesse uma mulher que precisava de mim.

— É uma emergência, doutora...!

A mulher parecia uma operária. Mal falava português. Disse que seu namorado pretendia se suicidar. Me arrastou pelo braço e fomos até a casa deles.

— Era o jovem médico Celso Katu-Abá, Mestre Sala e o futuro Barão Suarez. — acrescentou Xica, intrometendo-se sem ser chamada.

— Sofia, minha irmã...! Meu Deus, que história é esta? — Escovadinha.

— Confesso, isso a gente não sabia! — disse Lady Dy.

— É isso! Olhei para aqueles homens lindos, todos com a mesma sunguinha, pareciam ter tanto vigor... e me apaixonei.

— De verdade? — quis saber Lady Dy.

— Sim, de verdade! — e prosseguiu:

A casa coletiva era muito bem decorada. Um belo jardim, um salão com macas, cadeira de rodas — uma enfermaria. E uma bem-cuidada biblioteca. Notei que predominavam livros médicos e de engenharia. Inicialmente, por mais que tentasse extrair deles os motivos que os afligiam, eles se trancavam. Percebi que me evitavam. A operária, que disse ser a namorada, precisava ir para a ocupação — e eu fiquei para tomar conta de tantos homens.

Eu os via decaídos, melancólicos, submetidos, depressivos. Só falavam em exterminar a vida. Apresentei-me como psicóloga e prometi lutar até o fim para salvar-lhes aquelas vidas angustiadas.

Sinhazinha, um pouco irritada:

— E precisa de tantas minúcias, Sofia?

— Você mesma disse para radicalizar! — risos. — É isso aí... você já deveria ter contado...

... ela só chegou mais tarde. Um rapaz havia oferecido um quarto para passar a noite, e eu aceitei. Lá pelas tantas, minha carne tremia vendo aqueles meninos de cuequinha, quietos, andando pela casa. Levantei e fui para o sofá. Um deles estava perto, também de cuequinha, lendo um livro. Eu também, quase nua.

— Que safada! — disse Construtora, que pouco falava.

Sentei colada. Ele não disse uma palavra. Comecei alisando com as pernas sobre as dele, depois as costas nuas. Enquanto isso, ajudava na tradução, lendo para ele. Um homem lindo. Mãos no peito, no pescoço... Quando descia a mão, ele se arrepiava todo, mas evitava, escondendo-se com o livro sobre as pernas.

Dei um beijo — e ele gostou. Era o primeiro da vida. Mas aí avancei. Ele me empurrou. Caí no sofá, esperando que viesse por cima de mim — mas não. Ele nem olhou. Saiu correndo para o quarto. Os outros o acudiram e me olharam — quase me trucidaram.

— Assim fui descobrindo que ali estava o problema da depressão.

Não era possível tantos homens juntos, sem mulher.

Ficamos amigos por um tempo. Depois, forcei a barra — e ficamos amantes.

— Foi o Zé Cavalero, Sofia? — perguntou Xica Dois.

— Sim! E Amélia ficou com o Mestre. Agora éramos três mulheres. Aí, numa decisão interna, eles expulsaram Amélia — e eu. Apesar de a casa pertencer à operária. — E olhou para Sinhazinha.

HOMENS QUE NÃO GOSTAM DE MULHERES X MULHERES QUE NÃO GOSTAM DE HOMENS

Dias depois, Amélia me procurou apresentando uma proposta: se eu não queria unir-me a ela na formação de um grupo de mulheres que não gostavam de homens — para salvar a vida de homens que não gostavam de mulheres.

— Esta foi a mais difícil tarefa da minha vida — disse Amélia.

— Vasculhamos as fichas das clientes — minhas e de Amélia. Nos juntamos com Perpétua e convidamos todas para uma reunião. Algumas aceitaram a proposta, outras não. Parte das que compareceram está até hoje conosco.

— Quem foi? Pode dizer? — perguntou Confissão.

Perpétua tomou a palavra:

— Eu e Sinhá há muitos anos nos conhecíamos. Tínhamos iniciado uma terapia com os meninos, mas precisei viajar — e Sinhá não deu conta.

Quando voltei, encontrei Amélia e Sofia cuidando de tantos rapazes que até me assustei.

— Todos doentes, todos depressivos, sendo tratados por duas depressivas!

— Como assim!?

— Sinhá tinha tanto dinheiro que a gente nem pensava. Ofereceu quanto fosse preciso para a construção de uma clínica de tratamento para os homens. E então começaram a aparecer homens que faziam pena.

— Eram homens sem pênis, sem os escrotos — comidos pelo câncer, acidentados, nascidos assim...

— Quer dizer que esta é a causa de tantas desavenças? — disse Zenilda.

— É, sim. — respondeu Xica.

— Mas por que isso não foi esclarecido para todas?

— Eles fizeram um pacto: se essa história fosse divulgada, se matariam.

— Sim, quer dizer que vocês são traidoras?! — a Banqueira, alegando pouco saber.

— Não! Já traímos a nós mesmas aceitando a humilhação que fizeram conosco. — disse Amélia. — Nada daquilo estava previsto. Foi combinado um tratamento com a terapia que desenvolvemos. Trataríamos com carinho e respeito, e receberíamos a mesma reciprocidade. Só que eles perderam o comando.

— E o que faremos agora? — perguntou Zulmira.

— Vamos juntas enfrentar a realidade e salvar nossos homens. — disse Perpétua.

— Você disse que eles se suicidarão! — a Banqueira lembrou, referindo-se ao que o Deputado dissera sobre suicídio coletivo.

— Vamos juntas. Confiamos em cada uma. Nós já os amamos — completou Zenilda.

— Todo o plano está traçado. Vai depender de cada uma agora! — concluiu Xica.

— Por que Helena permanece calada? — perguntou Maricota, desconfiada.

— Porque, dona Maricota, ainda não chegou a minha hora de falar. — Helena falou serena.

— Você nasceu onde...? — Maricota insistia.

— Minhas amigas... — Xica, com sabedoria, interrompeu a investigação — fica encerrada esta sessão, e vamos encontrar nossos homens com muita cautela, paixão e a sabedoria que desenvolvemos aqui.

— Fica marcada uma próxima reunião. Divulgaremos a data.

Sofia, ao se levantar, piscou o olho para Helena, que disse:

— Ótimo!

***

E assim fica o agradecimento pelo relato minucioso dos acontecimentos, relembrado por Xica, Lady Dy, Maria Bonita, Escovadinha e outras.

O DESCONTROLE

Enquanto as mulheres iniciavam o virar de mesa, a casa que — por ser homem e casado com Helena — eu podia considerar como minha, foi transformada em casa das lamentações. A pedido do Padre e por ordem de Suarez:

— Que todos se dirijam à casa do Índio! — havia dito.

Estava no epicentro de um terremoto. A cada instante, recebia mais um irmão, mais um companheiro de agonia, desorientados, carros sobre a grama, na calçada.

Suarez estava em um coquetel de lançamento de um novo empreendimento. Recebia autoridades e empresários — figuras representativas dos diversos segmentos consumidores de seu produto. Lamentava a ausência de Sinhazinha a seu lado.

Fez esforço para localizá-la, mesmo tendo sido advertido, através do Major, de que elas misteriosamente estavam desligadas do mundo.

Dr. Celso empurrou Quevedo quando este tentou consolá-lo — atitude debitada apenas ao tamanho do desespero. Em circunstância alguma Dr. Celso empurraria alguém. Porém, mais inconcebível ainda seria perder sua Perpétua.

Para todos os irmãos, Dr. Celso estava acima do bem e do mal. Para ele, apenas da boca do Padre poderiam sair informações seguras.

Perpétua salvara sua vida. Conhecia seu corpo, suas fortalezas e fraquezas. Não poderia trair sua confiança. Além de sua deusa, era sua confidente. Dominava todos os planos, aconselhava, articulava.

Enquanto tudo isso ocorria, o Senador viajava. Ao ser informado, ligava insistentemente a cada instante. Precisava saber de sua Estudante. Achava que sua adorável não o abandonaria nunca, não participaria de tão famigerada articulação de inimagináveis consequências.

A bebida da adega não foi controlada. Os copos se esvaziavam: rum, montilla, vodca, uísque — tudo esgotado. Gringo descobriu uma rara garrafa de cachaça. Se o Coronel não interviesse com energia, certamente a adega da caverna teria fim.

O Major se mantinha triste, mas atento, com seu cauteloso serviço de escuta e vigilância.

O Juiz colaborava com o Mestre Sala. Sabia-se que a reunião tinha um objetivo: tratar da separação — embora separação contrariasse o artigo regimental.

Mesmo sentado na melhor poltrona, me sentia frágil. As chaves da saída da caverna estavam em minhas mãos. O Padre olhava com sentimentos para a reforma. Fui orientado:

— Não saia de perto de mim!

Mas "mim" não estava próxima. Não sair da caverna era o paradoxo da caverna.

— Agora não adianta mais nada. É enfrentar ou enfrentar, e pronto! — eu disse.

PLANO SECRETO

Como fora determinado nas palavras de Sinhazinha, a atitude seria radical — um choque térmico, um susto — sem abandonar seus homens. A ideia de divórcio já estava no passado.

— Está decretado: doravante, os homens é que serão nossos! — disse Helena — Sem grosseria, sem opressão, sem revanche, sem tortura física nem psicológica. — E acrescentou: — A minuta do estatuto já está nas mãos das juízas.

— Com muito alisar, mas nada de agarrar, viu, gente! — advertiu Amélia.

Helena se opôs firmemente à ocupação da caverna do avô índio para qualquer prática sem o consentimento dos indígenas.

— Da caverna nada se tira e nada se põe. Lá só se faz filho! — gracejou Maria Bonita.

Determinaram lugar e horário para todas as ações, distribuíram as tarefas, marcaram a data e se despediram com perfume de sauna.

A maior alegria foi saber que todas estavam de volta ao lar — mas a alegria gerou desconfiança.

Cada uma se fez mensageira do mais audacioso convite: reunião de ação terapêutica extraordinária, válida para todos os membros da Socriar. Por ser noite de Lua Cheia, amainou o espanto. Como sempre, seriam praticadas as conhecidas atividades de bons hábitos: banhos com os mais diversos objetivos — abrir caminhos, banhos energéticos, exposição à luz da lua para limpeza da mente e da alma.

Convite nominal: "Presença obrigatória para todos os membros da Socriar!"

Em letras cursivas: *A autotransformação através da purificação do espírito. Remoção das impurezas que afetam o bem-estar emocional e espiritual.*

Local: anexo da sede — Hotel Plaza.

Pontos de pauta: "Avaliação de Projetos", "Receber a Lua Cheia" — convidado especial: o vice-prefeito, candidato nas próximas eleições.

Pelo regimento, os membros efetivos deveriam chegar até dez minutos antes do horário previsto — e as mulheres, logo depois. Neste dia, chegaram no mesmo instante.

Sinhazinha ficou ciente dos pormenores. Apesar de temerosa, confiou na esperteza e resiliência de suas velhas amigas: Perpétua, Amélia e Sofia. Previa a explosão de Xica e Helena.

Dr. Celso foi consultado. Pediu um dia para meditar. Devolveu a resposta em uma folha de papel, por intermédio de Perpétua:

Vocês se responsabilizarão pela brilhante transformação que produzirão na vida destes homens — e na minha — ou pagarão o valor da alma caso produzam tão dolorido sentimento de traição e mágoa, capaz de extirpar da vida seres de boa índole. Apesar de sonhar com a quebra desta incongruência da qual sou hospedeiro, não fornecerei nem um ínfimo óbulo para quebrá-la à muque, como se quebram as nozes.

AToS DE SURPRESAS

O elevador abriu as portas e todas entraram. O regimento proibia que as mulheres chegassem à reunião antes que algum homem estivesse presente, por motivos de segurança. Chegaram primeiro — e fazendo mais barulho que habitualmente: naquele dia, pareciam um furacão.

Ao chegar, o Velho contemplava os quadros baratos — imitações impressionistas de cores vivas — do anexo; o Gringo procurava uma cadeira na extremidade da sala, de onde se ouvia o rebentar das vagas, lá embaixo, nas praias; o Alemão arranjara um copo de vinho; Bem Dotado brincava com uma folha de papel, fazendo origami.

Muitas flores, muitas folhas. Sedução comandava o desembarque, vestindo um modelo azul-turquesa, bolsa estendida, cabelos trabalhados. Advertiu a todas que usassem o pé direito:

— Afinal, hoje é dia... V de virada...

— E L de Lua Cheia... — completou Helena.

— Alô, companheiras! Estejam prontas para receber a venerada e futura primeira-dama!

A conversa prosseguia agora em outro tom. Zé Cavalero acenava com a mão, enquanto consultava o papel da convocatória:

— Estranho! Aqui tem um grave erro... — apontava com o dedo o rodapé da carta-convite — isso não é a sede da Sociedade!

Após rápida observação, Anatolle esclareceu:

— O erro foi das mulheres que prepararam a reunião...

— Mas isso é contra o regimento! — o Coronel afirmou. — Pelas normas regimentais, mulher não tem a prerrogativa de convocar reunião, senão entre elas mesmas — e com o devido consentimento do Conselho Supremo!

— Estamos vivendo um período de discórdia dentro da Socriar — a maior desde sua fundação! — vaticinou o Coronel.

Nem um só homem se aproximou das mulheres. É certo que, em outras circunstâncias, seriam recebidas com sorrisos e flores — mas elas chegaram antes.

Exatamente no horário previsto, Sua Excelência, o vice-prefeito, acompanhado do Major, do Senador e de Quevedo, apontou no elevador — e prestou as devidas considerações:

— Como vai nosso índio e fotógrafo oficial? E o Sr. Juiz de causas impossíveis? — saudou Nicolau. — Quando voltaremos às touradas? — disse, abraçando fortemente o Gringo.

Ainda cumprimentava os membros que há tempos não via, quando outro elevador se abriu. Era a simpática vice-prefeita — como chamavam a doutora Florinda, esposa do vice, candidata ao nobre cargo — que não se via há meses.

Vestia um modelito preto curto, provocante, e um colar com diamante no pescoço. Se não era aguardada pelos homens — e até pelo próprio esposo — era efusivamente aguardada pelas mulheres. Era membro efetiva, não se sabia por que não participava dos encontros.

Helena, em short estampado, um colar caro entre os seios e dois brincos brilhantes; Estudante, com uma saia rodada e decote expondo as costas até as nádegas; Zenilda, vestida de branco transparente; e, por fim, Amélia, em surpreendente modelo longo, com forte abertura salientando os quadris — longe de seu padrão recatado.

O vice, assustado, olhou para Florinda e disse ao segurança — cuja presença nem o Coronel conhecia:

— Jarbas, isto me parece uma cilada... Mas ela está muito bonita!

Mestre Sala, espantado, esclareceu:

— Não fui eu que coordenei...

O Major aproximou-se de Sedução, apertando-lhe o braço. Em sussurro:

— A senhora poderia me explicar onde desejam chegar com esta palhaçada?

Ela se afastou um pouco do militar e o convidou ao centro do salão. Ele recusou com desdém.

Zenilda encabeçava um desfile em trajes sumários, apropriados para um balneário. Helena olhava para mim, provocando cobiça. Até Sinhazinha e Sofia vestiam roupas extravagantes como nunca se viu.

O silêncio foi se impondo devagar, enquanto a lua despontava num canto da vidraça. A ordem era permanecer "todas juntas, ali num bolinho, tudo apertadinho", na ausência de luminosidade. Cortinas travadas, para ver só o clarão da lua.

O calor humano sufocava. A inquietude já não desestruturava o grupo: tateando na escuridão, se apalpavam. A ordem era ir direto naquilo que o regimento proibia as mulheres de ver e apalpar.

Perpétua havia feito uma demonstração: como apalpar sem machucar, sem apertar, sem ferir, sem magoar — usando uma prótese. Demonstrava:

— É assim que se excita... e não olhando a estupidez de um cavalo!

Enquanto a lua circulava pela vidraça e a escuridão reinava no salão, as ações se encaminhavam para o mais prazeroso momento de todos os tempos existenciais da Socriar.

MULHERES ENTRAM EM AÇÃO

Porque Platão declarou que os poetas devem ser expulsos da república? Justamente porque todo poeta, todo artista, é um ser antissocial.
Picasso

A lua se foi, todas as luzes se acenderam. Um fundo musical de conotação romântica tocava. Parecia que os anjos dedilhavam harpas para cada casal.

"Quando um raio de luz penetra nas cavernas, entre os pequenos furos das grandes rochas, cessa a escuridão e os segredos desaparecem, produzindo esperança para a vida."

A frase estava escrita em um painel. Como uma bomba, os espíritos sofreram abalos.

As cortinas que escondiam as banheiras térmicas se abriram. Apareceram as borbulhas com perfumes de alecrim, aroeira, manjericão, rosas — e tantos outros aromas colhidos próximos das cavernas. Todos recebemos um par de roupas brancas. Ali mesmo, nos despimos e vestimos. Alisávamo-nos, esfregávamo-nos, sorríamos como nunca antes. A paz reinava, aproximando os corpos. Sem castigos, aflorava o amor. Entre beijos e carinhos, tudo parecia desejo de uma nova vivência com o esperado perdão.

As cortinas voltaram a se fechar, escondendo as banheiras de fumaça. Acendia-se mais fogo, e mais paixão. Parecia não ter fim.

O Tenente, vestido com um short leve — como nunca se havia visto —, espontâneo, levantou-se. Estava pálido como um papel desbotado pelo sol.

Foi até o arranjo, apanhou uma flor, girou pelas quatro linhas do ambiente, olhou para Zenilda — a quem tanto maltratara —, estática, vestida com um short semelhante, quase nua, e disse:

— Há muito tempo tenho vontade de te entregar estas flores e dizer as mais belas palavras do meu caderno.

Ajoelhou-se no colo dela e declamou:

É claro que a vida é boa,
Só na alegria reina prazer;
Este fardo que te magoa
Reflete apenas o meu sofrer.

Nas manhãs de luz esplêndida
Soa a voz de um pássaro triste,
Sou eu, vivendo quase sem vida,
Que, pelo teu fazer ainda resiste.

Te amo envolvido de paixão,
Silente, chegando a chorar até,
Sufoca o peito, forte emoção
De ver-te, ó bela, linda mulher!

Tu, querendo por fazer feliz
Um cabodo do sertão tão triste...
Levando rude vida que nunca quis,
Vejo em ti a prova que Deus existe.

Palmas e vozes. Os versos não pareciam saídos da mente de um bruto — havia ali a doçura de um condoreiro. A comoção envolvia a todas.

Enquanto Perpétua, Sinhazinha, Amélia e Sofia se entreolhavam — tudo andando no caminho certo —, Xica se lançava sobre os lábios de Paulo Fera. Lady Dy avançava sobre Bem Dotado, já com a roupa esfacelada, andando pelas linhas e trilhas do salão com o bumbum de fora.

Tudo parecia a nascente que renasce no chão partido depois da queimada.

Tudo parecia o som do coração batendo de novo depois do transplante.

Tudo parecia o pródigo que retorna e recebe do pai a mão que nunca lhe foi negada.

Tudo se assemelhava à flor que murcha mas dá fruto, e o fruto seco gera a planta que preserva a floresta.

Parecia a luz quando brilha iluminando a caverna.

Zenilda, linda e sensual, apalpou-o como Amélia ensinara:

— Estes momentos eu esperei desde que te conheci, meu menino. Se tive dúvidas de que um dia ele chegaria, é porque a dúvida é própria dos seres vivos. Eu te amo, meu Dominguinho querido.

Nome que ninguém sabia. Este era o nome do Tenente: Domingos Sertão.

— Agora é esperar pelos próximos golpes... — resmungou Anatolle, cabisbaixo, olhando para o guru Dr. Celso, sabedor dos próximos passos, temeroso de uma derrocada após longos anos de incansável, dedicado trabalho.

— Florinda nunca participaria deste meio sem uma grande razão. Ela não é promíscua. Não viveria no meio de loucas...

— É o que ela lhe diz, doutor...

— O que você disse? — questionou o vice, num desastroso sussurro.

— Ela, doutor, é quem diz.

— É?

— É!

— Para você?

— Sou eu quem levo e trago!

— Jardel... a partir de hoje... estou perdido. O que fazer da minha vida?

O short do vice teria se partido, assim como o de Bem Dotado e do Domingos Afonso Serrão.

O momento de pausa provocou reflexão. Pedidos incontidos de desculpas e perdão. Elas — impávidas, serenas — em pé diante de nós. Nem um gesto amistoso sequer.

O vice se levantou, em meio às próprias vergonhas, e passou a andar, com as mãos cobrindo o que já não tinha. Alguns assumiam a realidade: detinham uma prótese — outros, não. Entre estes, John dos Passos.

— Ritinha... Ritinha... dá-me as roupas, por favor... — John implorava.

Meigamente, doutora Rita correu até o cesto, apanhou um conjunto de roupas brancas, ofereceu a John e o abraçou com tanto afago como nunca fizera antes — e a roupa voltou a se rasgar.

— Você me humilhou diante de meus súditos...

— Qual nada, meu velho. Você será nosso prefeito!

A cerimônia não estava completa. Certamente, alguma surpresa ainda viria. Mas todos já se expuseram — nada mais a ocultar.

As reações começavam. Muitos beijos e abraços entre homens e mulheres, sem medo de mostrar os corpos mutilados.

— Somente os criadores de cavalos de raça para suportar tamanha lição... — exclamou Zé Cavalero.

ALAHA... ALAHA

A luz voltou a se apagar para exibir uma pequena fita de alguns minutos. Todos os homens da Sociedade, agora felizes e sorridentes por terem os lábios molhados em beijos, eram apresentados nas atividades de recuperação com suas próteses — entre ajustes e reajustes.

Nesse momento, apesar do silêncio, falei em voz alta:

— Onde vocês acharam essa fita?

— Cala a boca, idiota! — o Padre, apesar da calma reinante, voltou a bufar.

Regrediu ao passado — um alguém que, mesmo com o punhal extirpado do peito, não sente a dor. Saltei por sobre as cadeiras, punho cerrado, desferi-lhe um golpe no rosto. Caiu, com as pernas arreganhadas, próximo aos pés de Helena.

Helena, ao contemplar a visível cicatriz no lugar onde deveriam estar certos órgãos, clamou:

— Alaha... Alaha...! — seu rosto transfigurado como o de quem se livra do bote da serpente.

— Tá vendo o que vocês estão provocando? Desavenças entre amigos e irmãos! — censurou Cavalero.

— Não precisava de toda essa violência! — impactou-se o Alemão.

— Ele não é violento — ele reagiu a uma violência. — defendeu Zenilda.

Sentimentos brotavam. Admiração e revolta pela força incomum aplicada.

— São os segredos da natureza... — disse John.

A cicatriz foi esquecida. Olhavam agora para as pernas abertas do Padre e clamaram por Nossa Senhora:

— Como é horrível essa cicatriz!

— Eles têm razão para esconder da gente...

— É por isso que se suicidam. — esclareceu Amélia.

— Se fosse comigo... não sei, não — murmurou Estudante. Depois acrescentou: — Será que ele é assim? — e apontou para o Senador.

Em cada rosto, uma interpretação. Uma coisa ficou clara: menos de meia dúzia de mulheres, mesmo após tantos anos, conheciam a "condição Y".

O Padre me pediu desculpas. Helena disse:

— Nós é que te pedimos desculpas.

E o abraçou longamente.

Procurei abaixar a cabeça, acompanhando o ritmo. Queria o fim com o sentimento de ódio — mas recordava do sumiço da fita. Na época, eu avisei ao Padre — e ele, ao Coronel — que "este idiota perdeu a fita".

Helena me acalmava. Via em meus olhos — e eu nos dela — a mesma ironia. Arrependido de não ter obedecido a Amypohã: *"saia dessas companhias, eles são tristes."*

A delegada Maricota se mantinha em posição de alerta. Sem descruzar os braços, olhava para o Coronel:

— As consequências mais desastrosas em um grupo ocorrem quando um idiota que se julga esperto resolve classificar os demais como idiotas. Só descobre que o esperto é outro... quando está pelado. E envergonhado...

O Coronel abraçou Zulmira — esposa do Padre — e disse:

— Ele é um grande amigo.

Xica Boa avançava, exigindo atenção. Braços cruzados cobrindo os seios, olhar penetrante, fitando os homens nus; lábios entreabertos, em posição conciliatória:

Quero luz neste espaço
Trazendo paz e doçura
Quero amor e ternura
O conforto de teus abraços!

E mais uma vez caiu nos braços de Paulo Fera, incentivando a inveja.

ESPOSA DE UMA EMPRESA

— Gente! Doravante, tudo é poesia!

Era a professora Sofia, substituindo Xica.

— Ainda temos muitas páginas a virar. Precisamos ler cada linha para dominar por completo a lição, não é, Padre?

Ninguém sorriu, mas todos entenderam a mensagem.

— Como os senhores podem perceber — continuou —, estamos em um espaço de terapia, caçando a paz. Vocês não vieram aqui sem saber de nossas intenções. Em uma noite não se trata um mal do mundo. Já somos história — e ela é real, história de uma prática objetiva, fruto de uma vivência.

— Vamos nos acalmar. Uma noite é pouco diante de uma vida. Ficaremos por aqui até que o último se sinta capaz de viver com alegria.

— Meus bons amigos, nós amamos vocês. Anos atrás, quatro mulheres descobriram que os senhores sofriam deste trauma que acabamos de presenciar nesse pugilato — dispensando até as imagens. Todas estão aqui. Abandonaram suas vidas para viver as vossas, se prontificaram, se aprofundaram, unidas para se dedicar a vocês.

— Professora, eu sou testemunha ocular! — exclamou o Juiz.

— Outras companheiras juntaram-se a nós — interrompeu Amélia —, mulheres com histórico e currículo, equilibradas social e economicamente.

— Não extorquimos, não exploramos ninguém. — completou Ritinha.

— Ao contrário, Meritíssima! — exclamou Bem Dotado.

— Apesar da nossa dedicação, por não compreendermos o processo, fomos expulsas da casa. Graças a uma força maior, retornamos como cuidadoras. Tudo ia bem... até que a casa virou. Inexplicáveis agressividades, rejeição irreconhecível, desprezo. Inventaram um tal regimento que ninguém conhece. Tornamo-nos esposas de uma empresa. Proibidas de dormir com nossos maridos, proibidas até de tocá-los. Tinham medo de nós, e sem nosso entendimento!

— Verdade, Sofia. Foi o drama da caverna que nos levou a tomar atitudes. — pronunciou Helena.

— Pareciam um bando de loucos diante das práticas mais absurdas e criminosas: machismo, misoginia, tudo diante dos nossos olhos. — voltou a dizer o Juiz.

— Não só contra nós, mas também contra uma velhinha — legítima dona da verdadeira Caverna do Cavalo. — a voz do Major destoava daquele que conhecíamos.

— O maior dos abusos contra a vida: a tentativa de assassinato que chocou a todos. O caso do nosso querido amigo Sacambo III, que virou Cidadão, nosso fotógrafo, nosso índio aqui. — disse Lady Dy, serena.

— Como conviver com tais ações? — questionou Amélia, em voz doce, olhando para todos.

Com as máscaras no chão, elas olhavam para cada um — e nem um só homem ousava encará-las.

Após o aborrecido tempo de silêncio, era justo que uma voz se levantasse, trazendo o esclarecimento necessário.

— Parentes, devo aos senhores e senhoras a verdade. — disse Dr. Celso Katu-Abá. — Considero os órgãos sexuais a razão da vida humana. Somente um homem e uma mulher sadios são capazes de reproduzir a magia da vida — e em nove meses tudo se consuma.

— Ao contrário do macho, a fêmea mutilada vive sua vida em harmonia. Algumas até procuram consultórios especializados para mutilar o corpo, obstruindo útero e ovário. Senhores e senhoras, para o macho não. Um homem sem testículos e pênis só é menos traumático que um homem sem cérebro.

— Nós aqui, todos somos mutilados.

E retirou o resto da roupa já rasgada. Expôs-se de forma humilhante, depreciativa — mas digna.

Mostrou detalhes. Pediu ao delegado — por considerar sua prótese a mais perfeita entre todos — que se aproximasse, e convidou sua mulher, Confissão. Explicou-lhe como ajudar o marido a recuperar sua autoestima.

— Graças à ciência — e às nossas queridas mulheres, vocês aí — descobrimos um conjunto de soluções e tratamentos para recuperar a vida do homem. Mas não bastava uma prótese — era necessário acompanhamento psicológico.

— E isso foi possível. Hoje, graças ao *Movimento Ostensivo de Tratamento Elementar* — sob a responsabilidade do ilustre Dr. Well Dowdy — e à fábrica de próteses do subúrbio, já licenciada pelo governo, sob direção do Dr. Francisco de Ávila, a Clínica Saúde do Homem implanta até dez próteses por mês.

— Nós não sabíamos dessas ações...!

— Quer dizer que MOTEL é uma sigla? — com a mão na boca, Sofia estava em choque. — Tá vendo, Xica, que eles não são tão ingênuos?

— E por que tantas coisas enterradas sob sigilo...? — Xica, sem graça.

— Quanto ao sigilo — o velho voltou respeitoso —, apenas um pequeno grupo decidiu recolher-se sob esse véu mortal. Outros vivem vida normal.

— Saibam: hoje, vocês, de forma inconsequente, destroem um trabalho maravilhoso...! — interrompeu Anatolle.

O velho Katu-Abá, satisfeito, sentou-se.

— E o que levou vocês a reagirem com tanta agressividade contra as mulheres? Elas demonstram carinho, paixão — tolerância, que é a melhor forma de amor, a mais elevada forma de compreender a vida! — expressou Escovadinha, esperando resposta.

WELL DOWDY E O MOTEL

— Boa noite, senhoras e senhores. Eu sou Well Dowdy. Sou americano, graduado em Medicina, doutor em Genética com dedicação à área reparativa. Ganhei esse apelido por ter meu pênis e testículos suprimidos ao nascer. E, para enganar meus colegas, minha mãe me ensinou a carregar algo volumoso entre as pernas. Daí o apelido.

— Aprofundei os estudos nesse campo até que, junto a outros pesquisadores, desenvolvemos uma prótese ainda em fase de testes, mas que, dependendo do indivíduo, poderá até proporcionar prazer. Essa prática já está implantada no senhor Manoel Lemos — que aqui chamam de Delegado.

— Quer dizer que ele não é delegado porra nenhuma? — disparou Maricota, ácida.

— O que está acontecendo é o seguinte: nosso paciente vai para o laboratório, fazemos todos os testes de compatibilidade e adaptação, a clínica faz o implante. Tudo perfeito. Ele volta para o MOTEL, realizamos mais testes — risos — e depois o enviamos feliz da vida para casa, com um verso nos lábios.

— Mas basta cair nos braços de uma mulher fogosa e insaciável, e duas ou três noites são suficientes para destruir a felicidade de um pobre cidadão mutilado. Eles se tornam antissociais, cheios de distúrbios. Só pensam em suicídio.

— As senhoras compreendem agora a questão das regras tão rígidas?

— Zé Cavalero foi a primeira vítima. E a vitimadora foi a senhora, doutora Sofia. Mas não só a senhora. O caso da doutora Perpétua quase custou a vida do nosso Guru. A doutora Amélia fez o mesmo com o Mestre Sala, que tentou o suicídio. Esse é, na verdade, o principal sigilo.

— Mas por que não nos contaram isso antes?

— Só fizemos essa descoberta depois da desgraça feita. — confessou Perpétua.

— Diante de tantos cuidados, os estragos se multiplicavam. Fui uma das vítimas. — disse o Senador, beijando sua Estudante.

— As mulheres têm dado prejuízos ao Laboratório, ao MOTEL e à Clínica. Gasta-se mais com uma reconstrução do que com o tratamento e o implante — até dois por mês — em homens comuns que não podem pagar.

— Atendemos dois por mês? — perguntou Helena.

— Sim, minha doutora. — confirmou Dr. Celso.

— Vamos ver se podemos ampliar esse número, doutor? — propôs Helena.

— Seria uma grande ação, doutora. — disse Dr. Dowdy, já se integrando.

— Nós vamos contribuir também, doutor. — afirmaram, em uníssono, a Banqueira e o Deputado.

O Alemão, embora mais conformado, cochichou ao ouvido de Zé Cavalero:

— Senhor... este rapaz, mesmo se considerando civilizado, é um selvagem. Viram o que ele fez depois da simples brincadeira do meu amigo Padre?

Sofia ouviu. Olhando para Zé Cavalero, comentou:

— Na psicologia, maldade é a falta de empatia — ou seja, a incapacidade de se preocupar com o emocional do outro.

Dona Florinda tomou a mão do vice e saiu. Havia se ausentado por alguns minutos e agora retornava ao lado do marido, vestido de garçom, trazendo bandejas com copos. Em seguida, outras com garrafas de uísque, rum, montilla, limão fatiado e um balde com gelo picado. O vice me serviu primeiro — antes, era sempre o último. Para todos, ficou notória a mudança.

— Mas, pelas normas regimentais, tudo isso está fora da lei. — resmungou o Coronel, entoando sua ladainha.

— A reunião deveria constar do calendário trimestral! — acordou Mestre Sala.

— Uma reunião extraordinária da Socriar só teria aprovação com a aquiescência de quatro quintos dos membros efetivos, e em duas votações. — complementou o Deputado.

NOVO REGIMENTo

Os cidadãos do futuro serão recompensados por sua diversidade e por sua originalidade.
McLuhan

As normas ocultas da Socriar estavam sendo fraturadas na espinha dorsal — mas não por pura vingança.

Nesse instante, Sinhazinha levantou-se, ladeada por Sofia, Amélia, Perpétua e Lady Dy.

— Estão lindas! — comentou Bem Dotado, entusiasmado.

Sem preâmbulo, Sinhazinha exclamou:

— Senhores e senhoras, doravante teremos um novo regimento!

— O quê... êe? — o Vice juntou sua voz à de Anatolle, Alemão e do Padre, que espantado olhava para o Coronel esperando imediata reação — mas este permaneceu imóvel. Zé Cavalero baixou a cabeça. O Major brincava com uma bolinha de papel. Bem Dotado bateu palmas, e Suarez conversava entre o Juiz e o Dr. Celso.

— Senhores, mantenham-se de pé:

Artigo Um. Todas as pessoas, sócias e sócios desta organização, serão iguais em todos os direitos e deveres.

Artigo Dois. Todas as pessoas, sócias e sócios, poderão ocupar todos os cargos da Socriar.

Artigo Sétimo. Fica reconhecido que os membros e os órgãos dos membros — elemento sobrecomum — de nossos corpos serão respeitados como sagrados.

Artigo Décimo. Todos os órgãos femininos, e suas imagens, serão respeitados, assim como o corpo da mulher.

Artigo Trinta. Somente os homens comprovadamente detentores da "condição Y" — doravante *fator Y* — poderão ser membros efetivos da Socriar, desde que convidados e aceitos pela unanimidade de suas e seus membros.

Artigo Trinta e Cinco, parágrafo único. Haverá exceção para os especialmente convidados.

Artigo Quarenta. A Fazenda Pedra do Cavalo, juntamente com todos os seus bens, será devolvida aos povos indígenas nativos ou a seus descendentes.

Artigo Quarenta e Um. Fica vedado o acesso às cavernas sem expresso consentimento dos índios.

— Quem aprova este regimento permaneça como está. Quem desaprova, que se sente!

Aprovado por unanimidade. Todos permaneceram de pé! — declarou Sinhazinha Suarez.

Houve uma algazarra. Até o Coronel reconheceu a virada de mesa.

— Padre, isso é um golpe! Coronel, você não vai reagir?

— Isso não é golpe, Padre. Isso é terapia! — respondeu Amélia, muito sorridente.

E a alegria voltou ao salão.

CONFLITO MACHO X FÊMEA

Através de uma análise sucinta de Sofia, o poderio e o profissionalismo da organização feminina daqueles dias se unificaram em uma ação majestosa. Enquanto explicava para as sobrinhas, Maria Bonita preparava um bolo de milho que tomou conta dos que frequentavam as rodas de prosa. A análise era para quem não viu, para quem não estava lá.

Sofia era sóbria e segura em sua fala:

Enquanto os homens documentavam amadoristicamente partes de sua clandestinidade, escondendo-as dentro das entranhas e porões, deixando pistas infantilmente camufladas, as mulheres planejavam cada ação. Contratavam bons profissionais para desvendar a verdade.

O projeto *Virar de Mesa*, mesmo a passos tortos, foi dado e tudo construído para não dar errado — e não deu.

Não estávamos diante de uma ocorrência difusa de ciúmes, de revanche, nem de processo de cura, tampouco de orgia. O que se tinha era piedade — sem todas saberem de que se apiedavam. Se por um lado a lacuna causada pela dor era permanente e oculta, por outro, sentia-se possível a irreversibilidade da sequela. O corpo, quando bem tratado, pode estimular o espírito na busca de saídas que amenizem o sofrimento.

— Que lindo, tia... Tuas palavras... E era isso que vocês buscavam dar para esses homens?

— Sim, minha querida. Perpétua nos ensinava que o ser humano masculino era o símbolo do corpo de Deus.

— E vocês acreditavam nisso com tantas diabruras por parte deles? Em que resultou?

— Ora, não se resolveu o conflito macho e fêmea. No caso que tio Cidadão vem contando, quebrou-se foi a hegemonia do poder, o fim da utopia, a quebra de barreiras — mas não se acabou com o que está entrincheirado no convívio entre macho e fêmea desde Adão e Eva... ou Adão e Lilith, Helena e Menelau, a mulher de Caim, além da mulher de Ló, abandonada na estrada apenas por olhar para trás. O caso mais agravante é o de Hagar, mãe de Ismael, solta como um animal por seu estuprador, com o agravante de ter o filho no colo.

Elas sonhavam desmascarar a falácia da submissão em suas múltiplas facetas — mas isso era impossível.

— Mas vocês foram guerreiras ao questionar tanta coisa, desde a permissiva — como a escolha da posição em que o macho precisa para sentir gozo, sem a correspondente preocupação com a reciprocidade — até outras formas requintadas que justificam o domínio do macho pela força muscular.

— Sim, minha linda. Trabalhava-se também a contestação desses valores.

— Tia... fala a verdade. Vocês tinham consciência ao questionar, mesmo sabendo que, como a senhora diz, as normas são preestabelecidas há séculos?

— Olha, meu anjo... Eu me questiono ainda. Mas acredito que sim. Ou não? — e riu, cínica.

O rosto das crianças nascidas entre a comunidade tinha uma aparência inconfundível. Isso era cativante — porém intrigante.

AGONIA E ÊXTASE

Meu esforço consiste em reconstruir o real.
Picasso

A permanência no ambiente já causava ansiedade. Porém, através da terapia, as psicólogas buscavam dar conta de uma convivência mais serena, sem agressões — com liberdade para ver e olhar, sem se incomodar com as diferenças. Mas as conversas instigavam os acontecimentos vindouros.

— E que diabo é isto? — interrogou Paulo.

— Parece que elas estão envolvidas em negócio grande... coisa assim com muita grana. Inclusive, este andar todinho do Plaza...

— Mas quem? Qual delas? — quis saber Zé Cavalero. — Minha mulher não tem nada que eu não saiba.

— Essas mulheres são o diabo. Você pode estar envolvido sem saber. — acrescentou o francês, convicto.

— Será que são todas, doutor? — o Padre manifestou preocupação.

— Pelo que tudo indica... sim!

O Deputado aproximou-se, agitado:

— Alguém aqui é cardíaco?

— O que está acontecendo, Deputado?

— Um monte de conjecturas. Nada de concreto.

— Então fala logo, o que está acontecendo!

— É o seguinte... essas mulheres — todas, mas todas mesmo... — o Deputado falava apontando com o dedo indicador, batendo no peito dos presentes:

— A sua, a sua, a sua, a minha, a mulher de todo mundo... estão metidas num rolo do cacete e querem levar a gente junto no bolo!

— Mas que rolo é esse? É droga? Assalto a banco? Prostituição? Tráfico de bebê? Afinal...

Zé ainda não havia terminado o questionamento quando Bem Dotado chegou com mais informes, vindos do outro grupo, formado pelo Juiz, o Vice, o Alemão e outros.

Dr. Celso se aproximava do grupo, talvez querendo recomendar que mantivéssemos os nervos — mesmo que em destroços.

O velho, antes devoto de altas doses de confiança na capacidade de arregimentação do Padre, dizia que, se preciso, o Padre morderia uma pedra para acalmar o estômago de um faminto.

Mas agora, o evitava.
Suspendeu o comentário e apenas apontou para o que iria acontecer.

ORAÇÃO A SANTA TERESA

Amélia andou até a meia-lua para conversar com Sinhazinha. Estava sóbria, mesmo tendo ingerido mais de uma garrafa de vinho. O cochicho foi perfeito — e deu bons resultados. Fragmentos sem nexo escapavam:

— ...vou... por quê?... sim... fiquem tranquilas... sou apenas uma serva da lua... filha... tenho respeito... a maioria... os anos me ensinaram... devo abrir a minha boca...

A tradução simultânea do Major só fez eriçar os caboclos. Que diabos Amélia tinha a dizer ao ouvido de Sinhazinha?

Tudo levava a crer que o método terapêutico era obra de Amélia com Perpétua, mas a iniciativa para a aplicação viera de Xica e Helena. As respostas pareciam rechaçar uma dose de medo e desconfiança.

— Vamos com Sinhazinha. Ela nada falou até aqui...

— Eu falei, sim! Você é que não me ouviu... — risos. — Mas agora vou falar para todos ouvirem.

A voz embargada, temperada de emoção e vinho.

— Fala, Sinhá. Adoro te ouvir. — incentivou o Gringo, com simpatia e sotaque castelhano.

— Muito obrigada... Mas o que eu quero é dar louvores às minhas santas de devoção: Santa Teresa de Espanha, Nossa Senhora de Lourdes, por terem me dispensado tanto saber, amor, ternura e tolerância a este bando incrível de homens lindos...

— Hêêêêê! Bufuuuuu... — Após as palmas, um relaxar de nervos.

— Como eu ia dizendo, o que tenho é de agradecer a Deus por ser contemporânea dessas mulheres fantásticas, superioras...

Mãos levantadas, gritos, palmas, risos, descontração.

— Juntas temos recebido tantas humilhações, tantas agressões, tantas bofetadas — e mesmo assim, ao lado de meu índio e dos caboclos das matas, estou viva e atenta. Foi cravada uma flecha de ponta fumegante em meu peito — e o mal foi queimado.

E mostrou a cicatriz da cirurgia no seio.

— Que é isso, Sinhá?!

— Nada, meus homens. Nada, meus amados. Estou com o espírito revigorado.

— Sinhazinha, tu é que és uma mulher fantástica... — desmilinguiu-se Suarez, peito estufado, enquanto ela continuava a citar Santa Teresa, Nossa Senhora de Lourdes e o Caboclo das Matas.

— Eu quero é que, assim como em Santa Teresa, este dardo me penetre — mais gritos histéricos —, deixando-me em tão ardente estado de amor a Deus e a esta terra, que a violência deste fogo me faça gritar de extremo gozo... e que eu não possa me livrar de tão agradável dor... a dor do amor!

— Sinhazinha, você está mexendo com o fundo do meu coração... — insistiu Suarez, com voz cortada pelo pranto.

E ela continuou. Engoliu meia taça de vinho.

— Meu Deus... parece que quanto mais ela bebe, mais se inspira... — comentou Florinda, agarrada aos braços do vice, também derretida em prazer.

— Ou ela tem Deus... ou tem o diabo no corpo! — resmungou o Delegado.

— Eu sinto uma culpa pelos segredos que precisei guardar de vocês, minhas meninas... tão grande e necessária foi, e por tanto tempo e distância... — e sacudia o dedo, delimitando a distância — ...mas tenho um prazer incomensurável em estar com vocês, sem nunca agredir, humilhar ninguém.

— Minha mestra e doce irmã, nós somos privilegiadas! — disse Helena, apontando como se dividisse comigo o sentido da fala. — Tu és divina, irmã!

E como Helena chorava, eu também chorei. E o Coronel, emudecido, olhava com medo para Sinhazinha e para Helena.

— Poucos no mundo teriam cabeça para patrocinar tanta expectativa — embora misturada com ódio e paixão. Porém, tenho andado no caminho da compaixão, do prazer, da felicidade, da solidariedade e do amor.

— Concordamos, Sinhá.

— Quero deixar, aos pés de Santa Teresa e do Caboclo, meu legado. Entrego para você, minha irmã, e a meu lindo e maravilhoso cunhado, tudo o que me toca na direção, no comando de todos os bens que nos pertencem: este palácio, o banco, parte de algumas fazendas e, principalmente, a Fazenda Pedra do Cavalo. Aliás, devolvo-a ao meu cunhado do coração — cuja escritura está aqui!

Sinhazinha fez pose de quem mostrava poder. Ao me entregar a escritura, me abraçou e beijou pela primeira vez.

Foi a bomba não esperada. De tão potente a explosão, todas as bocas se calaram.

— Quero retribuir a todos minha gratidão pelo tempo em que me aturaram, e especialmente pela vida que eu já havia perdido — e voltei a tê-la em sua plenitude a partir do momento em que encontrei este bando de mulheres sagradas, às vezes malucas — risos —, estes endiabrados homens, que, para não se matarem, foram capazes de diabruras que somente mulheres do nosso nível de compreensão foram capazes de aceitar em seus pecados machistas.

— Mas doravante hão de nos entender: os segredos também oprimem. Na sua defesa, mata-se e também morre. Morreremos por vocês. Estaremos juntos — e juntas — com muito amor e paixão.

— Aí já é tesão, Sinhazinha...!

— Então... que seja. Amor de mãe e tesão de amante.

E iniciou um choro saudoso. Todas a abraçaram, chorosas, como numa despedida.

Enquanto isso, um dos presentes:

— Este é um discurso de despedida, irmão Suarez?

— Acredito que sim... — respondeu Suarez.

— Até parece despedida de madre superiora... — comparou Maria Bonita.

Continuaram as opiniões:

— Os bens são dela?

— Acho que só elas mesmo podem explicar... Eu estou é completamente desorientado... — dizia Quevedo, interpretando o olhar de Suarez.

— Eu não entendo é onde pretendem nos levar!

— E quem entende, prefeito? Mas com certeza nos levam ao caminho do paraíso... — foi a conclusão de Nicolau.

Sinhazinha foi até os braços do marido e, demoradamente, perante os olhos curiosos dos amigos, disse:

— Êta homem maravilhoso... Não te troco nem por três de quinze...

E Suarez, que vivia em cima de tanto poder, com tantos milhões, olhou para mim sem nada responder. Para quê responder? Em silêncio, compartilhou conosco a certeza de que já não tínhamos ex-mulheres, não haveria divórcio coletivo. Porém, não exercia mais o poder total.

A INQUISIÇÃO

Ritinha, consultando um papel florido com letras desenhadas:

— Coronel, é você que está inscrito... A fala é sua!

— Fala, Coroné... — Padre caçoava da carranca do militar, que a nada engolia a seco.

— Desembaça, Frei da Ressurreição! — risos. — Por que você não vai rezar para apressar o flagelo das secas?

— Porque eu confio é no seu comando, meu Coroné...!

E o salão se encheu de forçados risos — de aparente e tão carente descontração.

O Coronel temperou a garganta, apanhou um minúsculo pedaço de papel com letras trêmulas e iniciou um interrogatório.

Já se mostrava redimido — mas precisava fazer seu relatório.

Queria saber sobre a escritura, sobre o banco, sobre o consórcio e a compra da Pedra do Cavalo.

— Como entregar uma fortuna, uma caverna que já está provado: repleta de diamantes — e que somente nós sabemos desta realidade — a um jovem indígena? Uma pessoa tutelada, que eu diria incapaz, sem as habilidades necessárias?

— Aquilo ali, senhoras e senhores, é uma caverna com infinitos quilates de diamantes! — interrompeu o Padre.

Helena levantou-se:

HELENA LEVANTA A VOZ

Na paz universal somente o amor faz guerra; é o único tirano a quem não resistimos.

"Zadig", de Voltaire

Não era esperada a reação de Helena. Sofia havia lhe advertido: ela não deveria aceitar ataques ao seu Índio. Isso poderia causar profundo mal-estar. "Se você reagir na primeira ação, todos saberão a quem estão agravando", dissera-lhe.

E assim Helena fez:

— Apesar dos adjetivos ditos por muitos destes senhores, noto reinar silêncio entre a maioria. Não esqueçam que foi este cidadão — guardião de muitos segredos — quem se tornou conivente com uma sórdida e bem urdida trama que os senhores — e apontava — todos os senhores ajudaram a tramar. Uma diabólica conspiração.

Em pé, Helena mostrava sua competência verbal adquirida com a ajuda de Maria Bonita, ao longo de anos de afável dedicação.

— Uma das características do ato de traição é a falta de solidariedade — demonstrando rancor. — Sem dúvidas, vocês o consideravam uma pessoa ingênua, agindo pelo impulso e pela boa-fé. Vocês bem sabem como foram oportunistas com meu marido e, por fim, planejaram seu assassinato. Me deixariam viúva, tramaram um casamento forçado para se apropriar de meus bens. Mas ele — e só ele — soube se livrar e me livrar também.

— Livrou vocês ao atrair o ar e a luz com seu saber, ainda parou a máquina na hora certa, instalou nova bateria, que nem sabiam da existência, salvando a todos — e apontou para o Coronel e o Tenente. — E este homem é um idiota? Hein, Padre?

— Tens razão, madame, mas nada se falou em casamento! — disse o Padre.

Helena não se intimidou:

— Pois bem. Já havia um plano no Conselho. Uma vez morto o Índio, casar a viúva de forma regimental.

— Sim, lá mesmo na caverna! — confirmou o Tenente.

— Uma vez casado, pensava ele, os bens da presidente do banco estariam sob sua guarda, bem como o domínio da Caverna. E se tudo desse errado, morreriam todos lá dentro. Não era, Padre?

— Mas a Caverna é sagrada! Habitação espiritual de gerações antes de Vovô. Lá não se aceita cadáveres de transgressores.

— Vovô? — Maricota admirava-se da audácia de Helena.

— Sim, Helena tem direito a um avô adotivo. Um avô que também é meu. — disse Maria Bonita. — Se for seu por adoção, será também do meu marido, pelo mesmo direito. — E o Judeu sorriu.

— Ou seja: dono dos diamantes. — simplificou o Alemão.

— Reconheço que uma pedra arrebentou o altar que vocês profanaram. Enquanto isso, ao pé da gameleira sagrada, Amypohã e Maria orientavam o vento para vocês respirarem, iluminavam a caverna mediante um toque de magia — e aquele que vocês tanto desprezam resgatou com vida os seus cruéis inimigos.

— Meu marido pediu a Vovô que não ceifasse vossas vidas. — concluiu Helena. — Agora, eu peço: não pisem os pés profanos na caverna de Vovô.

— Mas os netos podem, não é, dona Heley? — disse o Judeu.

— Tudo isso que você está dizendo é verdade, doutora. — comentou Well Dowdy. — Eu sou filho de uma indígena Osage, povo que foi dono de jazidas de petróleo em Oklahoma. Ouvi todas as histórias de minha mãe. Os meninos ainda no hospital tinham os órgãos retirados, e as meninas, os ovários, para não procriarem.

Dowdy abriu bem as pernas, mostrando com detalhe os motivos de tantos segredos. Helena, em prantos, lamentava:

— Só por ter escolhido um índio para me casar, fui condenada e presa!

— Ora, madame, não se faça de moralista. Seu papel foi ridículo! — zombou o Padre.

— Não, Padre. Escolhi um homem bonito, jovem, viril, inteligente. Me inspirei no mau amigo Joseph, o Judeu, que também escolheu uma índia Tapuya para se casar — e ninguém o questionou. Ele também é ridículo, Padre? Por sinal, como ela afirmou, são primos. Agora donos da Pedra do Cavalo e de sua sagrada caverna, ao lado do velho guru, que precisa mais da proteção dos meninos que dar-lhes alguma. Que voltem e assumam as terras, seu território sagrado. Nosso velho doutor, durante estes longos anos, nunca lhes ofereceu a mão, nunca lhes deu uma bênção, nem ensinou uma prece. Como parente... nunca os reconheceu.

O velho médico levantou-se. Curvou o dorso reverentemente diante de mim, mais de uma vez.

— Doravante, senhores, formaremos um novo pacto de união pela vida. Ao nosso lado queremos — enfática — mulheres e homens por inteiros. Ou seja: o corpo com todos os membros, cabeça ajuizada e espírito sadio.

Dentro do possível, queremos nosso sexo funcionando — com respeito e liberdade.

— Nossos cientistas agora terão apoio, adquirirão fama e serão reconhecidos mundialmente. Que Vovô, da sua sagrada caverna, nos proteja. Pois se não fosse ele — e seu jaleco sagrado — não estaríamos aqui nesta sessão de terapia, em busca de união e felicidade.

Suarez parecia transportar sobre os ombros todas as culpas. Estático, ouviu os dizeres de Helena. O discurso final de Sinhazinha era como o cálice derramado.

Dr. Celso já previa o que viria e entregava-se ao desespero. Assumia parte do ônus. Confiava na cumplicidade entre Suarez, Sinhazinha e Helena.

Sabia também que poucas palavras suas teriam evitado toda aquela desenfreada orgia que tomou conta da Socriar. Culpava-se principalmente pelo silêncio, quando, pressionado pelos argumentos dos loucos, não soube fazer valer a palavra orientadora — tão esperada da boca de uma liderança quase sagrada.

"Ele é leve de ouvir", diziam.

Mais uma vez permaneceu calado diante das palavras de Xica, quando ela disse:

— Ele sabe ser líder, mas não sabe que o bom líder não erra sem pagar o preço. A vida do verdadeiro líder é uma eterna preparação. Ele está sempre objetivando guiar seus liderados para perto de Deus — ou do diabo. Um líder luta para não morrer. Ele sabe disso. — E apontou para o velho Guru. — Com sua morte, os ânimos esvaecem. É a glória do inimigo.

— Este preceito é regimental. Está no capítulo dois do novo regimento — Do Líder. Viu, meu Coronel?

E Xica concluiu:

— Olha aí, Coronel, não é bom? Agora todos conhecem o regimento. — E estendeu-lhe a mão, entregando-lhe uma cópia: o novo regimento impresso.

Suarez, tristonho, diante de uma Sinhazinha circunspecta.

Fiz-me desentendido. Helena, olhando para um ponto inexistente no salão. As companheiras, sorridentes — algumas contrariadas — davam uma velada proteção. A presença de Helena crescia. Acreditava-se que a nova liderança saberia interromper as avalanches.

A FALA DO GRANDE IRMÃO

Os homens e os advogados são considerados confiáveis quando mentem com elegância.

Suarez pôs-se elegantemente de pé. Olhou ao redor, depois para Sinhazinha, e, pausadamente, em seu estilo informal, começou a preleção:

— Quero fazer um comentário sobre este encontro. Aliás, se falarmos só deste encontro, é querer reduzir nossas atividades sociais a ele — o que seria inteiramente falso. Este encontro é consequência das turnês surgidas da vontade provocante que todos temos de nos manter em atividade contínua.

— Nunca nossas atividades nos deixaram tão nauseabundos, tristonhos, rabugentos. Nossas vidas precisam se transformar pela unidade com as mulheres. Doravante, seremos irmãos e irmãs.

Dr. Celso olhou para Anatolle, que balançou a cabeça em aprovação. O Senador deu sinal de apoio. Quevedo ergueu os dois polegares em concordância.

Aprovamos o maior entre os Irmãos com discretas palmas.

— É essa dinâmica — prosseguiu — que nos levou a cometer excessos...

— Sem dúvidas. — reconheceu o Vice. — Não somos oportunistas.

— ...excessos que nos fazem culpados. São nossas as culpas — disse, apontando para o próprio peito —, e de cada um, individualmente. Se cometidas para guardar o amor fraternal que nos une...

— Esplêndido, irmão! — gritou o Deputado.

As mulheres se entreolharam. Algumas não esconderam uma pitada de desconfiança no poder da oração.

— Agora vemos que esse amor de irmão feriu outras pessoas a quem muito amamos.

— Sem dúvidas... — murmurou Cavalero.

— E é assim, como pecador, culpado, réu confesso, que peço desculpas — em nome de todos, e em meu nome, e de meu ministério nesta sociedade.

E elas, frias, não se manifestaram. Acolheram o pedido de perdão, como recomenda o Evangelho — mas sem entusiasmo.

— Peço que os irmãos se desfaçam do machismo em cada uma de suas atitudes, mesmo que pareça tarefa difícil. O macho quer sempre ser dono de sua fêmea, o homem da sua mulher. Quer a posse, vai à luta, mata, morre pela sua fêmea — amada ou não. A voracidade do macho é atitude universal entre os irracionais — o que não é nosso caso.

— Oh, Suarez... tua filosofia, irmão, me comove. — Humilhou-se, pela primeira vez, o Deputado.

Bem Dotado não olhava para os lados; Alemão se furtava em mover-se; o Tenente segurava a ponta do queixo com dois dedos.

As mulheres não bateram palmas, como os homens. Não se alegraram como eles. Não se arrependeram — pois achavam que fizeram o que deveriam fazer. Não se sentiam culpadas. Por isso, não aceitaram o perdão — nem o concederam.

Demonstraram simpatia pela comoção masculina, mas sabiam que eram as vencedoras. E, por isso, respeitaram os adversários — deixando tudo ainda por conta de Sinhazinha.

Suarez, ao perceber que agradara o suficiente para não precisar continuar, sentou-se ao lado de Sinhazinha — que, em nome dela mesma, estendeu-lhe a bandeira branca ao apertá-lo contra o peito, entre carícias, debruçada sobre o pescoço.

— A gente nota que a Socriar é uma gigante — disse Helena — e será maior.

Como um alívio, os olhos se cruzaram.

Temos um bravo Coronel, que cuida da segurança; dois legisladores, um Senador e um Deputado; um príncipe da casa de Saboia, Dr. Quevedo; um engenheiro de renome, Dr. Joseph Cit-Bolom-Tum, nosso Gringo, professor do Instituto de Engenharia Genética do México — seu nome, mal traduzido, quer dizer "aquele que cura". Nosso advogado, Dr. José Carvalho dos Santos, ou Zé Cavalero, advogado a quem nomeio gestor e administrador das propriedades. Todos são clientes da Clínica do Homem, que foi o primeiro empreendimento enfrentado por minha tia. Esses homens são todos ricos, todos poderosos, mas hoje estão depressivos. Precisamos levantar a autoestima de cada um.

— E cadê os pobres mutilados? — questionou Zulmira, que a cada dia emagrecia mais.

— Vamos atendê-los com carinho — disse Helena.

— E as mulheres? — voltou a questionar.

— Minha querida Zuzu — Helena desfez a dúvida —, estamos formando uma comissão para implantar a Clínica Saúde da Mulher, e por unanimidade, você foi escolhida como gestora.

AS MULHERES ASSUMEM O PODER

A beleza é a única coisa preciosa na vida. É difícil encontrá-la, mas, quem consegue, descobre tudo.
Charlie Chaplin

Após a fala daquelas duas senhoras, elas exibiam um sorriso largo e o ar da felicidade.

Fomos conduzidos por um corredor de flores até o salão nobre do Plazza e, assustados, líamos faixas de boas-vindas a todos os congressistas. O Padre olhou-me com um sorriso largo e franco. O Juiz, mesmo espantado, mostrava satisfação; o Tenente, de tanto espanto, tinha os lábios abertos e os olhos avolumados.

— Senhoras e senhores, em nome de Deus, e louvando a Lua, em meu nome como presidente da organização mundial, em nome de nossa Sociedade, eu quero...

— Que sociedade!? — cochichos.

— Que presidência!? — susto.

— Que organização!? — espanto.

— ...eu quero — repetiu Sinhazinha, serena — convidar os senhores para receber, com muito calor humano e muitas palmas, a futura diretoria que haverá de nos guiar para a nova vida que está iniciando agora.

Todos olhamos para o corredor. O Coronel levantou-se e ficou atento. Continuamos olhando para a porta do corredor, na expectativa de que entrasse, quem sabe, um desconhecido vestindo fraque e gravata de seda; ou seria um pelotão de fuzilamento? Um bando inoportuno de jornalistas prontos para execrar-nos publicamente. Mas, para nossa surpresa, de meu lado saiu Helena e sentou-se na cadeira da presidência geral de uma organização mundial da qual ainda não sabíamos o nome.

Dos braços de Zé Cavalero saiu Sofia para assumir a vice-presidência. Dos braços de Mestre Sala saiu Amélia para assumir a segunda vice-presidência. E do corredor apareceram aquelas que até então eram garçonetes: Drª Virgínia e Drª Carolini, que ocuparam os lugares como convidadas especiais.

E ali estava composto o núcleo básico da misteriosa WWBB — *Woman Words Business Banks*.

Sinhazinha abraçou demoradamente Helena, beijou-a no rosto por três vezes e disse, com a voz entrecortada de emoção:

— Minha filha, que seja Santa Teresa ou Caboclos das Matas quem te guiem, te faça sábia para tomares as decisões acertadas na hora necessária. Olha para eles — apontando para nós —, doravante todos dependem do teu saber! Diante dos reveses dos últimos dias, tu e Xica, em sigilo, foram buscar a pacificação. Quem diria? Precisei articular com o diacho deste Coronel para ele buscar a harmonia entre seus homens. Pareciam inimigos de Helena, mas não sou só sua tia — sou irmã e até mãe.

Sinhazinha desceu os três lances de escada que a separavam da cúpula à base mantenedora; seu olhar era altivo e unidirecional. Um séquito de mulheres lhe aguardava no último degrau e ela se deixou abraçar, foi agraciada com todos os louvores e todas as reverências. Não houve choro nem lamento. Sinhazinha marchou até Suarez, que lhe beijou os pés.

HELENA SE REVELA

"O indivíduo, a comunidade e as obras nas quais vida e espírito se transferiram formam o reino exterior do espírito."
Dilthey

— Senhoras, minhas irmãs!

— Fala, poderosa irmã!

Na cabeça do Delegado já não havia rancor — era só harmonia. Helena, diante das inesperadas palmas masculinas, prosseguiu:

— ...caríssimos senhores, estamos diante de uma nova era.

E o nosso maior avanço, senhoras e senhores, será o de resgatar a dignidade plena destas mulheres e a vida destes homens maravilhosos. Parodiando minha tia Sinhazinha — susto —, a quem eu sempre amei, pois devo a ela meu passado, o presente e, para ela, devotarei meu futuro.

— Tia? Não eram irmãs?

— Estamos assistindo a uma grande transformação na história da vida de todos — disse o Vice.

— E com grandes comediantes, prefeito! — completou o Senador.

— Eu prometi a Deus, perante a Mãe Lua, prometi a Tia Sinhazinha e a mim mesma: assim que assumisse estas responsabilidades que me foram prometidas, não faria nenhuma comemoração, nem ato assinaria, nem decisão tomaria — inerente à função —, sem primeiro promover a completa libertação, se possível, da alma, do espírito, de todo o corpo, desta perversa situação de segredos. Em certos momentos foram tão necessários, se se considerar as consequências — em especial os atentados contra a vida.

A voz de Helena soava como uma campainha despertadora da inércia. Era um outro filme, sem imagem; nossas vidas pregressas e de orgias descortinavam-se ali diante de um tênue raio do luar que, providencialmente, ainda iluminava, apesar dos surgentes raios de sol.

Ao longe, como se participando da troca de comando, a lua oferecia suas últimas bênçãos para a noite. Mesmo com a fuga do luar, o ambiente — que já era sereno — se enterneceu.

— Pois assim, meus amigos, meu amado esposo, a quem nomeio meu superintendente — elevei o ego até às alturas —, sem mais delonga, dentro de suas dúvidas, passarei a desvendar o restante dos mistérios, o outro lado da história que, de tão complexa, tem sido mais que secreta durante anos.

— Sim, tenho um casal de filhos lindos — parecem ele um cacique, ela, uma cunhã.

O pai não os conhece, nem sabe que é pai. Mas a aparência está tão estampada nos olhinhos que não restam dúvidas. — E mostrou muitas fotos.

— E no dia do casamento, Helena?

— Sim, me casei grávida! E por sorte, minha tia e meu tio Suarez preservaram-me da execração pública. Eles serão os herdeiros da fortuna que possuímos sem herdeiros.

— Traidora! — o Padre e o Alemão bufaram.

— Estou abreviando ao máximo para ver se dou entendimento razoável à história. Provavelmente, o que os senhores não entenderem agora, não entenderão jamais, pois esta mesma história nunca foi contada — e não será pela segunda vez.

Os casais davam-se as mãos trêmulas — éramos condutores de uma corrente vibratória, soma de mistério.

— Eu, pai!

— Tu...?

Foram muitas palmas e abraços alegres.

— E onde estão, onde moram...?

— Quando veremos nossos sobrinhos? — disse Quevedo.

A PROSTITUTA DE ALEXANDRIA

Somos descendentes do povo persa e, há milênios, nossa família adora a Lua.

— Que estória é esta, Padre? — Nicolau, assustado.

— Uai, não sabia?! Quer dizer que era uma falsa espanhola?

— Agora entendi seu gosto pelos tapetes!

O pai da minha mãe, viúva, morreu na Guerra dos Seis Dias, lutando contra Israel. E ela, de mulher honrada e religiosa, teve de se prostituir — não para angariar meios de sobrevivência, mas para apaziguar os comandantes das tropas, conter seu ímpeto diabólico e proteger suas filhas e irmãs da ignomínia do estupro.

Assim, minha mãe, cheia de simpatia, aplacava a ira dos homens que, em nome de seu amor, distribuíam a ração diária às viúvas e órfãs — cobrando, como paga, o corpo dela em troca. Com sagacidade, selecionava as mulheres desejadas pelos comandantes israelenses, sem que eles interviessem, garantindo, assim, que deixassem as virgens em paz.

Minha mãe habituou-se e tornou-se referencial dos poderosos de Alexandria.

— Ou seja, cafetina — disse Sinhazinha.

Íamos crescendo. Minha mãe, por nada, queria suas filhas, irmãs e sobrinhas se prostituindo. Despachou uma por uma para lugares diferentes no mundo — Madrid, Roma e São Paulo.

Mesmo sem nunca sair de Alexandria, jamais abandonou nenhuma delas. E mesmo à distância, vigiava suas vidas como se detivesse um olho mágico. A guerra é um inferno. Ela demonstrava coragem ao contemplar a Lua. Mamãe nos ensinou a viver sem a orgia, com a dignidade das mulheres persas, que veem seu corpo como extensão da Lua.

— Bem, agora a segunda parte da história...

— Doutora, agora que está ficando interessante... — o Vice falava ansioso.

— Isso me alegra, prefeito — Helena falou, delicada, e prosseguiu: Mamãe, porém, conheceu um comerciante de Jericó — este sheik, nobre cavaleiro, tão rico que podia ter tudo o que o dinheiro pudesse comprar. Mas a guerra dizimou sua família e mutilou parte considerável de seu corpo, incluindo os órgãos sexuais.

...Sabendo do quanto minha mãe era bela, foi visitá-la. E ela, ao vê-lo, descobriu sua angústia: apesar da fortuna, faltava-lhe carinho e compaixão para o bom viver. Era noite de Lua Cheia!

— Que seja para sempre, Mãe LUA.

Como a mais nova ungida, Helena criou seu próprio canto e, no auditório, desconhecendo o refrão, umas responderam:

— Que seja para sempre...

Enquanto outras diziam:

— Mãe das mulheres belas...

A compaixão manifestada por minha mãe era tamanha que o nobre cavalheiro pôde sentir a verdadeira fonte do prazer — e lembrou-se da recomendação que recebera de sua mãe, quando no leito de morte: que doasse seus bens à Lua Cheia.

— Por já não ter mais vida nem segurança, o cavalheiro foi até um cartório, registrou seu testamento e deixou toda a sua fortuna à sociedade milenar das mulheres amantes e adoradoras da Lua. Nomeou minha mãe como tutora de toda a fortuna. Ela foi depositada num banco no Brasil — era o país ao qual tínhamos acesso — e eu, sua procuradora.

— Suarez, toda essa fantástica história é realmente verdadeira? — questionou Quevedo.

— Sim!

— Mas parece uma lenda...

— É...

— E você sabia de tudo?

— Em partes.

— E por que não me contou?

— Temos princípios. Não sou traidor.

Ela, minha mãe, recebeu de imediato uma grande parcela e localizou sua jovem irmã, que morava na Espanha. Contou-lhe a história, pedindo que voltasse a Alexandria para ajudá-la a administrar tamanha fortuna.

Mas, devido à guerra e à prostituição forçada, minha tia não aceitou. Preferiu ficar ao lado de seu namorado, que, por obra do acaso, tinha um problema semelhante e só pensava em suicidar-se por ter um pênis tão pequeno que achava haver mais prazer na morte que no viver.

Todo mundo olhou para Suarez, que permanecia estático, com os dois braços elevados à altura do peito e as longas pernas espichadas.

Minha tia resolveu a questão de forma tão inteligente que, até hoje — mesmo sem ninguém, além de poucos, conhecerem essa história (e apenas em partes) — a reverenciamos como uma mulher de índole superiora.

— Eu imaginava, Sinhazinha, que você não era uma mulher normal...!

Olhando com os olhos apertados, dengosamente, para as amigas — e retribuindo os braços, os corpos e o espírito vivo — era o afeto que reinava forte entre aquelas mulheres.

Helena, falando de forma equilibrada e pausada, ia narrando a história como se estivesse desvendando os segredos do Apocalipse. A atenção era crescente; não restavam dúvidas diante das fotos que ela exibia de forma real e verdadeira.

— Agora, o que desejo são parcerias, e não inimigos ou adversários. Já conheço a todos: o Tenente, o Coronel, meu querido amigo judeu, o Padre e a Dra. Caroline, coordenadora mundial da entidade. Agora, quero amar vocês — todos e todas.

— Bem, o que se segue eu acho melhor que minha tia mesma conte para vocês. Inclusive eu mesma gostaria de ouvir tudo de novo...

Helena desceu do palanque devagar, serena. Veio sentar-se ao meu lado. Estava na última cadeira, logo atrás do Delegado — e o melhor de tudo: ela atravessou a extensão do salão, sorridente, sentou-se, aconchegou-se junto a mim, beijando-me, segurando com as duas mãos sobre meu braço, como se estivesse com frio, e disse:

— Nossos filhos estão bem.

OS PORMENORES

— É bom esclarecer que sou uma cidadã espanhola. Nasci em Madri, mas voltava sempre para Alexandria. Não fossem os cuidados de minha irmã — que era também minha mãe — teria sido mais uma prostituta de Alexandria. — *risos* — A história não é bem assim, Heley — pela primeira vez ouvi este nome bem pronunciado. — Se eu ficasse em Alexandria, aqueles homens me estuprariam antes dos seis anos, como fizeram com milhares de meninas!

— Meu Deus... Quem é que imagina isso, gente? — clamor geral.

— Minha mãe! — era assim que a chamava — além de poderosa, era autoritária.

— Assim como você — falou sorridente Maricota.

— Qual nada! Diante dela eu era um coala.

— Nossa... então a velha era uma leoa...

— ...mas seu coração era tão grande que precisava do peito do mundo para caber ele.

Na última visita, ela me despachou para São Paulo, para onde eu bem queria ir. Lá, estaria perto do meu namoradinho, que me escrevia duas ou três cartas por semana. Quando o encontrei — e fui eu que vim vê-lo em Salvador — fiquei encantada com a cidade e resolvi nunca mais sair daqui. Compramos uma casa.

Meu namorado só cultivava a morte. Dizia que a vida não fazia sentido. Tinha apenas um amigo, que era nativo, estudava medicina, não namorava.

Arranjei uma amiga e confidenciei-lhe meu segredo. Como eu, ela estudava psicologia. Aliás, vocês já ouviram parte desta história. Uma noite, enquanto eu estudava para uma prova, ela chegou gritando que os dois haviam feito um pacto de morte e saído para o mar. Acionamos vários barcos a partir da Barra e não foi difícil encontrá-los ainda com vida.

Naquele mesmo dia, na sala do hospital, fundamos a Clínica Psicologia e Vida — eu, Perpétua e Sofia que, para bem dizer, continuou a acreditar que os garotos sofreram um acidente. Demorou para saber dos pormenores do pacto de suicídio.

— Mas vejam só que amigas! — exclamou Sofia, desapontada.

Amélia também juntou-se a nós. Dinheiro não faltava. Drª Caroline e Drª Virgínia — a quem nossa mãe depositava confiança — eram as administradoras dos bens. Depois, Helena — *sorriu ao nome* —, as procuradoras. O Sr. Joseph tornou-se nosso corretor. Se não houvesse silêncio, nem imagino o que teria acontecido.

Apesar de parte estar em ações, tínhamos barras de ouro no travesseiro, na lata de arroz, congeladas no freezer. O perigo era constante. Um dos primeiros clientes dos médicos foi o Coronel — querendo se matar. Resgatamos, cuidamos dele, e ele cuidou de nossa segurança.

Aí veio um menino malcriado — o Tenente, o professor Paulinho —, de tão valente, mordeu uma mulher quando ela se aproximou. Até que conheceu Xica, não é, Paulinho? Mas depois virou um bruto.

— Pois é, mas a senhora não conta que a mesma Xica quase o destruiu! — disse Anatolle.

— Encarregamos o arquiteto para projetar sua primeira obra e ao médico entregamos a responsabilidade clínica.

— A clínica rapidamente virou um referencial internacional — disse Sofia.

— Nossa arma tem sido o silêncio. E as críticas não nos removeram dos trilhos.

O método tem dado tão certo que hoje vocês formam uma sociedade eclética, politicamente ativa, economicamente desenvolvida, internacionalmente abrangente — e tudo isso debaixo de um princípio: o do sigilo.

O Vice levantou a mão duas vezes e Sinhazinha ainda continuava falando, mas logo cedeu-lhe a palavra.

— E por que você está quebrando este sigilo, se é que foi assim que deu certo?

— Peraí, prefeito, eu não estou quebrando sigilo nenhum. Quem quebrou o sigilo foi...

Florinda deu um impulso e disse alto, mais alto que a voz de Sinhazinha:

— Quem vai quebrar este sigilo sou eu! Pedi para este pessoal do Plazza colocar uns torresminhos para vocês beliscarem, e eles encheram foi uma mesa. Tá ali, pronto. Agora vamos ter de comer tudo!

Todo mundo entendeu a sagacidade de Florinda. Sinhazinha ficou cafangando e dizia:

— Eu luto para manter esta porra no lugar e vem este bundão aí inventando choldra-boldra pro meu lado...?

A mudança se acentuava. Mesmo com a mesa farta, ninguém se arriscou a provar dela antes que Helena se aproximasse. E ela, gentilmente, estendeu a mão para que eu iniciasse. Não olhei senão para ela — centro das atenções. Para minha surpresa, ela, sorridente, beijou-me o rosto.

ÚLTIMOS SEGREDOS

Evidentemente nós não sabemos nada de um mundo real que exista fora de nossa consciência.

Wilhelm Dilthey

— Bem, como eu dizia... — Sinhazinha retornou, olhando tensa para o Vice. — Nossos homens foram chegando para serem atendidos na clínica. Alguns passavam pelas psicólogas. Quase todos com as mais devassadoras ações. Algumas levadas ao extremo. Quase todos traziam operação no pênis.

O câncer defasava esses homens benditos, bonitos, inteligentes — se preparando para a morte.

Aproximar-se deles era o que nos interessava. Acolhemos alguns para o nosso lado, aqueles em quem botamos fé. Um com o pipiu cortado, outros sem os dois testículos, outros sem tudo isso — e de nascimento. Outros diziam que herdaram da raça — como é o caso de um ou dois.

— É o caso do meu marido? — perguntou Maria Bonita.

— Sim, irmã! — disse Sinhazinha, com os peitos de fora:

— Eu também sou aleijada. — E arrancou uma prótese, mostrando as marcas onde deveriam estar os seios.

Uma enorme comoção gerou-se sem demora. Coisa que Suarez, Celso e Helena conheciam bem.

— Os que nos pareciam melhores escolhemos para ficar a nosso lado. Mas nenhum desejava aproximar-se de mulheres. Machucavam, zombavam, criavam expectativas... Sofreram terríveis humilhações.

A cada descoberta era uma alegria tratar de homens cheios de angústia — um prazer cuidar deles.

Com determinação, podíamos acertar ou fracassar. Reinava a solidariedade. Mas como combater a angústia que morava dentro deles, se todos odiavam as mulheres?

A psicóloga Sofia nos dizia: nenhuma grande defasagem está desassociada de uma grande angústia.

Enquanto isso, o método de tratamento foi se espalhando. Para juntar-se a nós, veio da Itália, Quevedo; da França, Anatolle; do México, meu amigo Gringo; dos Países Baixos, trouxemos o Alemão — ainda menino; e o Dr. Well Doowdy, que vem fingindo ser um desajustado este tempo todo, é um indígena Osage de Oklahoma, desaldeado — tive a imensa satisfação de conhecer sua mãe ainda na aldeia, e agora está aqui conosco.

— Façam entrar a senhora Nyukon! — E Drª Caroline a conduziu à mesa, sob aplausos e lágrimas do filho de diversos nomes. A mãe foi dizendo que ele se chamava *Dr. Wha'kon Itam Osage* — e não *Wel Doowdy* — bem relaxado, segundo ele mesmo.

Era uma mulher bonita e elegante. Usava túnica colorida, brincos de brilhantes e pulseiras de prata. Falou algumas palavras sobre o sofrimento do filho. Depois, convidou Maria Bonita e a mim para sentarmos ao lado do Dr. Wha'kon Itam.

Bem comportado, deu uma risadinha — sem nenhuma aparência do machismo costumeiro.

Paulo Fera, um dos pioneiros, dedicou seu doutorado à matéria. Investimos no Senador — e está aí, hoje, o que é. Trabalhamos firme com o Deputado e ajudamos a eleger o vice-prefeito.

— Quer dizer que os valores doados à campanha... Isso é raro!? Não sabia...

...De Minas Gerais veio o Zé Cavalero — e o poetinha, que também é Tenente — o mais inconformado com sua situação, por ver-se desprezado pela esposa.

— Mas arranjou um peixão desses, a doutora Zenilda — disse Zé Cavalero.

RECUPERAR O TEMPO PERDIDO

A vida não tem mais que duas portas: uma de entrar pela vida e outra de sair pela morte.
Ruy Barbosa

— Dona Sinhazinha, a quem peço milhares de desculpas por tantas grosserias. Nasci numa família urbana, sem saber que éramos índios Krenak.

Tinha apenas 19 anos quando fui atacado por um cão, dentro do quartel, que me estraçalhou os órgãos e me deixou sem gosto pela vida. Ainda no hospital, as pessoas — até minha mulher — zombavam de mim. Graças ao Coronel, cheguei até aqui. Não fosse a Socriar, já teria me suicidado. Mas me tornei um leão de chácara. Aprendi a adiar as mulheres que tanto me amaram.

Me cuidaram. Me devolveram a vida.

— Tenente, nós sabíamos que tu era um doente, mas não sabíamos de tanto estrago — disse o Major.

— Mas vocês não faziam nada? — insinuou Zulmira.

— Nada, Zuzu. Só beijinhos no rosto. Até que aprendemos com Amélia, e hoje já fazemos umas coisinhas... — e Zenilda, carinhosamente, estalou-lhe uma bicota.

— Eu tinha vergonha dela. Chamava-a de dona Zenilda ou doutora. Para isso, fazia-me de brabo. Só ficar perto de vocês, para mim, era um tormento.

— Vergonha de quê, Tenente? — insistiu Zulmira.

— Sei lá. Sou um sertanejo bruto. Adoro a doutora Zenilda. Mas olha lá se eu mereço me deitar com esta doutora!?

— E por que não? — Zenilda, aproveitando-se, segurou-lhe o rosto e encheu-o de beijos — para o delírio de todas e todos.

— Bem, para não alongar, quero dizer que temos homens dos dois hemisférios da Terra — dos Pampas a Roraima, não é, Major?

— Eu também me reconcilio com as senhoras. Meu caso não é diferente. Dentro de um carro Puma, uma bomba estourou no meu colo. A vontade de acabar com a vida não existe mais — quero é viver. Sei que fiz mil grosserias, mas peço perdão de todo o meu coração. Vocês são flores que agora pretendo zelar.

— Acho que faltou um pouco mais de compreensão por parte de quem dominava esta história — disse sério o Senador. — Pelo que vejo, ninguém dominava a história por completo. E nós, homens, sabíamos menos ainda o que cada um sofria. Apenas que todos somos desprovidos de todos ou partes dos órgãos sexuais. Que nosso remédio estava em fingir que, com uma prótese e uma mulher ao lado — mesmo por prevenção, sem poder tocá-la —, poderíamos levar uma vida normal. Mas ninguém se importou com um tratamento efetivo da mente.

— Pois agora, Senador, vamos investir na recuperação do tempo perdido — disse Helena, mostrando o novo programa.

NOMES OU APELIDOS?

— Quevedo, quer um copo de vinho?

— Para Quevedo, se oferece é a garrafa, Cidadão — falou Dr. Wha'kon Itam, sorridente.

O Deputado leu a mensagem do Governador, convidando a cúpula da entidade para uma visita ao Palácio.

— Ele é uma raposa política. Sabe buscar cada centavo de incentivo para o Estado. Pensa bem se ele ia perder a oportunidade de fazer uma festa dessas diante de tão grandes investidores.

— Que somos nós... — respondeu Zenilda, já sorridente.

— Graças às artimanhas de Sinhazinha e da Helena... (Heley?)

E Heley, elegante, comentou:

— Graças a vocês, à Xica e à Maria Amélia...

Dr. Celso sorriu, apanhou com um palito uma azeitona, fez um gesto interrompendo a fala que Dr. Quevedo deveria iniciar:

— Bem, é necessário lembrar que vocês submeteram um grupo muito grande à pressão. A possibilidade de explosão era totalmente previsível.

— Quero convocar a todos para ajustar as cotas dos investidores. E os que não investiram terão participação proporcional. Vamos regularizar a contabilidade. Para isso, precisamos de documentos — nomes, e não apelidos. É impossível, nos tempos modernos, lidar com a fortuna que temos em mãos sem segurança contábil — disse Helena.

Zé Cavalero confirmou as palavras da doutora Helena, oferecendo seus conhecimentos de advogado e contador:

— Quando tiverem os documentos em mãos, entreguem ao Cidadão, ou a mim mesmo.

Olhei para o Padre. Ele, sem jeito e sem palavras, baixou a cabeça.

RELAÇÃO DE SOCIOS DA SOCRIAR (NOMES REAIS)

Francesco Mendonça Furtado
Wha'kon Itam Osage
Manoel Moreira Navarro
Manoel Lemos Lira
Domingos Jorge Velho
Celso Katu-Abá Tapuya
Matias Cardoso de Almeida
Joseph Cit-Bolom-Tum
Diego Alvares de Almeida
João Amaro Parente
Manoel da Ressurreição
Francisco Dias de Ávila
Domingos Afonso Sertão
Matias da Cunha
Estevam Baião Primo
Domingos Barbosa Calheiros
Adoff Mengele
John Rodrigued de los Passos
Jaques Anatole Franco
Diego de Almagro
Virgínia Voffgag
Sacambuasu Payayá Topym III
Amypohã Tapuyá Maraká Payayá
Guaimbim Para II

FILHOS DAS MÃES DOS PAIS DA CAVERNA

Deus é um número, dotado de movimento, que se sente mas não se demonstra

Balzac

Após a visita ao governador, a vida era outra.

— Pela fala do governador, parece que teremos mais facilidade para investir nos leilões e na parte da concessão da ponte para a ilha — falou Quevedo, com insegurança.

— Um negócio que nem barba tem — interferiu Paulo Fera.

— Bem... mas ele deixou um leque de possibilidades — lembrou Zé Cavalero.

— Falou nas estradas de rodagem e na companhia de abastecimento de água.

— Esse negócio não nos interessa! — falou taxativo Suarez.

— Por que não, Suarez? — quis saber o Coronel.

— Se os rios estão secando... — Suarez respondeu.

— Mas vem junto a Pedra do Cavalo! — assegurou.

Helena, com olhar de discórdia, levantou as duas mãos e balançou a cabeça:

— Esqueça esse negócio de cavalo. Vamos pensar que a Fazenda Pedra do Cavalo já foi devolvida aos seus donos — disse Helena. — E não se fala mais nisso!

— Senhora presidenta, essa ação é justa e necessária — falou o Deputado com determinação. — Quantos indígenas ainda restam por lá?

Maria Bonita levantou a mão:

— Olha, gente, eu estou grávida. É uma índia a mais. — E mostrou a barriga. — Está com três meses.

— E quem é o pai, se o Judeu não...? — disse Maricota.

— É meu primo Amypohã. Mas pedi licença ao meu marido... foi feito dentro da caverna de Vovô.

— É, tudo combinado, tudo... só que a filhinha é minha — disse o Josep Judeu, esfregando a barriguinha de Maria Bonita.

— E a coisa tá melhorando, meu caro Barão. Já temos três herdeiros — comentou o Senador.

— É... não posso também ocultar minha barriga — aliás, nossas, não é, Helena? — Xica Boa abaixou a saia e mostrou a barriga. — Bem, o pai...

o pai... também tudo combinado entre meu Paulinho, Leninha e meu líder Sacambo III... rrrrre!

— Viiixxi. Já teremos uma aldeia — gritou o Padre, diferente, sorridente, abraçado com dona Zulmira.

— Acho que entendemos muito mais de ações do que de construção.

Por isso, prefiro optar por papéis, como sempre fiz — disse a Banqueira.

— Eu prefiro investir numa rede hospitalar, embora não devamos desprezar a rede bancária.

E todos se renderam à opinião da mais nova matriarca.

— Quero confirmar aqui a melhor notícia que nos trará esperança: meu marido me fez mais um filho! Ou seja, estou novamente grávida do terceiro curumim!

A reação não foi tão entusiástica quanto o esperado. Mas Zulmira, do Padre, também disse:

— Eu me orgulho em dizer a todas que estou grávida, apesar da idade e de não ser do meu querido marido!

Dr. Celso interrompeu as falas para dizer:

— Senhoras e senhores, hoje já estão confirmadas cinco gestações in vitro.

E mais outras em combinação com parceiros.

— Com parceiro? Como assim, doutor? — o Delegado quis saber.

— Bom, essa particularidade deixo para os responsáveis.

— Isso parece prostituição — o Alemão questionou.

— Pois é! Essa ação é a verdadeira decolonialidade que já se viu nas Américas — disse Dr. Itam —, onde os machos indígenas são quem empreenham as fêmeas brancas em busca não de escravos, mas de um retorno à caverna de Yoyô!

A fala de Dr. Itam soou como advertência geral, enquanto os segredos se rompiam rapidamente.

— Bem, eu e meu velho Cavalero também optamos por uma gravidez nativa. Será um índio o pai biológico.

— Quero dizer que minha Lady Dy e eu também optamos pela mesma solução de Sofia. É mais humano, e não estamos arrependidos — disse Dr. Wha'kon Itam.

— O pai também será um índio, doutor? — perguntou Cavalero.

— Sim. É um nativo Osage, bem conformado — respondeu Itam.

— Quer dizer que nossos índios, além da caverna da Pedra do Cavalo, gozarão da fortuna da Socriar? — disse o Alemão, irônico.

— Eles têm todos os direitos — não só à terra — disse Sofia, acariciando a barriga e olhando de soslaio para Zé Cavalero, que, por ciúmes, desejava proibir o encontro na caverna de Helena.

OS DIAMANTES DA CAVERNA

Os cidadãos do futuro serão recompensados por sua diversidade e por sua originalidade.

Mcluhan

Mal saímos do controle total das mulheres, tomei a direção do jeep e segui caminho do Santo Antônio, além do Carmo. Cumprimentou-me com certa amabilidade, sorriu até. Maria já estava lá.

— Kibira, acabo de receber as escrituras...

— Escritura? De quê? Se tudo já é nosso...?

— Mas não tínhamos ela...

— Ela comprou e lhe deu...!?

— Não foi bem assim...

— Sim, não foi na sua vista, mas foi parecido!

— Kibira, preciso de sua compreensão, sua presença...

— Quando será a primeira assembleia?

— Você está irônico, primo...!

— A assembleia terá você, e eu!

— Não! Você, depois eu!

— E o que isso muda, Kibira?

— Você é o conquistador. Sem sua ousadia, nem este ateliê nós teríamos para dormir. Lembra que foi tu, numa noite chuvosa, quem arrebentou a porta do velho casarão?

Abri meu semblante enquanto ele me estendia uma lista sucinta, escrita com belas letras como nunca tinha visto:

— Você [Sacambo III] e Helena, eu e Maria, Osage e Lady Dy, Katu-Aba e Perpétua...

Nada contestei, sentindo-me lisonjeado.

— Preciso antes te advertir sobre as palavras de Vovó...

— Quais palavras, Kibira?

— Os tempos são outros, Kibira. Ninguém deixa diamantes dormindo na terra. Se você não tira, outros tiram!

— Seja claro, Kibira. Você se refere aos diamantes da caverna?

Naquele intervalo, Amypohã abriu um velho baú abaixo da cama e mostrou as duas moringas — a de água e a de mel — que estavam na pedra onde Vovô dormia.

Meu coração agitou-se.

— Você traiu a confiança de Vovó!

— Não, Kibira. Vovó entregou a nós dois a missão de administrar o espaço sagrado. Esse espaço foi corrompido — e você é meu herói, Kibira.

— Eu não quero ser herói de ninguém. Você perdeu minha confiança, Kibira, tirando do lugar coisas que não se poderiam tocar.

Diante daquela fortuna, apesar da decepção com a ação do meu primo, a quem tanto confiava, me vi perplexo: o paradoxo da caverna.

— Na moringa de água — disse ele — há 64 pedrinhas. Na de mel, 49. E no jaleco, 36. Além de 81 no pote — com milhares de quilates. Isso te diz alguma coisa?

— Que nossos avós sabiam o valor das pedrinhas?

— Não só isso: sabiam matemática.

Era uma sexta-feira e a lua brilhava como um pequeno arco no céu.

Nossa chegada à Pedra do Cavalo foi cercada de emoção. Conferi a lista — havia mais gente do que moradia.

O judeu reivindicava o direito por ser esposo de Maria Bonita.

O Tenente, por ser Xacriabá.

Zenilda, por ser esposa de um indígena.

Nenhuma agressão, nenhum tumulto. O Padre não elevou a voz — foi rejeitado por ser neto do carrasco Frei Manoel da Ressurreição, governador geral e protetor dos bandeirantes na guerra dos bárbaros.

Assumi a liderança do grupo com apoio de Amypohã. A primeira fala — demorada — foi de Maria Bonita. Disse que agradecia ao marido e ao pai de seu filho — elevando a mão à barriga — por uma circunstância tão singular.

Tomamos todas as precauções e juramos manter em absoluto sigilo os pontos que se referissem à caverna. E marchamos, sob o comando de Amypohã, para o mais profundo e sublime refúgio cavernoso.

Apesar da pouca iluminação, foi possível avaliar as pedras que ainda se espalhavam pelo chão da caverna.

— Como é mesmo o tal paradoxo da caverna? — Maria perguntou.

E o velho Katu-Abá explicou, sereno:

— "Se eu mostrar a mina, eles me matam para ficar com tudo.

Se eu esconder, eles me torturam para eu mostrar, depois me matam e ficam com tudo.

Se eu explorar, quando for vender me prendem por roubo. E morrendo na cadeia, eles ficam com tudo."

CANÇÃO FINAL

Lua cheia, desliga o faro/ namora comigo à espera do sol
Armandinho

A Lua Cheia de sorriso e graça
Vestida em luz marrom
Como a veste de um querubim.
O princípio da vida o fim da dor
O claro instante de resplendor.

Amor é como a Lua Cheia
Quando brilha sobre as ondas
Reflete ondas refresca areia
Não fere não arde não dói
Amor, como luz, é alegria;

A Lua Cheia não tem fim,
Senão como há de ter
Todas coisas criada que gira,
A Lua Cheia é a princesa
Que passa revestida de glória.

Estenda a mão nua para a Lua
Acolha o princípio da afeição
Estenda outra vez aberta a mão
E verás no brilho do cristal
O corpo feminino — é a ilusão.

MARIA BONITA E A LUA

Maria Bonita, mesmo em dores, iniciou uma canção lúgubre. Gestos singelos e alternados anunciavam a chegada de uma nova vida. Os dois pais se abraçaram e o bebê chorou.

— A lua está ali — apontam — ali! Lá está ela! — dizem todas, em uníssono feminino.

E alisam seus ventres, esperando o sinal de mais um curumim ou cunhã.

A primeira a me abraçar foi Sofia, seguida por Zé Cavalero.

Compenetrados, permanecemos quietos. À medida que o perfume do jasmim se intensificava, outros *tapuyas* vinham ao mundo — até que uma nova canção recomeçou, cantada pelos pais próximos da escuridão. A lua, agora, já estava ausente.

RETORNO PARA A CAVERNA

Foi a dimensão da ocupação econômica que, pela primeira vez, modificou o equilíbrio.

Cristovam Buarque

— Oh tio, que bela história! Nós queremos voltar para a caverna de Vovô. Lá é nosso berço. Você me leva?

Amypohã convidou seus sobrinhos e filhos, os filhos de Wha'kon Itam Osage, e saíram cantando:

Yayá, eu vou me embora já
Vou para a Lagoa dos Lírios
Vou rezar no seu altar
Yayá, Yoyô, na raiz da gameleira.

Visitaram a gameleira, depois penetraram pela entrada que Yayá nos ensinara. Foram até a pedra de Yoyô, passaram dias por lá, reverenciaram a Lua Cheia com serenidade. Ultrapassaram a cabeça do cavalo e seguiram para a *Ybykuarusu*.

O espírito ancestral acolheu meninas e meninos, rapazes e moças — até mesmo o neto que se alegrava. Os novos voltavam juntos para a caverna velha.

Alguém permaneceu na gameleira, responsável por controlar a luz e o ar.

A tristeza abateu-se ao notarem toneladas de lixo esquecidas na caverna — restos da última invasão, feita sem permissão dos espíritos antigos ali sepultados. Antes do momento determinante — o instante de assistirem juntos ao espetáculo da única luz que, em determinada estação, em determinado dia, em determinada hora, penetra por poucos minutos na caverna de Yoyô e Yayá —, decidiram purificar o espaço: limpar a caverna sagrada de toda impureza.

Recolheram tudo: portas giratórias, cavaletes, imagens, a réplica do relógio da longitude, muitas imagens de mulheres — inclusive a de Helena, ocultada para que os gêmeos Sepé e Tuíra não vissem. Havia ainda quadros originais e falsificados, pedras de brilhantes, uma arca antiga com uma pedra — acreditava-se tratar-se de cópia dos mandamentos escritos por Moisés —, barras de ouro, uma carruagem com suas engrenagens, um tubo de tripla zincagem e um esqueleto humano de mulher.

Depois de recolherem o luxo e o lixo, uma nova geração de indígenas retornou, definitiva, à caverna. Conscientes dos saberes, o retorno representava, para as antigas gerações, a preservação do espírito dos rios.

Foi então celebrado o mais radical dos pactos anticoloniais: **RETORNAR À CAVERNA SEM NADA TIRAR, NEM DEIXAR POR LÁ, SENÃO O NECESSÁRIO PARA SOBREVIVER.**

FIM DE DQVPM
DRAMÁTICO RETORNO PARA A CAVERNA